GIPFELKREUZ

W0409817

Xaver Maria Gwaltinger ist im bayerischen Schwaben aufgewachsen, hat Germanistik, Theologie und Psychologie studiert und lange in Frankreich und Australien gelebt. Das Allgäu ist aber seine Heimat geblieben.

Dieses Buch ist ein Roman. Handlungen und Personen sind frei erfunden. Ähnlichkeiten mit lebenden oder toten Personen sind nicht gewollt und rein zufällig.

XAVER MARIA GWALTINGER

GIPFELKREUZ

EIN EMIL-BÄR-KRIMI

Kriminalroman

emons:

LChoice
Hier bestellen

Lust auf mehr? Laden Sie sich die »LChoice«-App runter, scannen Sie den QR-Code und bestellen Sie weitere Bücher direkt in Ihrer Buchhandlung.

Bibliografische Information der Deutschen Nationalbibliothek
Die Deutsche Nationalbibliothek verzeichnet diese Publikation in der Deutschen Nationalbibliografie; detaillierte bibliografische Daten sind im Internet über http://dnb.d-nb.de abrufbar.

FSC
www.fsc.org
MIX
Papier aus verantwortungsvollen Quellen
FSC® C083411

© Emons Verlag GmbH
Alle Rechte vorbehalten
Umschlagmotiv: mauritius images/BY
Umschlaggestaltung: Nina Schäfer, nach einem Konzept von Leonardo Magrelli und Nina Schäfer
Umsetzung: Tobias Doetsch
Gestaltung Innenteil: César Satz & Grafik GmbH, Köln
Lektorat: Carlos Westerkamp
Druck und Bindung: CPI – Clausen & Bosse, Leck
Printed in Germany 2019
ISBN 978-3-7408-0533-3
Originalausgabe

Unser Newsletter informiert Sie regelmäßig über Neues von emons:
Kostenlos bestellen unter
www.emons-verlag.de

Danke auch diesmal wieder an Carlos Westerkamp, der »Gipfelkreuz« gründlich, geduldig, kritisch, scharfsinnig und kreativ in vertrauensvoller Zusammenarbeit lektorierte.

Haie sah sich noch einmal um
und sagte ingrimmig,
gesättigt und etwas rätselhaft:
»Rache ist Blutwurst.«

Erich Maria Remarque,
»Im Westen nichts Neues«, 1929

1 Heimweh

Sie hatte verheulte Augen.

Saß hinter einem Schreibtisch aus Makasserholz.

Das konnte nicht gut gehen.

Ich hatte mal einen Schreibtisch aus Makasserholz. Sollte darauf abgeschlachtet werden. Als ich hinter der Gesundbeterin her war. Massakerholz.

Sie lebte noch.

Stanzi.

Meine Kölner Freundin.

Constanze von Rippentrop. Wir hatten uns bei meinem Heißluftballonfall in Köln kennengelernt.

Waren seither verbandelt. Die Bande der Liebe.

Alte Liebe rostet nicht. Wir hatten uns schon vor fünfundzwanzig Jahren in der Ausbildung getroffen, sie eine junge Wilde, ich ein alter Spätberufener. Aber es hatte nicht gefunkt. Ich war nicht nur spätberufen, sondern auch Spätzünder. Aber was sind schon zweieinhalb Jahrzehnte im Angesicht der Ewigkeit …

»Stanzi, was ist denn los?«

»Ich han de Möp!«

Meine Fremdsprachenkenntnisse reichten so weit, dass ich übersetzen konnte: »Ah, du hast grad einen Durchhänger … Ist jemand gestorben? Bist krank?«

Sie schluchzte: »Schlimmer!«

»Was ist schlimmer als tot oder krank sein?«

Sie schnäuzte sich, legte ihr aufgeschlagenes Buch auf die Seite, schniefte: »Heimweh!«

»Heimweh?«

Sie nickte, ließ den Kopf hängen.

Ich sagte: »Durst ist schlimmer als Heimweh«, griff in meine Brusttasche, holte meinen Flachmann raus. »Da, nimm einen Schluck Obstler, der heilt Heimweh!«

»Ich will keinen Schnaps, ich will … heim!« Sie deutete auf ihr Bilderbuch: »RheinLiebe«.

»Kein Wunder, wenn man so was liest …«

»Ich will raus aus diesem Haus in den Bergen.«

Sie meinte die »Psychosomatische Panorama Fachklinik Scheidegg«. In der Nähe von Lindenberg. Wo der Käse herkommt.

»Aber du bist doch die Chefin.«

Sie war Chefin eines Forschungsprojektes, vor einem Vierteljahr hatte sie die Stelle angenommen, für uns, wir wohnten nun nicht mehr viereinhalb Stunden, sondern nur noch sechzig Minuten entfernt, und sie konnte außerdem ihrer Wissenschaft frönen, für ein Jahr, ein »Sabbatical« als Forschungsleiterin. Das Projekt hieß »Mobilität und Sesshaftigkeit, Psychosomatik und Migration«. Also wenn Heimweh krank macht.

»Sch... auf die Chefin. Ich versteh die Leut hier einfach nicht. Ich komm mir vor wie eine Migrantin ohne Sprachkenntnisse ... mit den Einheimischen und ihrem Allgäuer Dialekt.«

»Da kannst ja gleich aus eigener Erfahrung schreiben: die Wirkung von Heimweh auf die Tränendrüsen.«

»Keiner versteht mich ...«

»Vielleicht solltest du es mit Hochdeutsch statt mit Kölsch versuchen, von wegen Möp und so ...«

»Ich mein nicht die Sprache, ich mein ... so ... emotional ... Ich will raus hier ... ans Meer!«

Ich schnaufte erleichtert auf.

»Aber Stanzi, nichts einfacher als das. Nur schlappe hundertdreißig Kilometer von hier ist das Steinerne Meer.«

»Noch nie gehört.«

»Ein wunderbares Gebirge in den Berchtesgadener Alpen.«

»Gebirge macht mich krank. Ich will Meer! Ich brauch das ...«

Sie war untröstlich.

Ich sagte: »Stanzi, du hast doch mich ...«

»Ich möchte Meer ...«

»Mehr von mir?«

»Meer mit dir! Mit dir ans Wasser ... verstehst du!«

»Ja, jetzt fallt das Zehnerle. Ich hab schon Angst gehabt, du willst mit mir ins Wasser gehen ... vor lauter Heimweh.«

Sie blätterte verschnupft in ihrem Rhein-Schmöker.

Ich sagte: »Da hätt ich eine Idee ...«

Sie horchte auf.

Ich legte ihr meine rechte Hand auf die Schulter. »Wir packen unseren Campingbus, machen ein Sabbatical vom Sabbatical und fahren Richtung Meer.«

Sie schaute, fragte: »Wohin?«

»Ist wurscht. Wenn man weit genug fahrt – irgendwann und irgendwo kommt man immer zu einem Meer.«

»Wirklich?«

»Ja, kannst sogar mit dem Finger auf der Landkarte ausprobieren.«

»Nein, ich mein, meinst du das ernst? Mit mir einfach auf und davon fahren.«

»Ja. In meinem Alter kann man sich das wieder leisten. Und du bist ja auch nur zwei Dutzend Jährchen jünger. Kannst noch was von mir lernen. Spontaneität und so, auch wenn ich schon ein alter Knacker bin …«

Sie stand auf, umarmte mich, sagte: »Du bist kein alter Knacker, du bist ein knackiger Alter!«

Wir küssten uns.

Eine junge Stimme, weiblich, sagte hinter uns: »Oh, da stör ich wohl … ’tschuldigung.«

Die Sekretärin schloss die Tür wieder.

Stanzi errötete. Sagte: »Peinlich!«

»Ach was, wir sind doch nicht im Kindergarten.«

Stanzi lachte. »Nicht mehr lange!«

»Gut, schau du, dass du eine Woche wegkommst … im Rahmen deines Forschungsprojektes. Sag denen einfach, wir machen eine praktische Übung in Migration, interkulturell. Ich fahr auf die Alm und pack meine sieben Zwetschgen zusammen.«

»Ach, Obst gibt’s doch überall zu kaufen!«

»Ja, du hast recht, es ist ein Kreuz mit der Sprach … Die sieben Zwetschgen haben nichts mit Pflaumen zu tun. Das sagt man, wenn man seine Sachen zusammenpackt. Zahnbürste. Schlafanzug. Personalausweis. Rasierzeug. Enzian. Alka-Seltzer. Unterhose. So a Zuig halt.«

»Zuig?«

»Zeug.«

Sie verdrehte die Augen, schrie: »Ich muss raus hier!«

Ich gab auf.

»Ich bin morgen früh um acht hier. Und dann steigen wir in dein Studentenmobil um, und auf geht's zum Meer. Rotes, Schwarzes, Mittel-, wohin uns unser Campingbus führt.«

Bussi, Bussi.

Und weg war ich.

2 Was will das Weib?

Ein Gewitter zog auf.

Die Kühe wedelten die Bremsen vom Fell.

Versammelten sich unter den Bäumen.

Ich versammelte mich auf der Bank vor meiner Alm.

Schaute dem Gewitter zu, wie es von Westen kam, ein atlantisches Tief, der Grünten, Wächter des Allgäus, nebelte sich zu, graue Schleier zogen über den See von Tal. Ich fühlte mich wie der Herrgott selbst, der seinem Wetter zuschaut.

Ein Omen?

Nicht, dass ich abergläubisch wäre.

Ein Donner grollte ferne.

»'s Himmelvaterle zürnet«, hatte meine Oma immer gesagt.

Später, in der Oberrealschule, hatte ich gelernt, dass das mit dem zornigen Himmelvater Quatsch war, es handelt sich um eine Entladung elektrischer Energien, man sieht das am Blitz, der die Luft erhitzt, sie dehnt sich aus, und dann knallt sie wieder zusammen, und den Zusammenstoß hört man als Donner. Ein elektroakustisches Phänomen, weiter nichts. Schon gleich gar nichts zum Fürchten. Sieht man davon ab, dass in Deutschland jedes Jahr zehn Menschen vom Blitz erschlagen werden.

Im Kopf wusste ich die Erklärung des Physiklehrers.

Im Bauch spürte ich den Quatsch meiner Oma.

Ein schwarzer Audi A3 jagte in Formel-1-Tempo die einspurige Teerstraße herauf. Meine Nachbarin.

Ich stand auf, winkte sie heran, sie trat auf die Bremse, rief aus dem Fenster: »I han ko Zeit itta, ich muaß die Fenschter zumache, sonst regnet's mir nei.«

Ich sagte: »I halt di itta auf. Ich muss morgen für acht Tag wegfahren, Dienstreise.«

»Du bist doch Rentner.«

»Ja, aber man muss sich auch seine Rente verdienen.«

»Verstand i itta.«

»Kannst nach dem Rechten sehen, dass nicht neiregnet bei mir oben und koi Blitz neinhaut?«

»I bin fei koi Blitzableiter … Ja, mach i.«

Sie quietschte davon, fünfhundert Meter weiter zu ihrem Bauernhof.

Die ersten Tropfen klatschten auf das Pflaster vor der Haustür.

Der erste Blitz scheuchte mich ins Haus.

Jetzt kam der schwierigere Teil.

Ich musste Vasthi anrufen. Dr. Vasthi Graf, Chefärztin der Unfallambulanz am Klinikum Kempten. Frisch geschieden. Alleinerziehend. Ich war der Pate ihrer Tochter Anna. Ihr Vater war vor Annas Geburt mein Freund und Geschäftspartner. Und dann war er tot.

Sie hatte mich schon öfter zusammengeflickt. Wenn ich auf der richtigen Spur war, und diverse Typen hatten was dagegen. Wir waren einander zugetan wie die Stachelschweine. Mit viel Distanz. Mal mehr, mal weniger. Seit Langem mehr. Freundschaftlich. Freundschaft minus. Minus Sex.

Ich erreichte sie auf ihrem Diensthandy. Eigentlich erreichte ich nur ihr Diensthandy. Sie war abwesend. Geistig.

»Ich hab jetzt keine Zeit. Bei dem Wetterwechsel gibt's lauter Unfäll –«

»Ich kann die Anna morgen nicht vom Kindergarten abholen.«

Ich holte Anna, meine Patentochter, immer vom Kindergarten ab, wenn Vasthis Vater keine Zeit hatte. Ihr Vater Magnus Augstein war Chefredakteur der Allgäuer Rundschau.

Auf einmal hatte ich ihre ungeteilte Aufmerksamkeit.

»Warum nicht?«

Als ginge sie das was an.

»Weil … ich muss für acht Tag weg. Dienstreise.«

»Du bist doch in Rente.«
»Auch Rentner müssen ab und zu weg.«
»Wo fahrst denn hin?«
»Wissenschaftliche Exkursion ...«
»Ach wegen deiner Scheiß-Psychoanalyse. Wieder so ein Faulenzer- und Schwoof-Kongress ...«
»Nein ...«
»Allein?«
»Ja.«
War nicht gelogen. Ich fuhr morgen früh allein. Bis Scheidegg.
Die Leitung brach ab.
Vasthi war stinksauer.
Ich klappte die Dachfenster zu, gerade noch rechtzeitig, bevor der Sturm die Wassermassen hereinpeitschen konnte.
Dachte: Wozu ans Meer, wir haben doch im Allgäu schon genug Wasser?
Des Menschen Wille ist sein Himmelreich.
Ich blickte auf meinen Herrgottswinkel.
Ein kleines Kruzifix hing an einem Rosenkranz.
Daneben eine rote Rose.
Künstlich. Hält länger.
Drunter ein schwarz-weißes Foto von Sigmund Freud.
Mit Zigarre.
Und düsterem Blick.
»Was will das Weib?« Eine Frage, die auch Freud nicht lösen konnte.
Die Versuche halten an. In der Psychoanalyse. Und im Leben.
Was will das Weib?
Immer was anderes.
Männer sind einfacher gestrickt. Sie wollen immer nur eins. Das Eine.
Zwei Eiserne Kreuze vervollständigen meinen Herrgottswinkel.
Eines von meinem Opa, Erster Weltkrieg.
Eines von meinem Vater, Zweiter Weltkrieg. Mit Hakenkreuz.
Jugendsünden. Beide waren noch keine zwanzig, als sie in den Krieg zogen.

Nach Frankreich. Beide.

Schließlich öffnete ich meine Bibel.

Mein Safe.

Nahm ein paar Euroscheine raus.

Keiner vermutet Geld in einer Bibel.

Ein Blitz erleuchtete meinen Herrgottswinkel. Bevor ich »Einundzwanzig« zählen konnte, krachte es, die Fenster zitterten, der Kühlschrank wackelte, das Licht flackerte.

Zürnte das Himmelsvaterle?

Quatsch.

Ich bekreuzigte mich.

Nicht nur wegen des Gewitters.

Wegen Johanna. Der Mutter unserer gemeinsamen Tochter Emily. Unser Koala.

Wir waren nach der Jagd auf die Gesundbeterin nach Australien gereist, frisch verliebt. Neun Monate später wurde Emily geboren. Nicht in Australien. Im Allgäu.

Johanna, eigentlich lesbisch, tat sich später wieder mit ihrer Freundin Toni zusammen. Aber wir blieben befreundete Eltern für unsere Emily.

Ich ging mit ihr – Emily – einmal die Woche zum Kinderschwimmen ins ABC – Alpspitz Bade Center – nach Nesselwang.

»Hallo, Johanna, ich kann diese Woche nicht zum Baden nach Nesselwang … Ich muss dringend weg.«

Ein Krachen unterbrach die Leitung kurz.

»Steckst deine Nas schon wieder in was nei, was dich nix angeht?«

»Nein … Familienangelegenheiten.«

»Und das soll ich dir glauben?«

»Ja, weil's wahr ist. Ich bring der Emily auch was mit. Gib ihr ein Bussi von mir …«

»Weißt du, was du mich kannst?«

»Ich fürcht … ja.«

»Genau das!«

3 Doppelschlafsack

Im Frühtau zu Berge …

Ich schmiss meinen Rucksack mit meinem »Zuig« drin in den Kofferraum von meinem Dinosaurier-Golf.

Die Straßen waren noch nass vom nächtlichen Gewitter.

Das Tief zog nach Osten ab, im Westen was Neues: Schäfchenwolken.

Laut meiner Oma bedeuteten Schäfchenwolken Wetterwechsel. Die Schwalben am hohen Himmel kündigten ein Hoch an.

Die Wetter-App meiner Oma funktionierte noch immer.

Ich hüllte meinen Golf Diesel in eine Rauchwolke, gab Gas.

Richtung Scheidegg.

Stanzi wartete schon.

Vor acht.

Sie war nicht wiederzuerkennen.

Unverheulte Augen, strahlender Blick, glänzend blonde Wuschelmähne.

Bussi, Bussi.

»Ich hab die halbe Nacht den Bus geputzt und gepackt.«

Ich legte meinen Rucksack auf den Rücksitz. Sagte: »Wir wollen nicht umziehen, wir wollen bloß für acht Tag wegfahren.«

»Den Rest der Nacht hab ich mich gefragt, was ich anziehen soll.«

Ich schaute sie an.

Sie hatte sich gegen ihren weißen Arztkittel entschieden. Stattdessen Jeans, regenbogengestreifter Pulli, wohlgefüllt, Palästinenser-Tuch um den Hals. High-Heels-Sandalen. Rote Zehennägel. Ring am Zeigefinger-Zeh links.

Ich sagte: »Spitze. Das steht dir echt gut. Passt genau.«

Sie strahlte wie die Morgensonne.

Ich fragte: »Und was ist dann in den drei Koffern drin?«

»So was kann nur ein Mann fragen. Ich weiß ja nicht, wo wir hinfahren, da ist was drin für alle Fälle.«

»Ich wollt eigentlich keinen einzigen Fall lösen, der letzte langt mir noch, der mit den Heißluftballons …«

Da hatten wir uns angefreundet. Bei den Heißluftballons. Stanzi hatte mich von meinem Prügeltrauma geheilt.

So was verbindet.

»Nein, ich meine, wenn wir in ein Hotel gehen … Da kann ich nicht so reingehen …«

»Besonders nicht, wenn Israelis drin sind. Aber dann ziehst halt dein Palästinenser-Tuch aus.«

»Oder in die Oper …«

»Da gibt's keine Oper. Ich hab auf jeden Fall noch nie was gehört von einer Strandoper. Außerdem bin ich kein Opernfreak.«

»Oder in ein Haute-Cuisine-Restaurant …«

»Ich dachte eher an Fish and Chips, da braucht man kein Abendkleid dazu.«

Ihre Mine verfinsterte sich.

Die Stimmung glich einem Heißluftballon beim Runterfahren.

Ich zog die Notbremse, sagte: »Egal, wo wir landen, ich bin schon gespannt auf deine Outfits … Und dir steht auch einfach alles.«

Sie schaute mich an, mit einem Blick, als ob mir nicht alles stand, zum Beispiel meine Jogging-Jeans und mein ausgewaschener Militär-Sweater von Walbusch.

Ich machte einen stimmungsrettenden Vorschlag: »Jetzt fahren wir einfach los!«

»Wohin?«

»Ans Meer, an die Sonne …«

»Und was sollen wir in das Navi eingeben?«

Ich sagte: »Versuchen wir's mal mit ›Meer‹, ›Sonne‹ …«

Ich tippte »Meer« ein, sagte: »Meckenheim.«

Stanzi erblühte. »Bei Bonn!«

»Meerbodenreuth … Meerdorf …«

Sie sagte: »Versuch's doch mal mit ›Sonne‹.«

Ich tippte »Sonne«, sagte: »Sonneberg, Sonneborn, Sonnenbrüll … Sonnen bei Bad Kohlgrub. Das wär was!«

»Quatsch. Ein Bad ist noch lange kein Meer. Gib doch mal ›Meersonne‹ ein.«

Ich gab, rief: »Volltreffer!«

»Wirklich?«

»Ja, Meersburg … am Bodensee. Der Bodensee ist das Schwäbische Meer. Und in einer Stunde sind wir dort.«

»Wegen dieser Pfütze hab ich nicht eine Nacht lang geputzt und gepackt!«

Der Stolz der Schwaben, das Schwäbische Meer …

»Aber …«

Ich entschied, keinen Streit wegen unserer unterschiedlichen Migrationshintergründe anzufangen, sie war einfach übernächtigt.

»Ach was, wir fahren einfach nach dem Instinkt. Wie die Vögel. Von Westen kommt ein Hoch.« Ich deutete auf die rosa Schäfchenwolken am Morgenhimmel. »Im Westen ist ein Meer, Nordsee oder Atlantik … Und dann schau mer mal. Ich kann das Gequake aus dem Navi sowieso nicht leiden.«

Dass ich die Frauenstimme von ihrem Navi noch weniger leiden konnte, behielt ich vorläufig für mich. Ich lasse mir nicht gern sagen, wo's langgeht. Schon gar nicht von einem Weibsbild.

Sie klemmte sich hinters Steuer, ich schnallte mich auf dem Beifahrersitz in Sicherheit.

Wir ließen die Psychosomatische Panorama Fachklinik Scheidegg hinter uns.

Sie sagte: »Wo wir wohl heut Nacht landen werden?«

Ich sagte: »Wahrscheinlich im Bett.«

Sie stieg auf die Bremse. Gut, dass ich angeschnallt war.

»Mein Gott, ich hab meinen Schlafanzug vergessen!«

»Zu was brauchen wir einen Schlafanzug, wenn wir gesund sind? Wir ham doch einen Schlafsack!«

Sie lächelte schon wieder, sagte: »Ja, unseren neuen Doppelschlafsack.«

Wir fuhren los.

Richtung Westen. Zur Sonne. Zur Freizeit.

4 Vom Stuhl gerutscht

Ich kämpfte.

Mit einem Hummer.

Er verteidigte sein weißes Fleisch mit einem rosa Panzer.

Meine Waffen: ein Gäbelchen und ein Skalpell. Silbern.

Ein Schluck Chardonnay.

Stanzi lachte.

Machte mit ihrem Smartphone ein schnelles Foto von meinem Kampf mit dem Hummer.

Scheiß-Smartphone.

Mein Fotolachreflex funktionierte.

Das Foto zeigte einen alten Deppen. Lächelnd. Mit einem bösen Blick auf den Hummer.

Ich sagte: »Ist schließlich der erste Hummer in meinem Leben.«

Sie sagte: »Alter schützt vor Torheit nicht!«

Stimmt.

Warum sonst hockte ich mit Stanzi in einem Fischerdorf in der Normandie in einem Hotel voller alter Engländer, Holländer, Deutscher, ein paar Restfranzosen dazu?

Unser azurblauer Campingbus hatte uns quer durch Frankreich geschaukelt. Stanzi hatte in ihrem dicken »Wohnmobil-Reiseführer« gelesen, dass an einem Ort namens Courseulles ein traumhafter Campingplatz direkt am Meer liegen sollte.

Der Führer hatte recht.

Die jungen Familien waren alle weg. Die Schule hatte wieder angefangen. Anfang September. Nach acht Wochen.

Gott segne die Schule.

Der Genuss kam mit dem Rindersteak.

Medium.

Also so gut wie roh.

Ob meine Zahnprothese das aushielt?

Stanzi sagte: »Prost, Emil. Schau, wie die Sonne da hinten im Meer untergeht. Wie in Capri.«

Ich deutete mit dem Skalpell in Richtung Meer. Sagte: »Da drüben liegt England.«

Ich überlegte, wo das Allgäu lag.
Wohl in der anderen Richtung.
Ich sagte, nostalgisch: »Auch schön, dass wir uns mal nicht in der Klinik treffen oder auf der Alm, sondern im Hotel.«
Hotel »La Plage«. »Plage« heißt nicht Plage, sondern Strand.
Ein Omen? Die Plage?
»Du denkst!«, sagte Stanzi.
Ich schnitt mein Steak an. Es blutete. Ich sagte: »Wieso denk ich?«
»Das seh ich. Deine Stirnfalte. An was denkst du denn?«
Die typische Frauenfrage. Ich dachte, wie hoch die Rechnung wird, ob ich mir noch einen dritten Chardonnay genehmigen soll und dass ich morgen früh tanken und Kühlwasser checken muss, sagte: »An uns ... Besonders an dich!«
Stanzi strahlte.
Ich hob mein Glas.
»Prost! Auf unseren Urlaub.«
Wir stießen an.
Schauten verlegen aneinander vorbei.
Wir waren noch ein junges Paar.
Urlaubsmäßig. Zum ersten Mal in Urlaub. Miteinander.
»Ist das schön«, sagte sie. »Endlich mal kein Stress.«
Ihr Smartphone läutete.
Wahrscheinlich die Klinik in Scheidegg.
Sie leuchtete. Also doch nicht die Klinik.
Hauchte: »Die Susanne!«
Kriegte feuchte Augen.
Susanne war ihre Tochter. Machte gerade Abitur.
Ich lud etwas auf meine Gabel, was nach Püree ausschaute und einen unaussprechlichen Namen hatte.
Und auch so schmeckte.
Sie legte das Handy weg, sagte: »Gut geht's der Susanne! Sie klingt so ... beschwingt.«
»Vielleicht wirst Oma?«
»Quatsch, da bin ich viel zu jung für.«
»Ich bin auch schon Opa.«
»Aber das kann man doch nicht vergleichen.«

»Männer altern langsamer.«

Sie lachte laut auf. »Hast wohl in der Apotheken Umschau gelesen …«

Sie trank.

Aß.

Allmählich kamen wir an.

Im Urlaub.

In Courseulles.

Zum Nachtisch ein Soufflé.

Schokoladenpampf mit Mandeln.

Espresso.

An einem der Tische ein Schrei. Noch einer.

Auf einen Schlag Stille. Die Gäste: erstarrt in ihren Essbewegungen.

Ich schaute.

Stanzi schaute.

Erschrocken.

Ein Mann war vom Stuhl gerutscht.

Ein alter.

Noch älter als ich.

Ich raunte: »Hat sich halt überfressen!«

Stanzi, entrüstet: »Sei doch nicht so!«

»Wie – so?«

»Eben – so!«

Geschrei erhob sich. Kellner eilten.

Ich sagte: »Sie sollen sich nicht so anstellen. Wie der George Bush senior noch Präsident war, ist er in Japan 1991 auch untern Tisch gerutscht. Beim Staatsbankett. Hat's überlebt. Bis 2018!«

Es wurde nach einem »Docteur« gerufen. Ob ein Docteur im Saal sei.

Ich war ein Docteur.

Der Philosophie.

Unbrauchbar.

Stanzi, Dr. med., brauchbar, sprang auf, stieß ihren Stuhl um, eilte zu dem Mann unterm Tisch.

Ein Mann eilte auch zu dem Untern-Tisch-Gerutschten hin. Er war noch ziemlich beweglich.

Stanzi und der Mann fummelten an dem bewegungslosen Alten rum.

Schauten sich an.

Oh je.

Ich weiß, wie Ärzte sich anschauen, wenn nichts mehr zu machen ist. Dann holen sie den Seelsorger.

War ich auch mal. In der Klinik.

Gut, dass es keiner hier wusste. Ich blieb sitzen und tat, als ginge mich das ganze Spektakel nichts an.

Ging mich auch nichts an.

Dachte ich.

Noch nicht.

5 Zwei vom Geheimdienst

Draußen hörte man ein Martinshorn. Auf Französisch.

Der Notarzt.

Die Sanitäter.

Der Saal wurde geräumt.

Die Nachspeisen blieben halb gegessen stehen.

Die Gäste wurden an die Bar gebeten.

Cognac. Calvados. Whisky.

Alles aufs Haus.

Stanzi stand unter Schock.

Wo so was doch ihr täglich Brot war.

Als Ärztin.

Aber nicht als Urlauberin in der Normandie.

Ich hielt ihr einen Calvados hin, trank selber einen, fragte: »Schaut schlecht aus, oder?«

»Sauschlecht!«

»Tot?«

Sie nickte.

Ich sagte: »Wahrscheinlich Herzinfarkt.«

»Nein, glaub ich nicht.«

»Warum nicht?«

»Es ging so schnell. Zu schnell ...«

»Trink. Vom Nix-Trinken wird er auch nimmer lebendig.«

»Sei doch nicht so ...!«

Sie trank trotzdem, atmete tief durch. Sagte: »Und das am ersten Urlaubstag.«

Ich sagte: »Wer war denn der andere Typ, der neben dir rumgefummelt hat an dem Alten?«

»Auch ein Arzt. Er hat Englisch gesprochen.«

»Was hat er denn gesprochen?«

»So ähnlich wie: ›*He's had it. Oh my God!*‹ Er war ganz mitgenommen, als wär's sein eigener Papa gewesen.«

»Soweit ich gesehen hab: Vom Alter her hätt's ja sein können ... Ach, da ist er ja.«

Der englische Kollege kam auf uns zu, mit einem Calvados in der Hand, sprach mit leicht gefärbtem Deutsch: »Hier sind Sie ja ... Sie sind aus Deutschland?«

Wir stellten uns vor. Einander. Howdoyoudo und so.

Small Talk.

Er war auch in Urlaub. Kam aus Kanada. Courseulles sei sein Lieblingsort. Neben Germany. München. »Weltstadt mit Herz«, knödelte er.

Er musterte mich. Unauffällig.

Ich ihn auch.

Wie zwei vom Geheimdienst.

Er musste in meinem Alter sein. Sah aber älter aus. Natürlich ...

Ich sagte: »Ist ja fast kanadisch hier. Überall stehen Gedenktafeln mit kanadischen Namen.«

»Ja«, sagte er, »hier sind sie gelandet. D-Day. Vor siebzig Jahren. Am 6. Juni '44, die Dritte Kanadische Infanteriedivision. Alles junge Kerle.«

Er schluckte. Ohne Calvados.

Ich sagte: »Heftige Verluste ...«

Er nickte. »Nach einer Stunde des Angriffs war die Hälfte der kanadischen Soldaten gefallen. Jeder zweite ... Durch die deutsche Wehrmacht. Atlantikwall.«

»Ja, beim Herfahren hab ich mich gewundert über die Bunker, die noch überall stehen. Alle paar Kilometer einer … Aber auch für die Deutschen war es kein Spaziergang, die Invasion. Sie hatten eine Kinderarmee, die meisten waren unter achtzehn, der Rest über fünfunddreißig, Veteranen aus dem Russlandfeldzug.«

Wir traten auf die Veranda. Er deutete in Richtung Strand. »Da, sehen Sie, da ist auch noch einer der Bunker.«

Ich sah: Neben dem Bunker waren deutsche Wehrmachtssoldaten in Blech gestanzt. Gespenstisch.

Ich sagte: »Und der Mann da, den sie gerade abtransportieren, war auch ein Deutscher, sagen sie …«

Er nahm einen Schluck Calvados, schaute in die Ferne, sagte: *»Poor chap!«*

Dann schaute er mich an, sagte: »Vielleicht war er schon mal da, vor siebzig Jahren …«

Er schaute mir in die Augen.

Ich fror.

Trotz Calvados.

Die Sonne war untergegangen. Ein kalter Wind kam auf.

Ich fror noch mehr.

Aber nicht vom Wind.

6 Löffeln

Wir hatten nicht weit nach Hause. Fünf Minuten die Strandpromenade entlang, dann in den Campingplatz hinein. Mit Sicherungscode am Eisengitter.

»Schau, da steht er, unser Schnuckelbus«, sagte ich.

Stanzi, immer noch blass, sagte: »Der kleinste von allen.«

Ein VW-Bus mit einem Dach zum Aufklappen, unser Schlafzimmer.

Ein greiser Zwerg unter den schicken fabrikneuen Wohnmobilen. Achtzig Quadratmeter Wohnfläche, Geschirrspüler, TV, WLAN, fließend Warm- und Kaltwasser, Dusche. Wie zu Hause.

Ich sagte: »Ist ja fast wie zu Hause. Schau, so viele deutsche

Nummernschilder. Essen. Düsseldorf. Wanne-Eickel. Augsburg. München ...«

»Und Köln!« Stanzi deutete auf unsere Rennsemmel, lachte.

Gott sei Dank lachte sie wieder.

Wir absolvierten die Gute-Nacht-Dusch-Klo-Runde, hatten das Waschhaus für uns, die Hautevolee machte sich in ihren Luxusschlitten bettfertig.

Als ich zu unserem VW-Bus zurückkam, lag Stanzi schon in der ersten Etage unterm Zeltdach, eingekuschelt in unseren Doppelschlafsack. Ich hievte mich über den Fahrersitz nach oben, drehte mich zweimal um die eigene Achse, zog mir im Liegen die Hose und das T-Shirt aus, stöhnte vor Anstrengung wie ein Ackergaul, suchte den Einstieg zum Schlafsack.

Stanzi lachte sich krank.

Ich sagte: »Wart nur, morgen schau ich dir beim Bettgehen zu, dann hab ich auch was zum Lachen!«

Wir löffelten uns aneinander, die nackte Haut gab uns ein Gefühl von Daheimsein, geborgen wie zwei Säuglinge.

Ich sagte: »Schon eine tolle Erfindung, so ein Doppelschlafsack!«

Sie kicherte.

Ich sagte: »Ich bin heut so müd, nach der langen Fahrt, ich glaub, da läuft nix mehr.«

»Ich auch!«, murmelte sie.

Wie man sich täuschen kann!

Danach nahmen wir noch einen Schlaftrunk aus der Pulle, Calvados.

Ich küsste sie auf den Nacken.

»Gut Nacht, schlaf gut!«

»Gut Nacht!«

Ich schreckte auf. War es zehn Minuten später oder eine Stunde?

Stanzi atmete so, als wäre sie noch wach.

»Bist du noch wach?«

»Ja, ich kann nicht schlafen.«

»Wegen der Susanne?«

»Wegen dem Alten, der heut Abend ... vom Stuhl gefallen ist.«

»Ja, schlimm, aber das erlebst du doch dauernd.«

Sie sagte: »Aber nicht im Restaurant. Nicht im Urlaub … Irgendwas stimmt da nicht.«

»Was stimmt da nicht?«

»Das wenn ich wüsst … Es war kein Herzinfarkt. Kenn ich. Es war kein Schlaganfall. Kenn ich auch.«

»Vielleicht war's was, was du nicht kennst. Plötzlicher Kindstod …«

»In dem Alter? Nein.«

Ich fragte: »Soll ich dich in den Schlaf singen?«

Sie lachte laut auf, sagte: »Dann bin ich für den Rest der Nacht hellwach!«

7 Französisch

Courseulles leuchtete.

Der Strand leuchtete.

Stanzi leuchtete. Sagte: »Jetzt hab ich doch noch gut geschlafen. Tief und fest.«

Ich sagte: »Sogar geschnarcht hast!«

Sie, entrüstet: »Das gibt's nicht!«

»Warum nicht?«

»Frauen schnarchen nicht!«

Ich verkniff mir einen Lacher.

Ich verkniff mir ebenso, die Damen aufzuzählen, die ich schon schnarchen gehört hatte wie die Holzfäller. Sagte: »Da merk ich wieder, dass ich kein Frauenkenner bin.«

Ich holte vom Kiosk Baguette, Croissants. Frühstück in Campingstühlen. Mit Espresso.

Wir zogen durch die Gassen in die Stadt. Das Städtchen.

Volles Programm.

Markt.

Frischer Fisch.

Frisches Geflügel.

Frischer Calvados.

Dazu ein Schreibwarengeschäft mit Zeitungen, Zeitschriften, Urlaubskrimis.

Kultur pur.

Ich kaufte eine Zeitung.

Mit Lokalteil.

Als könnte ich Französisch.

Wir machten richtig auf Französisch, hockten uns vor eine Bar, Pernod, Gauloises. Ich bestellte noch eine Runde Champagner. Mit jeder Runde wurde mein Französisch besser.

Stanzi staunte, sagte: »Ich wusste gar nicht, dass du Französisch kannst, reden und sogar Zeitung lesen.«

Ich, stolz: »Ich konnte mal fließend Französisch. Wie ich jung war … Aber ich hab eine Methode entdeckt, wie ich das wieder reaktivieren kann.«

»Wie?«

Ich deutete auf Pernod, Champagner: »Mit jedem Schluck wird mein Französisch besser!«

»Ach, das ist doch bloß eine Ausrede fürs Trinken!«

Ich tat entrüstet, sagte: »Das ist wissenschaftlich erwiesen. In der Süddeutschen hab ich gelesen: Alkohol fördert die Sprachgewandtheit des Menschen.«

»Papier ist geduldig!«

»Nein, der Artikel bezieht sich auf eine Studie im britischen Journal of Psychopharmacology. Die ham da so einen Versuch gemacht mit fünfzig Deutschen, die einen Holländischkurs gemacht haben. Danach haben sie die Gruppe aufgeteilt, die eine Hälfte hat was zum Trinken mit Alkohol gekriegt, die andere ohne. Und sie ham sich dann auf Holländisch unterhalten sollen. Und was glaubst, was rausgekommen ist?«

»Kann ich mir denken!«

»Ja, genau. Die Teilnehmer mit Alkohol haben besser Holländisch gesprochen, und ihre Aussprache war signifikant flüssiger!«

Ich legte meine Hand auf ihr Knie, sagte: »Eigentlich nix Neues. Alkohol enthemmt!«

Ihre Wangen nahmen ein zartes Rouge an, streng sagte sie: »Aber übertreiben brauchst es auch nicht … Jedenfalls nicht hier, in der Öffentlichkeit!«

»Wir können ja auch in unser Wohnmobil gehen … eine Übungsstunde auf Französisch …«

»Jetzt langt's! Auf jeden Fall hier.«

Ihr Rouge wurde noch einen Hauch rouger.

»Na gut, dann üb ich halt mein Französisch mit der Zeitung weiter.«

Ich nahm meine Hand von Stanzis Knie, hob sie in die Luft, rief: *»Garçon!«*

Stanzi schrieb eine Ansichtskarte.

Wahrscheinlich an Susanne. Nein, eher an ihre Mutter, Susannes Oma. Susanne wusste sicher nicht mehr, was eine Ansichtskarte war. Etwas aus dem Museum. Susanne war eine »digital native«.

Ich blätterte in der Zeitung. Le Monde.

Suchte nach dem Lokalteil.

Fand nichts von einem Todesfall im Restaurant »La Plage«.

Blickte auf.

Stutzte.

War das nicht unser kanadischer Freund von gestern Abend?

Er war es.

Schlenderte über den Markt.

Vor ihm ein altes Ehepaar.

Er weißhaarig, im Rollstuhl. Geschoben von einer Frau. Vermutlich seiner Frau. Sie war auch schon grau.

Sie kamen kaum durch die Menschenmenge.

Der Kanadier sprach sie an, machte ihnen den Weg frei.

Netter Typ.

Sie lächelten ihm dankbar zu. Als wäre er ihr geliebter Sohn.

Ich war gerührt.

Mein Vater wäre jetzt wohl auch so alt wie der Alte im Rollstuhl.

So alt wie meine Mutter, die im Pflegeheim an die Decke schaute. Vierundzwanzig Stunden am Tag.

Das blieb ihm erspart. Meinem Vater.

Er schaute seit dreißig Jahren den Sargdeckel an. Von unten.

Verstarb früh.

Kriegsfolgen.

Dieser verdammte Krieg hatte ihn kaputtgemacht.

Psychisch.

Am Ende den Atem genommen. Den Lebensodem.

Lungenembolie.

Vielleicht war es nicht der Krieg.

Sondern dass er nie ein Wort darüber sprach, was der Krieg aus ihm gemacht hatte.

»Was ist denn mit dir los?«

Ich schreckte auf wie aus einem Traum, rieb mir die Augen, sagte: »Verdammt noch mal, da ist mir doch grad was ins Aug hineingeflogen. Muss von dem Rauch vom Hühnergrill kommen …«

»Aber der Rauch geht doch in die andere Richtung.«

Die Weiber müssen immer alles besser wissen. Ich sagte: »Dann war's halt eben meine Zigarette.«

»Aber du rauchst doch grad gar nicht!«

Hoffnungslos. Ich dachte immer, sie kann nur in Köln oder Kempten nervig sein, nicht in der Normandie. Ich sagte: »Weißt, wen ich grad gesehen hab?«

Ich deutete auf die Leute, die sich durch den Markt schoben.

»Wen? Hoffentlich keinen von deinen Patienten.«

»Nein, das könnt ich grad noch brauchen. Unseren kanadischen Freund von gestern, deinen Kollegen. Wie er sich rührend um ein altes Ehepaar gekümmert hat …«

»Ja, ich glaub, das ist ein ganz ein Lieber.«

Sie schrieb noch eine Postkarte.

Ich trank noch einen Pernod, rauchte noch eine Gauloises.

Wir kauften ein dickes Grillhuhn, eine Flasche Chardonnay.

Für Picknick vor dem Campingbus. Mit Blick aufs Meer.

Auf dem Weg zum Campingplatz, vor einem Hotel:

Ein Notarztwagen.

Ein Sanitätsauto.

Ein Leichenwagen.

»Das kommt davon«, sagte ich, »weil die Leut werden immer älter und fahren immer öfter in Urlaub, und um die Zeit nach den Schulferien sind die Hotels quasi Altersheime. Da passiert so was öfter.«

Sie sagte: »Ach, das ist schlimm, in der Fremde sterben …«
Ich sagte: »Und erst die Überführungskosten.«
»Ach du …«
Ich sagte nichts mehr, sicherheitshalber.
Wir erreichten unseren Campingplatz.
Ohne Worte.

8 … wie meine Mutter

Sonne pur.
Wir wanderten durch die Dünen ins übernächste Dorf.
Saint-Aubin-sur-Mer.
Mit der alten Kirche und dem hohen Turm.
Man sah ihn vom Campingplatz aus.
Dann barfuß durch die sanfte Brandung.
Urlaub pur.
Spazierten durch das Örtchen.
An jeder Straßenecke ein Schild.
Ein Foto von Soldaten.
Junge Kerle.
Mit Zigaretten im Mund.
Kanadische Soldaten.
Sie lachten.
Sie hatten gut lachen. Hatten überlebt. Die Landung.
Gegen das deutsche Feuer.
Vom Atlantikwall.
Zwei Drittel ihrer Kameraden waren gefallen.
Im deutschen Feuer.
Ich sagte zu Stanzi: »Wenn die alle fotografiert hätten, die in den Sand gebissen haben, täten ihnen die Straßenecken nicht langen zum Bilder-Aufhängen.«
Sie, unwirsch: »Hör doch auf mit dem Zeug. Wir sind doch hier auf Urlaub, nicht im Krieg!«
Ich blieb mit meinen Gedanken allein.
Die jungen Kerle erinnerten mich an Fotos von meinem Vater.

Als junger Kerl. In Uniform. Mit Teenagergesicht. Mit seinen siebzehn Jahren.

Ich sagte, so unangepisst ich konnte: »Du bist wie meine Mutter. Jedes Mal, wenn mein Vater vom Krieg was sagte, sagte sie: Hör auf mit dem Zeug, sei froh, dass es vorbei ist. Auf jeden Fall nicht jetzt an Weihnachten.«

Nicht im Sommer.

Nicht am Geburtstag.

Nicht an Allerheiligen.

Nicht am Volkstrauertag.

Nicht im Urlaub.

Überhaupt nicht.

Nie.

Mein Vater gehorchte.

War ja zeit seines kurzen Lebens Soldat. Soldaten gehorchen.

Die Sonne stieg höher, die Stimmung tiefer.

Stanzi raunzte mich an: »Wenn du noch einmal sagst, ich bin wie deine Mutter, sind wir geschiedene Leute. Kannst allein Urlaub machen. Oder mit deiner Mutter.«

»Die ist im Pflegeheim. Dauerurlaub. Mit Deckenblick. Ins Unendliche …«

Seit sechs Jahren lag sie so da. Nach einer Hirnblutung. Ganglieneinblutung. Gelähmt. Sprachlos.

Wir trabten nebeneinanderher.

Bis sie sagte: »Meine Mutter hat übrigens das Gleiche gesagt wie deine. Wenn mein Papa vom Krieg angefangen hat, hat sie ihn angeschnauzt. Er war in Stalingrad. Kam heim ohne sein rechtes Bein. Unterschenkelamputiert …«

Sie versank in ihren Gedanken.

Erwachte wieder, sagte: »Glaubst du, mein Vater ist auch an den Kriegsfolgen gestorben?«

Ich sagte: »Vielleicht …«

Sie sagte: »Ach, wir wollen doch nicht vom Krieg reden und den kriegsversehrten Vätern und den Müttern, die nichts mehr davon wissen wollten.«

Wir schwiegen.

Gingen. Mehr nebeneinander als miteinander.

»Da«, sagte ich, »ein Bistro!«
Wir hockten uns vors Bistro, tranken Bier, Cassis, rauchten Gauloises.
Stanzi sagte: »Da schräg vis-à-vis ist ein Frisör. Ich könnt eine Auffrischung brauchen, bin vor lauter Arbeit nicht mehr zum Frisör gekommen vorm Urlaub. Ich schau mal hin, ob die mich drannehmen. Könnte ja sein, hier auf dem Land, da sind die Frisiersalons sicher noch nicht so überlaufen ... Und du kannst derweil noch ein Bier trinken.«
Sie ging Richtung Salon.
Ich ging Richtung Theke, fasste nach, biermäßig, kaufte noch eine Zeitung.
Blätterte.
Viele Tote.
In Syrien. Ukraine. Türkei. Die Agenturen waren geil auf Tote. Geburten wurden nicht gemeldet. Warum waren Tote interessanter als Neugeborene? Ich müsste mal einen Redakteur fragen. Zum Beispiel den Chefredakteur der Allgäuer Rundschau. Den Ex von Vasthi Graf.
Aber nicht heute.
Ein Auto parkte vor dem Bistro.
»Oh, Monsieur le Docteur!«
Großes Hallo.
Es war der Doktor von Courseulles und Umgebung. Dr. Charcot.
»Wie geht das Geschäft?«
»Zu gut. Kaum sind die Badeunfälle weg, weil die Kinder wieder in der Schule sind, haut's die Alten um.«
»Welche Alten? Im Altersheim?«
»Nein, die sind nicht umzubringen. Die alten Deutschen in den Hotels. Die sterben wie die Fliegen. In den letzten zwei Tagen drei Todesfälle. Einfach umgefallen ...«
»*Les boches* ... Den Verbrecher zieht es immer zurück an den Ort seiner Tat.«
»He, sei doch nicht so, das war doch vor über siebzig Jahren. Hat sich alles geändert, schau!«
Er zeigte auf die vielen Fahnen am Strand. Die Fahnen der

Befreier. Kanada, USA, England, Holland, Frankreich … und dazwischen eine Schwarz-Rot-Goldene.

»Das mit den Boches und der Feindschaft war spätestens zu Ende, wie der Mitterrand und der Kohl Hand in Hand im Juni 1984 auf dem Soldatenfriedhof von Douaumont standen. *Vive l'Europe.*«

»Fuck the Germans!«, sagte einer. Inzwischen sprach man in Frankreich auch öffentlich Englisch.

Ich machte mich sehr klein und unscheinbar. Ich Boche. Sie hatten nicht mitgekriegt, wo ich her war. Ich hatte meinen Mund gehalten. Ein Bier kann man auch ohne Worte bestellen. Einfach deuten.

Und deuten konnte ich ja als Psychoanalytiker.

Ein Handy schellte.

Laut.

Der Docteur horchte hinein, sagte: »*Merde*, nicht schon wieder einer …!«

Ich ging hinaus, hockte mich wieder an den runden Tisch am Fußweg.

Stanzi kam zurück.

»Stell dir vor, die sind auf drei Tage ausgebucht … Hier auf dem Land.«

Ich sagte: »Sind halt Französinnen. Schick. Schön. Land hin oder her.«

Wir trudelten am Campingplatz ein.

»Was ist denn hier los?«, fragte Stanzi.

Der Campingplatz war halb leer.

Wohnmobile standen vor der Rezeption Schlange. Zum Auschecken.

»Komisch«, sagte ich, »lauter deutsche Autonummern. Die müssen doch nicht mehr in die Schule oder in die Arbeit.«

»Vielleicht haben sie Termine mit ihrem Arzt. Oder im Krankenhaus.«

Ich sagte: »Oder Angst.«

9 Salz auf unserer Haut

Vierzig Grad im Schatten.

Morgenbad in den Atlantikwogen.

In der Ferne die weißen Klippen von England.

In der Nähe Stanzi.

Wogte mit.

Hielt sich an meine Schultern, ließ sich durchs Salzwasser ziehen.

Ein paar Rentner schauten uns zu.

Wir führten uns auf wie ein junges Liebespaar.

Sie jung. Ich ein paar Jahre älter. Rentner.

Salzwasser macht selbst Rentner frisch.

Stanzi schaute zum Strand.

»Warum sind denn hier zwei so Riesenkreuze?«, fragte sie.

Ich deutete auf das Kreuz an der Hafeneinfahrt. »Das ist das normale Kreuz. Von der Kirche. Für die Fischer. Damit sie nicht ersaufen. Und gute Fänge machen. Auf See wird man leicht gläubig. Besonders bei Sturm.«

»Wie im Flugzeug. Bei Turbulenzen«, ergänzte Stanzi. »Gott sei Dank bin ich Atheist.«

»Hast du nie Angst?«

»Ich flieg nie. Und bei Sturm geh ich auch auf kein Schiff.«

»Und bei deiner Arbeit, wenn du behandelst?«

»Da hab ich keine Zeit zum Denken. Oder Beten. Da muss ich mich konzentrieren.«

»Du Heidenkind!«

Wir lachten.

»Dann betest du nie … und glaubst an nichts …«

Sie schaute mich an, sagte voll überzeugt: »Man kann doch beten, auch wenn man nichts glaubt.«

Ich war sprachlos.

Weibliche Logik? Oder männlicher Unverstand?

Ich überging das Thema, zeigte nach vorn, sagte: »Das hintere Kreuz, rechts davon, Richtung Westen, mit dem schrägen Querbalken, das ist das Lothringische Kreuz. Da ist der de Gaulle gelandet, wie er von England zurückgekommen ist. Nach der

Befreiung … Früher führten die Feldherren ihre Armeen an. Jetzt schleichen sie ihnen nach, wenn der Krieg vorbei ist. Wie der de Gaulle. Die jungen kanadischen Kerle mussten sich abknallen lassen, den Strand einnehmen, und dann spazierte der Herr de Gaulle an Land. Mit Umtaumtatäteräää.«

»Du sagst das richtig verbittert.«

»Ich bin verbittert. Schau, und noch mal zweihundert Meter weiter, da ist das Museum vom D-Day. Da muss ich noch rein, da –«

»Jetzt hör auf, nicht schon wieder Krieg!«

Ich hörte auf. Nicht wegen des Zweiten Weltkriegs. Ich wollte keinen Krieg zwischen uns. Nicht im Urlaub.

Das Thema verfolgte uns bis zum Frühstück vor unserem VW-Bus.

Ich sagte: »Ich hätt tatsächlich Lust, heut in das Museum zu gehen …«

Stanzi, angepisst: »Ohne mich.«

»Dann geh halt Shopping!«

Das Wort Shopping wirkte wie ein Cocktail aus Johanniskraut, Bachblüten, Baldrian, Melisse, Passionsblume, Doxepin, Fluoxetin, Cipralex, Calvados.

Stimmungsaufheller.

»Gute Idee! Mal wieder richtig Shopping gehen, ohne auf die Uhr zu schauen. Ja, das mach ich!«

Ich dachte nicht, dass man in Courseulles viel shoppen konnte. Wenn Markttag war, ja, aber sonst … im Zeitungsladen? Im Supermarkt Leclerc? In ein paar Ramschgeschäften für Andenken?

Aber Frauen können überall shoppen.

Vermutlich sogar in der Sahara oder im Polareis.

Ich behielt meine sexistischen Gedanken für mich.

Als Ausdruck meines guten Willens warf ich das Geschirr in die Plastikwanne und ging abspülen.

Stanzi tat dasselbe mit sich. Duschen. Schminken.

Ich kam vom Geschirrspülen, staunte, sagte: »Gut schaust aus. Komm fei wieder heim! Nicht dass du dich von so einem feschen Franzosen anmachen lässt.«

Sie strahlte. Fiel vor Glück sogar in ihr Kölsch: »Jute Idee!«
»Ist auch von mir.«

Wir trennten uns in Frieden.
Ich schlenderte auf die andere Seite vom Hafen, ging durch die Dünen auf das Museum zu.
Vielleicht sollte ich noch einen Calvados trinken. Diese Kriegssachen nahmen mich mehr mit, als ich wollte.
Bei Stanzi spielte ich immer den harten Hund. Ohne sie war ich ein Weichei.
Ich entschied mich gegen den Calvados. Alkohol macht mich rührselig.

10 Väter und Söhne

»Studenten, Kriegsveteranen, Kinder unter acht Jahren und Inhaber eines Schwerbehindertenausweises erhalten freien Eintritt.«
Also nix mit frei.
Ich zahlte den Eintritt für das Juno Beach Centre. Ermäßigt. Fünf Euro fünfzig statt sieben Euro. Mit Rentnerausweis.
Schaute.
Bilder. Von Soldaten im Kampf. Am Strand.
Bücher. Von Soldaten …
Bilderbücher. Von Soldaten …
Videos.
Fotos.
Texte.
Las auf einem ausgerissenen vergrößerten Zeitungsartikel an der Wand:

Atlantikwall
Noch heute, mehr als siebzig Jahre nach seiner Entstehung, ist der Atlantikwall ein Denkmal deutscher Megalomanie. Im Dezember 1941 gab Hitler die Anweisung, Tausende

Kilometer von Europas Westküste zwischen Südfrankreich und Norwegen mit einem Sperrgürtel von Bunkern, Geschützbatterien, MG-Nestern und Panzertürmen zu versehen. Bis zum Juni 1944, als die Alliierten in der Normandie den Atlantikwall binnen Stunden durchbrachen, wurde zweieinhalb Jahre lang daran gebaut. Das geschah vor allem durch die Organisation Todt, eine Art staatseigener Riesenkonzern, mit Hunderttausenden Zwangsarbeitern, darunter auch KZ-Häftlinge. Strategisch war der Atlantikwall ein gigantischer Fehler, weil eine solche Befestigungslinie im Zeitalter der Luftbeweglichkeit, der Konzentration von Feuerkraft und der materiellen Überlegenheit große Armeen nicht aufhalten und kleine Kommandounternehmen nicht verhindern konnte. Von den mehr als achttausend Bunkern sind viele noch vorhanden. Sie erscheinen wie Überbleibsel aus einer Welt militärischer Saurier und stammen dennoch aus unserer eigenen frühen Gegenwart. – Kurt Kister, SZ 4/5 Feb. 2017.

Man sah:

Wie sich zwanzigjährige Buben abschlachteten und abgeschlachtet wurden.

Wie sechzigjährige Offiziere, Marschälle, Admirale vor siebzigjährigen Politikern salutierten.

Ich schaute in die Bubengesichter der jungen Soldaten.

Sah in jedem das Gesicht von meinem Vater, kriegte feuchte Augen, wurde wütend, grummelte halblaut: »Sollen sie doch die alten Säcke an die Front schicken zum Abschlachten. Dann wären die Kriege schnell zu Ende …«

»Stimmt!«

Ich zuckte zusammen.

Die Stimme hinter mir gehörte einem Mann meines Alters und kam mir bekannt vor.

Er sagte: »Gut, Sie hier zu sehen!«

»Ah, Sie sind's. Was für ein Zufall!«

Wir schüttelten uns die Hände.

Der kanadische Arzt.

Er sagte: »Kennen Sie Erich Maria Remarque? Der hatte eine ganz ähnliche Idee wie Sie mit den alten Säcken.«

»›Im Westen nichts Neues‹. Ja, ich hab's gelesen, ist schon eine Weile her, an die Stelle kann ich mich aber nicht mehr erinnern.«

»Er lässt in seinem Roman fünfzehn Jahre nach dem Ersten Weltkrieg den Kriegsfreiwilligen Kropp eine Idee für die Zukunft des Krieges entwickeln. Jede Kriegserklärung sollte eine Art Volksfest werden mit Eintrittskarten und Musik wie bei Stierkämpfen. Dann müssten in der Arena die Minister und Generäle der beiden Länder in Badehosen, mit Knüppeln bewaffnet, aufeinander losgehen. Wer übrig bliebe, dessen Land hätte gesiegt ...«

»Interessant, aber die Idee ist schon älter. Im alten Israel gab es so ein Stellvertreterverfahren. Die Geschichte von David und Goliath aus 1. Samuel 17. David gewann, also hatten die Israeliten gegen die Philister gewonnen. Ein Krieg mit nur einem Toten. Statt siebzehn Millionen im Ersten Weltkrieg.«

»Und sechzig bis fünfundsechzig Millionen im Zweiten.«

Wir schwiegen, schluckten.

Der Kanadier sagte: »Wir kennen beide Erich Maria Remarque. Und wir kennen uns vom Sehen. Aber noch nicht mit Namen.«

»Emil«, sagte ich, »Emil Bär.«

»Warren. Warren Trudeau.«

Ich sagte: »Und wie ist der Urlaub?«

»Wunderbar!«

Sein Gesicht schaute eher nach Regenwetter aus. Seine Augen glühten fiebrig.

Ich fror.

Er konterte: »Und wie geht's Ihrer Tochter, meiner Kollegin?«

»Meine Freundin.«

»Oh.«

Was auch immer »Oh« bedeuten mochte.

Wahrscheinlich war er neidisch.

Ich sagte: »Sie ist Shopping.«

»Das tun Frauen gern ...«

»Ja, Frauen shoppen, Männer ziehen in den Krieg.«

Ich deutete auf die Fotos an den Wänden. Krieg. Sagte: »Ich finde es auch wunderbar hier in Courseulles. Nur diese Bunker und die Gedenktafeln und dieses Scheiß-Museum hier ... Drückt mir auf die Stimmung. Ich muss dauernd dran denken, dass mein Vater im Alter dieser jungen Burschen war, Ende des Krieges.«

»Hat er auch hier gekämpft?«

»Weiß ich nicht genau. Er hat nie offen drüber geredet, nur in Andeutungen. Ich weiß nur: Er war irgendwann in Holland. Und Frankreich. Und nach dem Krieg in England. Gefangenschaft.«

»Können Sie ihn nicht fragen?«

»Solange er lebte, wollte ich ihn nicht fragen. Und als ich ihn fragen wollte, war er schon tot.«

»Meiner war schon tot, bevor ich ihn fragen konnte.«

»Früh verstorben?«

»Vor meiner Geburt. Gefallen. Hier. Am Strand ...«

»Tut mir leid.«

Wir schwiegen.

Er schaute woandershin. Weit weg.

Ich deutete auf eine Inschrift, ein Zitat, übergroß:

»›Ich weiß, was Krieg bedeutet. In Kriegen werden anständige Leute zu Massenmördern.‹ Benjamin Ferencz landete 1944 als US-Soldat in der Normandie, er sah die Nazi-Konzentrationslager.«

Warren nickte, sagte: »Ich kenne ihn.«

»Den Krieg?«

»Nein, den Ferencz. Ich hab ihn mal in den USA getroffen. Er war bei den Nürnberger Prozessen dabei und danach noch lange in Deutschland. Er sagte mir: ›Kein Deutscher hat in den ersten Nachkriegsjahren etwas bedauert oder gar um Verzeihung gebeten. Das hat mich am meisten enttäuscht.‹ Er ist dann zurück nach USA. Mit vier Kindern. Alle in Deutschland geboren.«

Ich wusste nicht, was ich darauf sagen sollte, sagte: »Ich glaub, ich geh mal raus. Eine rauchen.«

»Gute Idee!«

Wir traten vor das Museum, die Sonne gleißte, wir rauchten Gauloises, schweigend, im Schatten vom Museum.

Er sagte: »Wir wär's mit einem Drink?«

Ich, erleichtert: »Gute Idee!«

»Ich kenne ein feines Bistro. Direkt am Hafen.«

Wir gingen ins Bistro, hockten uns auf die Veranda an einen der kleinen runden Tische. Es roch nach Hafen, Fisch, Diesel, Zigarettenrauch.

Ich sagte: »Sie kennen sich gut aus hier!«

»Ja, ich war schon öfter hier.«

»Ihr Lieblingsurlaubsort?«

»Sort of …«

Er bestellte zwei Pernods. Sprach erstklassiges Französisch.

Ich sagte: »Für einen Kanadier sprechen Sie aber klasse Französisch.«

Er lachte.

»Ich bin in Quebec aufgewachsen. Zweisprachig.«

»Und Deutsch sprechen Sie auch fließend.«

Er sagte: »Business. Bin viel rumgekommen.«

Ich fragte: »Und was hat Sie nach Süddeutschland gezogen?«

Sein Blick wich meinem aus. Er trank seinen Pernod aus, sagte: *»Research.«*

Er sagte Research so, dass ich lieber nicht fragte, welche Art von Research er meinte.

Er winkte dem Ober. Bestellte noch mal zwei Pernods, sagte dann: »Wie heißt es bei euch: Auf einem Fuß steht man nicht!«

Er lachte. Ich auch.

Auf die Pernods folgte ein Bier. Dann noch eins.

Mir wurde schummrig.

Er wurde bierselig. Sagte: »Wenn unsere Väter beide als junge Kerle im Krieg waren, sind wir altersmäßig wohl auch nicht zu weit voneinander entfernt. Ich bin Baujahr '45.«

Ich sagte: »'48.«

»Dann darf ich dir ja das Du anbieten, Emil.«

»Gern, Warren!«

Wir prosteten uns zu.

Wie alte Freunde.

Wir wankten aus dem Bistro.

Verabschiedeten uns.

Deutsch.

Mit Handschlag.

Er sagte: »Servus!«

»Servus!«

Er drehte sich noch mal um, rief mir hinterher: »Und Grüße an deine Tochter!«

Ich dachte: Arschloch, besoffenes, rief zurück: »Gern, da wird sie sich freuen.«

11 Rauschgoldengel

Stanzi war glücklich.

Überglücklich.

Übersah, dass ich einen sitzen hatte.

So freute sie sich über ihre Shoppingtour.

»Schau, ich hab mir einen neuen Badeanzug gekauft!«

Ich sagte: »Eine Wucht!«

»Du hast ihn ja noch gar nicht gesehen.«

Sie kramte in ihrer Shoppingtüte von Les Secrets de Claire.

Ich sagte: »Das klingt ja nach Geheimnis. Bei deinem Geschmack muss er eine Wucht sein!«

»Schau!« Sie hielt ihn an sich.

Ich sagte: »Ich hab's doch gewusst! Eine Wucht! Oh, là, là! Da kommt gleich mein Französisch zurück!«

»Und fällt dir noch was auf?«

»Was soll mir auffallen?«

Ich war gedanklich noch immer bei dem depperten Kanadier.

»Schau halt!«

»Wohin? Ist noch was in der Tüte?«

»Nein. Auf meinen Kopf!«

»Eine neue Sonnenbrille!«

»Nein, die hab ich doch schon lang …«

»Schaut aber aus wie neu!«

Allmählich wurde es peinlich.

Sie schüttelte den Kopf. Sah aus wie ein Rauschgoldengel.

Ich sagte: »Siehst aus wie ein Rauschgoldengel!«

»Na endlich. Ich war beim Frisör. Stell dir vor, in Courseulles gibt es mehr als zehn Frisiersalons!«

»Hast du sie gezählt?«

»Ja, ich hab alle angeschaut.«

»Und zum besten bist dann hineingegangen!«

»Ich hoffe. Jedenfalls war es der teuerste, und ich bin gleich drangekommen.«

»Wahnsinn, typisch französisch, deine neue Frisur.«

Ich fand sie nicht anders als ihre Scheidegger Dauerwelle. Aber bitte ...

»Schön, dass sie dir gefällt!«

Ich sagte: »Heut bei diesem Kaiserwetter, da sollten wir deinen neuen Badeanzug und deine neue Frisur gleich einweihen. Strandspaziergang mit Baden und danach einen Drink.«

»Baden kann ich nicht!«

»Warum, hast deine Tage?«

»Nein, wegen meiner neuen Frisur.«

»Dann gehst halt bloß bis zum Hals hinein.«

»Und wenn eine Welle kommt?«

»Ich pass schon auf. Dann rett ich dich. Ich bin nämlich ausgebildeter Rettungsschwimmer!«

»Ach, davon hab ich noch gar nichts gewusst.«

Ich auch nicht. Als Kind hab ich mal Freischwimmer gemacht. Sagte: »In meiner Jugend ...«

Man muss ja nicht alles so eng sehen. Im Urlaub. In Frankreich. Und überhaupt.

Sie sagte: »Toll! Stille Wasser gründen tief.«

»Gehen wir ins Wasser!«

Wir steckten unser Badezeug in meinen Rucksack.

Den einzigen weit und breit. Ich kam mir vor wie ein deutscher Wehrmachtssoldat. Den Atlantikwall verteidigen.

Wir liefen die Strandpromenade entlang.

An einem Schild vorbei: »Hier landete de Gaulle ...«

Ich sagte: »Schau, das Schild: Hier landete de Gaulle.«

»Ein Wikinger?«

Oh Gott, was lernten die heute in der Schule? Sie hatte meine gelehrten Ausführungen schon wieder vergessen. Vor lauter Shoppen.

Aber gut, sie war ja auch Medizinerin, nicht Historikerin.

Wir gingen gegen den Wind durch den Sand barfuß in Richtung Westen.

Ich deutete voraus, sagte: »Da ist sicher eine gute Badestelle, da sind ein Haufen Leut!«

Von fern sah ich: einen Steg, der abschüssig ins Meer führte.

Wo die Buben von der Rampe ins Wasser sprangen.

Wir kamen näher. Wurden eins mit der Horde von Gaffern, die ich so hasse.

Auf dem Steg standen aber keine Buben.

Sondern Sanitäter.

Polizei.

Ein Sanka tütete heran.

Menschen fuchtelten auf Französisch, Englisch, Holländisch, Deutsch.

Aufgeregt.

Aufgebracht.

Sie zogen gerade etwas aus dem Wasser.

Wie einen Sack.

Der Sack hatte weiße Haare auf dem Kopf.

Sie legten ihn auf die Holzplanken.

Machte ihnen sichtlich Mühe.

Tote sind schwer.

Dann zogen sie einen Stuhl aus dem Wasser.

Einen Rollstuhl.

Stanzi sagte: »Nicht schon wieder!«

Der Notarzt kam.

Der aus dem Bistro. Dr. Charcot.

Schaute sich das Objekt an.

Zuckte mit den Schultern.

Sagte: »Nicht schon wieder … ein alter Boche!«

Ich fragte einen der Neugierigen: »Was ist denn passiert?«

»Der Mann ist mit seinem Rollstuhl direkt ins Meer gerollt … ertrunken …«

Ich sagte zu Stanzi: »Du kannst doch besser Französisch als ich. Kannst nicht mal zu deinem Notarztkollegen Charcot hingehen und rausfinden, was da los war?«

Sie zögerte.

»Komm schon ...«

Sie ging hin, wechselte ein paar Worte mit dem Notarzt. Der deutete auf eine Frau.

Eine ältere grauhaarige Frau um die siebzig stand da. Schluchzte.

Es klang deutsch. Es war deutsch: »Mein Hans ... der arme ... wie konnte das nur passieren ...«

Ich fragte sie: »Ein Angehöriger von Ihnen?«

Sie konnte vor Schluchzen nicht reden.

»Ihr Vater?«

Zwischen zwei Schluchzern kam: »Mein Mann!«

»Oh ... schlimm ...«

Sie: »Gerade heut, an seinem Geburtstag ...«

»Wie alt ist ... äh ... war er denn?«

»Neunundachtzig ... er wollte noch einmal an den Atlantikwall ... wo er als junger Soldat war ...«

Heulkrampf.

Stanzi und ich zogen uns zurück, wanderten wortlos weiter.

Badeten.

Lustlos.

Trabten zurück.

Hockten uns an die Hafenkneipe, Blick aufs Meer.

»Ich brauch ein Bier.«

»Ich auch!«

»Garçon!«

Der Kellner stellte uns zwei große Humpen Stella Artois hin.

Ich nahm einen tiefen Schluck, sagte: »Da sterben ja bald mehr als damals im Krieg ...«

»Hör auf mit deinem Krieg!«

»Gut, aber sag, was hat denn dein Kollege gemeint?«

»Er hat gesagt, die Deutschen sind auch nicht mehr das, was sie mal waren. In dieser Woche hat er schon sieben davon den Totenschein ausgestellt.«

»Und die Todesursache?«

»Altersschwäche, meint er. Ich hab ihn gefragt, ob sie Obduktionen gemacht haben. Er sagte nur: In dem Alter? Lohnt sich nimmer.«

Ich sagte: »So ein Zufall, lauter Deutsche, die Toten, alle um die neunzig.«

Sie sagte: »So was kommt vor. Vielleicht geht ein Virus um. In dem Alter ist das Immunsystem geschwächt.«

Ich sagte: »Ich glaub weder an Zufall noch an Viren.«

»Was glaubst du dann?«

»Kann ich dir nicht sagen, sonst werd ich gleich wieder angeschnauzt …«

»Denkst du, es hat was mit dem Krieg zu tun?«

»Ja, aber das hast du gesagt … Jetzt reden wir wirklich nicht mehr vom Krieg!«

12 Geschändet

»Wie schaust denn du aus?«

Stanzi war entsetzt.

Ich auch.

War wohl keine so gute Idee gewesen, zum Frisör zu gehen.

Urlaubsidee.

Ich hatte mir einen Retro-Frisör ausgesucht.

Gegenteil von den Schickimicki-Salons.

Mit Tiefpreisgarantie.

Zwölf Euro.

Ein Salon, der mich an meine Kindheit erinnerte.

Uralt.

Nachkriegsmobiliar.

Der Chef schnitt persönlich.

Sonst war niemand im Salon. Das restliche Personal war wohl in der Mittagspause.

Oder im Ruhestand.

Ich deutete ihm mit Daumen und Zeigefinger an, wie kurz ich meine Borsten wollte.

Er fing an, schnipselte mit der Schere an meinen Haaren herum.

Ich versuchte, auf Französisch Small Talk zu machen.

Erzählte ihm: »Als Teenager war ich auch mal ein paar Jahre in Frankreich.«

»*Qui? Où?*«

»Versailles. *Mon père … était …*«

Mir fiel nicht ein, was Soldat auf Französisch heißt.

Ich sagte, auf Englisch: »*Soldier.*«

Er sagte: »Soldat.«

Ich schämte mich.

»*Combien de temps, à Versailles?*«

»*Cinq ans.*«

»Oh!«

Bewunderung.

Ich dachte, was denkt der von mir, fünf Jahre in Frankreich und bringt kaum ein Wort Französisch raus.

Ich war damals elf Jahre alt. Mein Vater, der Soldat, ließ sich nach Paris versetzen. Ins Hauptquartier der NATO. Meine Mutter tobte, er drohte mit Scheidung, meine Mutter gab klein bei, vorläufig. Meine Großeltern, die unten in dem kleinen Siedlerhäuschen wohnten, weinten. »Jetzt haben wir nur die eine – sie meinten ihre Tochter –, und die geht auch noch weg!«

Ich weinte nicht. Jedenfalls nicht öffentlich. Ich kam ohne ein Wort Französisch nach Frankreich, in einen Wohnsilo. Zum Weinen ging ich immer aufs Klo. In der Schule verstand ich kein Wort.

Nach fünf Jahren sprach ich fließend Französisch.

Nach weiteren fünfzig Jahren brachte ich kaum mehr ein französisches Wort heraus. Es war einfach weg. Ausgelöscht. Nicht ausgelöscht waren die Streitigkeiten meiner Eltern, die zum ersten Mal als Paar unter einem Dach lebten – Vater war bislang immer auswärts zur Arbeit gewesen –, die Erinnerung an meine Mutter, die vor Schmerzen im Schlafzimmer schrie und dann das Klo voller Blut hinterließ. Erst Jahre später reimte ich mir zusammen: Es war ein Abgang. Irgendwann verschwand sie Richtung Deutschland, heim, mit Verdacht auf Brustkrebs. Eines Tages kam ich von der Schule und fand sie in der Küche, Gasofen offen, Abzug verklebt. Suizidversuch.

Deshalb hab ich alles Französisch aus meinem Hirn gelöscht.

Ich hätte lieber die Katastrophen gelöscht und das Französisch behalten.

All das hätte ich gern dem Frisör erzählt, aber die französischen Wörter kamen nicht. Ich floh ins Englische.

»Many visitors in Courseulles.«

Er sprach auch lieber Englisch mit mir.

»A lot of Germans, yes.«

Er schnitt wortlos weiter.

Er hörte nicht mehr auf zu schneiden.

Die Haare wurden immer kürzer.

Ich dachte an die französischen Mädchen, die sich im Krieg mit deutschen Soldaten eingelassen hatten. Horizontale Kollaboration.

Nach Kriegsende wurden sie kahl geschoren und mit heruntergerissenen Kleidern halb nackt durch die Gassen gejagt. Zwanzigtausend Frauen, schätzt man, wurden so geschändet. Zweihunderttausend Kinder wurden geboren. *Enfants maudits*, verdammte Kinder.

Er hielt mir einen Spiegel hin.

Ich sah aus wie ein alter Mann mit der Frisur einer jungen Kollaborateurin.

Späte Rache?

Sei nicht paranoid, sagte ich mir.

Ich zahlte zwölf Euros für die Schändung, verabschiedete mich mit *»Merci beaucoup«* beim Meister, der nur nickte.

Stanzi tröstete mich: »Aber sie wachsen ja wieder.«

Die Haare ja, leider nicht mein Französisch.

Zwei Wochen später, daheim auf meiner Alm, schaute mich meine Nachbarin Bärbel genauso entsetzt an wie die Stanzi, fragte: »Hast dir deine Haar etwa selber geschnitten?«

»Nein, ich bin fremdgegangen in Frankreich. Nächstes Mal komm ich wieder zu dir zum Haarschneiden.«

Ich vermied es, in die Schaufensterscheiben zu schauen. Keine Lust, mein geschändetes Spiegelbild zu sehen.

13 Marktlücke

Wir flanierten weiter durch Courseulles.

»Schau mal«, sagte ich. Deutete auf ein Schild.

In der Einfahrt stand ein Leichenwagen.

Auf dem Schild stand: »Funérailles Paix. Hier wird auch Deutsch gesprochen.«

Ich sagte: »Die haben wohl eine Marktlücke entdeckt.«

Stanzi zog mich an der Hand weiter, sagte: »Ach, lass das. Das ist so deprimierend. Bestattung. Leichenwagen.«

»Leichenwagen bringen Glück!«

»Quatsch! Leichenwagen bringen Tote.«

»Doch, das stimmt. Glück bringt er, der Leichenwagen … Aber nur, wenn er von links kommt!«

»Bist jetzt durchgeknallt?«

»Wahrscheinlich. Aber es stimmt. Weiß ich schon immer. Schon als Bub …«

»Ach, lass mich in Ruh mit deinen Spinnereien!«

Ich sagte: »Ich will bloß schnell was rausfinden! Geh halt eine halbe Stunde Shopping. Kannst mir eine Süddeutsche mitbringen …«

Sie ließ sich widerwillig zum Shopping überreden.

Ich öffnete die Tür vom Bestattungsinstitut Paix.

An der Rezeption saß eine Dame. Sah aus wie Mireille Mathieu nach der Menopause. Pechschwarzes Haar. Knallrote Lippen. Vertrauensvoller Blick.

»Bonjour, monsieur!«

Sie meinte mich.

Ich sagte: »Da draußen auf Ihrem Schild steht, dass man hier auch Deutsch spricht.«

»Oui, monsieur … un moment!«

Sie lächelte mich an. Beruhigend.

Rief ins Innere des Etablissements: »Orst!«

Sagte zu mir: *»Tout de suite! Asseyez-vous!«*

Deutete auf einen schwarzen Sessel.

Ich sagte: *»Merci beaucoup.«*

Dazu reichte mein Französisch gerade noch.

Auf dem Sessel hockte eine Katze. Klein. Weiß. Mit einem pechschwarzen Tupfen zwischen den Augen. Vielleicht benutzte sie das gleiche Schampon wie Madame Mireille.

Ich sagte: »*... petit chat ... magnifique ...*« Weiter kam ich nicht, weil ich nicht wusste, was »Tupfen« auf Französisch heißt.

Madame Mireille errötete verschämt, sagte: »*Oh pardon, monsieur.*«

Zur Katze: »*Viens ici, ma chérie!*«

Das Kätzchen machte einen Satz und landete auf dem Schoß von Madame.

Ich dachte: Da wär ich jetzt auch lieber als in einem harten Plastiksessel.

»Ich sagte: »*Magnifique ... quelle chatte amoureuse!*«

Sollte heißen: Was für ein liebes Kätzchen.

Madame kicherte, das Rouge auf ihren Wangen erglühte.

Ein Schrei erlöste uns aus der unglücklichen deutsch-französischen Situation. Er kam aus dem Nebenraum. »Ja?«

Die Ja-Stimme gehörte Orst. Er sagte: »Horst Mengele« und streckte mir seine Hand entgegen: »Was kann ich für Sie tun?«

Ich sagte: »Bär. Emil Bär. Es handelt sich um ... äh ... was Vertrauliches«, streifte mit einem Blick Madame Mireille mit der Pussy auf ihrem Schoß. Sie tippte auf die Tasten ihres Gerätes ein, schaute ganz tief in den Bildschirm ihres PCs.

Orst kapierte sofort, sagte: »Kommen Sie doch mit in mein Büro.«

Sein Büro war eingerichtet wie eine Gruft, nüchtern, am Fenster stand eine Urne.

Ich dachte, ob sie wohl voll ist oder leer.

Er bot mir einen Stuhl an.

Lächelte erwartungsvoll.

Wie ein Psychoanalytiker.

Ich sagte: »Ich bin nämlich in Sorge. Wegen meinem Vater, mit dem mach ich gerade Urlaub hier ... Es war sein letzter Wunsch, er ist schon neunundachtzig, multimorbid, wenn Sie verstehen, was ich meine ...«

Orst nickte wissend.

»Er war nämlich als junger Mann hier, im Krieg, 1944, Invasion, Sie wissen schon ...«

Orst nickte wieder. Wissend.

»Und in den letzten Tagen sind doch etliche von den alten Leuten umgekommen ...«

»Ja, ich weiß. Deshalb haben wir hier auch einen speziellen Service eingerichtet. Im Falle, dass –«

»Und ich hab mir gedacht, wenn meinem Vater was zustößt, was passiert dann?«

Orst lächelte aufgeräumt: »Sie brauchen sich keine Sorgen zu machen. Wir organisieren die Rückführungen von Anfang bis Ende.«

»Rückführungen?«

»Ja, die ... Verstorbenen und ihre Angehörigen ... möchten doch, dass ihre Lieben in der Heimaterde zur letzten Ruhe gelegt werden, und deshalb haben wir diesen Rückführungsservice eingerichtet. Wir erledigen auch alle Formalitäten mit den französischen Behörden hier, mit den Ärzten, Gesundheitsamt, Polizei, Konsulat, Zoll, Spezialsarg aus Zink, undurchlässig verlötet, der auch in Deutschland genehmigt ist ... Einfach das ganze Paket.«

»Und was kostet so eine Rückführung und das ganze Paket?«

»Es kommt auf die Umstände an. Und die Entfernung.«

»Sagen wir mal von hier nach Kempten. Allgäu.«

Orst tippte Zahlen in einen Taschenrechner, checkte auf Google Maps die Entfernung zwischen Courseulles und Kempten, sagte: »So ganz genau kann ich es nicht sagen. Hängt auch von den Wochentagen ab.«

»Wieso?«

»Wenn die Rückführung übers Wochenende stattfindet, greifen die Wochenendtarife. Für die Fahrer. Wir brauchen zwei Fahrer ... EU-Bestimmungen, wie bei den Fernfahrern ... und Klimaanlage und so ... jetzt im Sommer ...«

»Klar ... Mich interessiert nur die Größenordnung, auf ein paar hundert Euro hin oder her kommt es mir nicht an.«

Orst zögerte, sagte: »Also ganz grob gerechnet ... zwischen zehntausend und zwanzigtausend Euro. Eher zwanzigtausend plus. Standard. Zehntausend ist mehr für Sozialfälle ...« Er schaute angewidert. Ergänzte: »Unwürdig. Pietätlos.«

Ich hielt mich an meinem Stuhl fest.

»Was heißt Standard?«

»Die billigste Ausführung.«

»Das ist ja mehr, als der ganze Urlaub hier kostet!«

Orst nickte verständnisvoll, sagte: »Es war schon immer teurer, zu sterben, als Urlaub zu machen.«

Ich, ganz Schwabe: »Gibt's denn da keinen Rabatt oder so was?«

»Es käme günstiger, wenn wir zwei ... äh ... Särge zugleich transportieren würden ... sozusagen Mengenrabatt. Aber dann müssten die ... äh ... Herrschaften relativ zeitnah miteinander das Zeitliche segnen und auch ortsnah wohnen. Zum Beispiel im Allgäu. Wenn einer ins Allgäu und einer nach Kiel rückgeführt wird, ist das schon wieder kostspieliger.«

Ich hatte eine Eingebung: »Und der ADAC? Ich bin Mitglied. Gold Plus. Der ADAC sammelt auch die kaputten Autos auf und bringt sie mit einer Sammelladung zurück, hab ich selber schon erlebt ...«

»Dazu würde ich nicht raten. Der ADAC übernimmt zwar die Überführung an den Heimatort im Todesfall. Aber unsere ... äh ... Kunden hier sind in dem Alter, wo sie nicht mehr selber Auto fahren und deshalb auch nicht mehr beim ADAC sind. Wir hatten noch keinen Fall ... Außerdem sind unsere Kunden eher wohlhabend. Und wir legen keinen Wert auf den ADAC, weil wir damit an Minimalstandards gebunden wären, und unseren Kunden, denen ist für ihre dahingegangenen Lieben nur das Beste gut genug. Man kann das daran sehen, dass bei einer Bestattung am Sterbeort, also in dem Fall hier in Courseulles, bis zu zehntausend Euro erstattet werden. Das ist so die Größenordnung wie für eine billige Rückführung ... Wie gesagt: unwürdig, pietätlos.«

Er meinte wohl so was wie Knebelverträge.

Ich wischte mir den Schweiß von der Stirn.

Dachte noch rechtzeitig, dass mein Vater schon seit dreißig Jahren unterm Boden ist.

Fragte: »Haben Sie eine Ahnung, warum gerade so viele alte deutsche Urlauber sterben?«

»Es machen ungewöhnlich viele hier Urlaub in diesem Jahr … und in dem Alter … Vielleicht das Klima … oder der Klimawandel … keine Ahnung …«

Ich stand auf, sagte: »Daran hab ich noch gar nicht gedacht, dass der Klimawandel so gefährlich sein kann. Aber auf jeden Fall vielen Dank, Herr Mengele. Jetzt weiß ich wenigstens, was auf mich zukommt, wenn's so weit ist …«

Orst sagte: »Keine Sorge, es wird schon alles gut gehen. Hier ist meine Karte. Mit Mobilnummer. Rund um die Uhr. Alles in Deutsch. Ich begleite Sie noch hinaus.«

Ich winkte im Vorbeigehen der Mireille Mathieu und ihrem Kätzchen zu, sagte im besten Französisch, das ich hatte: *»Au revoir, madame!«*

Sie winkte zurück, zwinkerte mit ihren geschminkten Glutaugen: *»Au revoir, monsieur. A bientôt.«*

»Nein danke, das nicht«, sagte ich erschrocken.

Auf Deutsch.

Orst geleitete mich hinaus. In die gleißende Sonne. Zeigte auf den Leichenwagen, sagte stolz: »Unser neuestes Modell. Top-Ausführung. Klimaanlage, dreihundertfünfzig PS, spart zwanzig Prozent der Fahrzeit … ein Traum!«

Ich sagte: »Und tiefergelegt ist er auch!«

Orst sagte: »Tiefergelegt?«

»Ja, schauen S' … Der liegt doch ziemlich tief auf der Straße.«

Orst schaute. Wurde leichenblass, hauchte: *»Mon Dieu, mon Dieu.«*

Ich fragte: »Was kaputt?«

Er deutete mit seiner rechten Hand auf den Leichenwagen, unten auf die Reifen.

Sie waren platt.

Zerstochen.

»*Merde!* Diese Schweine, schon wieder … Oh, Entschuldigung!«

Er rang um Fassung.

Ich fragte: »Kommt das öfter vor?«

Er sagte: »Leider ja.«

»Warum?«

Er schaute sich um, flüsterte: »Es gibt hier politische Kräfte, ich möchte keine Namen nennen, Extremisten, die sehen es nicht so gerne, wenn wir uns so sehr um unsere deutschen Gäste kümmern …«

»Um die Boches … Und die Polizei?«

»Die hält sich da raus.«

»Und die Unkosten für die zerstochenen Reifen … werden an die Kundschaft weitergegeben?«

»Nein, natürlich nicht. Unsere Versicherung –«

»Gut, dass es noch was Sicheres gibt!«

Er verstand den Scherz nicht.

War ja auch Bestatter, nicht Clown.

14 Santé

Stanzi saß vor dem Café, Pernod, Zigarette, umgeben von Rauch und Tüten.

Sie sah meinen Blick, sagte: »Nur ein paar Kleinigkeiten. Souvenirs für die Susanne, und für dich hab ich eine Süddeutsche! Sogar von heute!«

Normalerweise erhielt man um diese Zeit nur die SZ von gestern. »Danke«, sagte ich und fing an, die Seiten ungeduldig durchzublättern.

»Gibt's Neuigkeiten?«, fragte sie.

Der Kellner kam.

Ich bestellte zwei Croissants, zwei Champagner und zwei Calvados.

Stanzi, beunruhigt: »Was ist denn los mit dir? Willst du uns zudröhnen?«

Ich sagte: »Es liegt an den Neuigkeiten.«

»Und was sind die Neuigkeiten?«

»Das Leben ist kurz. Zu kurz …«

Sie schaute mich mit hochgezogenen Augenbrauen an, vergaß

zu rauchen. Ich vollendete meine Rede: »Man muss es genießen. Das Leben.«

Nahm mein Champagnerglas, reichte ihr das zweite, sagte: *»Santé! Carpe diem!«*

»Du wirst immer rätselhafter«, sagte sie, nippte am Champagner. »Trotzdem gut.«

»Weißt du, was eine Überführung von hier nach Kempten kostet?«

»Keine Ahnung. Wir fahren doch mit unserem Campingbus.«

»Zehntausend Euro plus. Nach oben grenzenlos. Und man hat nichts mehr davon, weil man tot ist. Weißt du, wie viel Champagner man für das Geld kaufen kann?«

»Keine Ahnung.«

»Ich auch nicht. Hab meinen Taschenrechner nicht dabei.«

»Und wie kommst du auf die Frage, was eine Überführung kostet? Betrifft uns doch nicht.«

»Noch nicht. Ich komm drauf, weil ich nachgefragt hab. Im Bestattungsinstitut boomt das Geschäft. Überführungen nach Deutschland. Demnächst machen sie Gruppenüberführungen. Sie haben sogar einen deutschen Bestatter eingestellt. Orst.«

»Orst?«

»Horst auf Deutsch. Die alten Opas hier auf Ferien sterben wie die Fliegen. Und müssen dauernd zurückgekarrt werden zur Beerdigung. Deutsche Erde. Deutschland, Deutschland über alles, sogar noch überm Sarg. Sie haben sich erst vor Kurzem einen nagelneuen Leichenwagen angeschafft. Mit Klimaanlage und dreihundertfünfzig PS. Der spricht sogar Deutsch.«

»Der Leichenwagen?«

»Der Fahrer. Orst. Sie haben nur ein kleines Problem …«

»Ja?«

»Jemand hat dem Superschlitten alle Reifen zerstochen.«

Sie runzelte ihre hübsche Stirn, sagte, mit der gefährlichen Betonung auf E: »Emil …!«

Oh je. Kampfansage.

»Emil! Du wirst doch nicht … Halt dich da raus. Wir haben Urlaub. Hier, lies die Zeitung. Prost.«

Ich blätterte lustlos in der SZ. Politik. Flüchtlinge. Holocaust.

AfD, serviert mit moralischer Entrüstung. Die SZ, das Passauer Bistumsblatt für Besserverdienende.

Ich faltete die Zeitung zusammen. War schwieriger, als mein Zelt abzubauen, wollte sie gerade weglegen, nahm sie noch mal, las eine kleine Überschrift:

Tote in der Normandie
München/Courseulles. In den vergangenen Wochen kam es in Courseulles-sur-Mer in der Normandie zu einer Reihe von Todesfällen. Es handelt sich bei den Verstorbenen fast ausschließlich um deutsche Urlauber in hohem Alter und ausnahmslos um Männer. Als Todesursache werden in allen Fällen Altersschwäche oder Unfälle in der Folge von Altersschwäche angegeben. Die Behörden sprechen von einem »statistischen Ausreißer«. Die Zahl der älteren deutschen Gäste in der Normandie sei in den letzten Jahren stark angestiegen. Die Behörden empfehlen künftigen Urlaubern gründliche ärztliche Untersuchungen vor der Reise.

Ich sagte: »Warum gerade Courseulles? Der Atlantikwall war doch länger als von Ortsanfang bis Ortsende Courseulles …«

»Was?«, fragte Stanzi.

»Nix. Weißt was, ich lad dich zum Essen ein. Richtig fein. Sieben Gänge und so.«

»Heut Abend?«

»Heut Mittag. Sicher ist sicher.«

15 Die Hundemarke

Wir waren beim Espresso mit Calvados angelangt.

Auf der Sonnenterrasse vom Restaurant »La Crémaillère«.

Schauten Passanten beim Passieren zu.

Es war genug passiert, die letzten Tage.

Morgen früh würden wir heimfahren.

Heim nach Kempten.

Heim nach Tal am See. Auch am Wasser. Süßwasser.

»Schau mal, wer da kommt!«

Stanzi schaute. Sagte, mit der Begeisterung einer Flaute im Hochsommer: »Unser kanadischer Freund!«

Leider erblickte er uns, kam an unseren Tisch mit großem Hallo.

»Meine Freunde aus Bayern!«

»Hallo, Warren«, sagte ich, »immer noch hier, immer noch Urlaub?«

Er setzte sich ungefragt zu uns.

»Wann fährst du denn zurück nach Kanada?«, fragte ich.

»Bald«, sagte er, »auf einem kleinen Umweg. Über Deutschland.«

Er schaute selbstzufrieden, zündete sich eine Gauloises an.

Fragte: »Darf ich euch zur Feier des Tages auf einen Calvados einladen?«

Stanzi sagte, lahm: »Nein danke, ich muss heut noch packen und morgen in aller Herrgottsfrüh Auto fahren.«

Ich sagte: »Dann kann ich ja einen trinken.«

Warren rief in Richtung Bar: *»Garçon, trois Calvados!«*

Stanzi sagte: »Ich sagte doch: für mich keinen.«

Warren lachte: »Dafür zwei für mich. Zur Feier des Tages.«

Ich fragte: »Was gibt's denn zu feiern?«

Seinen glasigen Augen nach hatte er schon vorgefeiert. Sagte: »Ich hab im Juno Beach Centre, in dem Kriegsmuseum, was rausgefunden.«

»Nicht schon wieder Krieg!« Stanzi verdrehte die Augen, sagte: »Ich glaub, das wird ein Männergespräch, ich geh mal schon voraus zum Campingplatz, packen. Tschüss!«

Sie konnte ganz schön angepisst wirken, meine Stanzi.

Warren war so feinfühlig wie der Hummer, mit dem ich vor ein paar Tagen auf dem Teller gekämpft hatte.

Als Stanzi weg war, ließ Warren noch zwei Biere kommen.

Zwei große. Stella Artois.

Ich sagte: »Und was ist das Geheimnis, das dich so euphorisch macht, aus dem Kriegsmuseum?«

Er senkte seine Stimme.

»Du weißt doch, mein Vater, der hier am Strand gefallen ist …«
»Ja, ich weiß …«
»Das Einzige, was ich von ihm hab, ist seine Hundemarke.«
»Das Erkennungszeichen, das die Soldaten um den Hals tragen?«
»Ja, wenn sie fallen, wird es abgenommen, registriert und den Hinterbliebenen geschickt. Meine Mutter bewahrte es in einer kleinen Schmuckschatulle auf, zusammen mit ihrem Schmuck. Sie starb ja dann kurz darauf, und die Schatulle stand bei meinen Großeltern im Schrank, ganz hinten. Als meine Oma und mein Opa tot waren, hab ich ihr Zeug zu mir auf den Speicher gestellt … Erst Jahre später wollte ich wissen, wo und wie mein Vater gefallen ist, und mir fiel die Schatulle in die Hand. Mit der Hundemarke …«
Er nahm einen tiefen Zug aus dem Bierglas und schwenkte mit Calvados nach. Seine Augen schauten hinaus auf die See oder noch weiter … in die Wolken … ins Jenseits … Er war wie in Trance.
»Und dann …?«
»Dann hab ich noch was gefunden.«
Er zündete sich umständlich eine neue Zigarette an, blies den Rauch aus.
»Jetzt mach's halt nicht so spannend!«
Er hörte mich nicht.
»Noch eine Hundemarke. Eine halbe. Mit abgerissener Kette. Und einem Hakenkreuz drauf.«
»Versteh ich nicht.«
»Verstand ich auch nicht. Ich brauchte ein Jahr, bis ich den Kameraden aufgespürt hatte, der damals dafür zuständig war, die Hundemarken abzunehmen und die Angehörigen zu benachrichtigen. Zum Glück war er noch am Leben, schon über neunzig. Ich fragte ihn, wie es sein konnte, dass meine Mutter zwei Hundemarken zugeschickt bekam. Er erinnerte sich, weil es das einzige Mal war, wo er es erlebt hatte: Mein Vater hatte die Hakenkreuz-Hundemarke mit der Hand umklammert und auch im Tod nicht losgelassen. Zwei Mann mussten ihm die Finger brechen, um sie aus seiner leichenstarren Faust rauszu-

winden. Sie haben sie dann einfach mit in den Umschlag mit seiner eigenen Hundemarke getan.«

»Und wie kam dein Vater, Gott hab ihn selig, zu der deutschen Hundemarke?«

»Sein Kriegskamerad meinte, vielleicht hat es ein Handgemenge gegeben, Nahkampf. Und mein Vater hat sie ihm vom Hals gerissen.«

»Hm, denkbar ...«

»Und heute, im Museum ...« Er trank seinen zweiten Calvados leer, spülte mit Bier nach, sagte mit angeschlagener Stimme, heiser: »... heut im Museum hab ich im Archiv ein Foto von einem Typ in deutscher Wehrmachtsuniform entdeckt, ein ziemlich junger, und um seinen Hals ...«

Er brauchte noch mal eine Zigarette, schaute mit fiebrigen Augen aufs Meer, sagte: »... und um seinen Hals, unter seinem Hemdkragen, hing eine Hundemarke, verdeckt, unscharf, aber ich konnte die Ziffern trotzdem erkennen. Und die Ziffern ...«

Er konnte kaum mehr reden. Ich sagte: »Die waren die von der deutschen Hundemarke in der Schatulle von deiner Mutter!«

»Exactly! The bastard ... he killed my father.«

Tränen liefen ihm die Wangen hinunter.

»Und das Gesicht von dem Bastard ...?«

Er schaute mir ins Gesicht, sagte: »Das war auf dem Foto nicht ganz zu sehen. Nur von der Seite. *But I'll find out. I'll bloody find out ... and then ...«*

Das Bierglas in seinen Händen zersprang, Blut spritzte aus seiner Hand, tropfte auf den Betonboden, er stierte mich an, gurgelte: »Ich werde es ihm heimzahlen ... irgendwie ...«

»Deshalb der Umweg?«

Er nickte. Saugte sich mit seinem Blick in meinen Augen fest.

»Ja, Umweg über Germany.«

Ein Ober kam heran, gab ihm eine Serviette, damit er sie um seine blutige Hand wickeln konnte, fragte entsetzt: *»Un docteur, monsieur?«*

»Un shit! Deux Calvados!«

»Tout de suite!«

Weg war der Kellner.

Kam sofort wieder, die anderen Gäste waren verstummt, schauten an uns vorbei aufs Meer, der Kellner stellte die Calvados vor uns hin.

Warren schüttete sich seinen in einem Zug hinein.

»Cheers«, sagte er.

Ich konnte mein Glas nicht halten, meine Hand zitterte, ich brauchte beide Hände, um das Glas zum Mund zu führen, meine Zähne klapperten wie im Schüttelfrost, ich kippte den Schnaps hinunter, er schaute mich spöttisch an, sagte: »Ich werde es ihm heimzahlen, posthum ... Und ich hab auch schon eine Idee.«

Ich stand auf, sagte: *»Good luck! And have a nice trip.«*

»You bet ...«

Er lachte.

Ich rannte.

Als wäre der Teufel hinter mir her.

16 Unsprengbar

Die Rückfahrt war verhangen.

Außen und innen.

»In dem Zustand kommst du mir nicht ans Steuer«, hatte Stanzi gesagt.

Und das Steuern übernommen.

Nach einer unruhigen Nacht. Für mich.

Hundemarken. Maschinengewehrfeuer, Sturmfluten, blutende Hände, Fotos von meinem Vater als siebzehnjährigem Soldaten.

Von der Straße aus sah ich die Bunker vom Atlantikwall, alle gefühlte zwei Kilometer einen.

Unsprengbar.

Wie die Erinnerungen in meinem Kopf.

Und seinem.

Warren.

Der Depp.

Ich döste ein auf dem Beifahrersitz, der Sitzgurt rettete mich vor einem Flug durch die Windschutzscheibe.

Stanzi hatte eine Vollbremsung eingelegt.

Weit und breit kein Auto.

»Ein Reh?«, fragte ich benommen. »Oder eine Wildsau?«

»Du!«, sagte sie, schaltete den Motor aus, zündete sich eine Gauloises an, gab mir eine.

»Du hast laut geschrien. Am besten, wir fahren gleich durch bis nach Kaufbeuren.«

»In die Irrenanstalt? Nie! Da werd ich ja verrückt.«

»Brauchst nimmer werden ...«

Wir schwiegen.

Aus dem Navi quäkte eine sterile Frauenstimme: »Abbiegung vor Ihnen. Halten Sie sich rechts!«

»Halt's Maul«, blökte ich zurück und zog den Stecker aus dem Zigarettenanzünder.

Stanzi warf ihre Kippe durchs offene Fenster in die Normandie, sagte: »Nächstes Mal fahren wir nach Mallorca.«

»Da kann ich ja gleich ins Altersheim.«

Stanzi schaute, setzte zur Rede an, verkniff sich, was ihr auf der Zunge lag.

Nicht lang, es musste raus: »Meine Mutter hatte schon recht. Sie sagte immer: Lass mich mit dem Krieg in Frieden, der ist schon lang vorbei.«

Ich sann, sagte: »Das Unbewusste kennt keine Zeit.«

Sie legte den Gang ein, maulte: »Ihr Psychoanalytiker braucht keine Angst vorm Verrücktwerden haben, ihr seid es schon.«

Was sollte ich darauf sagen?

Ich sagte nichts.

Stanzi gab Gas, bog rechts ab auf die Autobahn, bremste, zog ein Billett an der Mautstelle, stieg aufs Gas. Voll.

Die Verkehrszeichen interessierten sie nicht.

Nach drei Kilometern blitzte es.

Ich tat, als hätte ich es nicht bemerkt.

Sie auch.

Zischte nur leise: »Scheiße!«

17 Gegen die Wand

Nach dreizehn Stunden und über tausendeinhundert Kilometern fuhren wir in Scheidegg ein.

Im letzten Abendlicht.

Die Kugelsonne ging am Horizont unter.

In der Normandie.

Ich sagte: »Sollen wir noch einen Kaffee trinken?«

Stanzi zögerte. »Ich bin ziemlich durch ... Morgen früh um acht haben wir eine Teambesprechung, ich muss mich noch vorbereiten ...«

Ich nahm meinen Rucksack aus dem Campingbus, dachte: Ende der Romantik? Warf ihn in meinen Golf, sagte: »Ja, ich fahr auch gleich weiter, es wird bald Nacht.«

»Klar! Schick mir eine SMS, wenn du angekommen bist.«

Umarmung, Bussi.

Ich gab Gas.

Erleichtert und bedrückt.

Wurde unsere Beziehung auch zum Kriegsopfer?

Eine Stunde später sperrte ich die Tür zu meiner Dachwohnung auf.

Alles stand noch unberührt da.

Sogar das ungewaschene Geschirr.

Ich nahm einen Calvados aus meinem Rucksack, goss mir ein Senfglas von Develey Mittelscharf voll ein,

bekreuzigte mich,

murmelte ein Vaterunser,

mein Ende-der-Reise-Ritual,

setzte das Glas an meine Lippen, genussvoll,

Schmecket und sehet, wie freundlich der Herr ist, so habe ich es Hunderte Male beim Feiern des Abendmahles in der Kirche gesagt.

Ich schmeckte, irritiert, der braune Schnaps schmeckte nach Pferdebrunze, ich spuckte ihn ins Spülbecken.

Hatte der Warren ihn vergiftet?

»Ha!«, sagte ich laut. »Ha, ha! So ein Schmarren!«

Schmiss das Glas an die Wand.
Wie einst Martin Luther das Tintenfass.
Weil er den Teufel derwerfen wollte.
»Verrückt«, sagte ich noch mal. Zu laut.
Denn davor hatte ich Angst: dass ich verrückt wurde.
Oder schon war.

18 Bussi, Bussi

Die Pflicht rief.

Meine Mutter besuchen.

Im Pflegeheim.

Bei Augsburg.

Über dem ganzen Normandie-Getue hatte ich meine Sohnespflichten ganz vergessen.

Und die Abrechnung an die Krankenkassen.

Und die Beihilfe. Von der Bundeswehr.

Wie jeden Monat füllte ich aus:

»Witwe.«

»Des verstorbenen Hauptmanns Otto Bär.«

Seit sechs Jahren füllte ich die Anträge aus.

»Besonders hohe Kosten.« Meistens plus/minus fünftausend Euro.

Pro Monat.

Man gönnt sich ja sonst nichts.

Eine Krankenschwester hatte mir mal vertraulich zugeflüstert: »Das ist eine Geldmaschine hier.«

Das Pflegeheim.

In kirchlicher Trägerschaft.

Ich war froh um die Geldmaschine.

Die Pflege war super. Nicht nur superteuer.

Die Schwestern und Pfleger: Nett. Effektiv. Kompetent.

Ausländer. Aus Osteuropa. Südamerika. Indien. Slowenien. Und alles dazwischen.

Auf dem Weg nach Augsburg steckte ich die Umschläge mit

den Anträgen für Beihilfe und Krankenversicherung in einen Briefkasten.

Je näher ich an Augsburg rankam, desto kälter wurden meine Hände.

Warum war ich so aufgeregt?

Es lief ab wie jedes Mal:

»Hallo, ich bin's!«

Sie schlief.

Sollte ich sie schlafen lassen?

Nein, wegen Schlafen-Lassen brauche ich keine dreihundert Kilometer fahren. Hundertfünfzig hin. Hundertfünfzig zurück.

Ich rüttelte sie. Sanft.

Sie schlug die Augen auf und schaute mich an. Ihr Blick sagte mir: Sie sieht einen fremden Mann. Unbekannt. Oder durch ihn hindurch.

Hoffentlich hat sie keine Angst vor mir.

»Ich bin's, der Emil!«

Emil hieß auch ihr Vater.

Mein Großvater. Der Verdun-Kämpfer.

Er war vor fünfunddreißig Jahren verstorben.

Im selben Heim.

Sie verzog ihr Gesicht. Ich nahm es als Lächeln.

»Dem Frederick geht's gut. Ich soll dir Grüße von ihm ausrichten.«

Frederick: ihr Enkel. Mein Sohn.

Null Reaktion.

»Tut was weh?«

Ich deutete auf ihre dick bandagierte Brust.

Sie schüttelte den Kopf, als wollte sie sagen: Ich weiß gar nicht, wovon du redest.

Die Brust wurde täglich bandagiert. Dick.

Ein Krebs war nach außen durchgebrochen, blutete wie die Sau.

Ich hatte den Alptraum, ich käme zu Besuch, ein Pfleger versorgt gerade ihre Riesenwunde, sagt zu mir: »Schauen Sie sich's mal selber an!«

Ich sage: »Nein danke, das kann ich mir gut vorstellen.«

»Trotzdem: Schauen S'!«

Ich schaue, kippe um.

Der erfahrene Ex-Seelsorger und Autor Emil Bär, ein gestandener Mann jenseits der fünfundsechzig, kippt um, wenn er Blut sieht.

Erinnerte mich an viele Situationen im Job, früher, in der Seelsorge am Klinikum: »Herr Pfarrer, wollen S' meine Narbe sehen ...«

Ich dachte: Nein danke, ich kotze nicht gern im Dienst.

Ich sagte: »Das braucht's nicht, ich kann mir das gut vorst–«

Spätestens an der Stelle warfen die Patienten ihre Decke zurück, präsentierten mir Narben vom Kehlkopf bis zum Schambein, Hauttransplantationen, Gedärme, die durch eine Plexiglasscheibe geschützt und sichtbar waren, Armstümpfe, Beinstümpfe ...

Zum Glück konnte meine Mutter die Decke nicht zurückschlagen. Sie war gelähmt.

»Dein Haus ist in Ordnung. Wir haben es frisch gestrichen.«

Ihr Blick sagte: Welches Haus?

»Und Uroma bist jetzt auch geworden!«

Sie schaute, als hätte ich gesagt: Die Steuererklärung habe ich auch für dich erledigt.

Ich sah auf die Uhr.

Zehn Minuten.

Wunderte mich, wie lange zehn Minuten sein können.

... in Ewigkeit. Amen.

... in zehn Minuten. Amen.

Ich nahm mir vor, die halbe Stunde voll zu machen.

Dann: Bussi, Bussi.

Rieb meinen Drei-Tage-Bart an ihrer Greisenwange.

Sie verzog ihr Gesicht zu einem angewidert lustvollen Lächeln.

»Pfüadi!«

Keine Resonanz.

19 Wutliebe

Auf dem Rückweg fuhr ich am Friedhof vorbei, auf dem meine Mutter eigentlich schon seit gut sechs Jahren liegen sollte.

»Wir wissen nicht, warum sie nicht sterben kann«, hatte mir ein Pfleger beiläufig gesagt. Mich angeschaut, als wüsste ich, warum sie nicht sterben konnte.

Oder als wär ich schuld daran, dass sie es nicht konnte.

Hätte nur noch gefehlt, dass er gesagt hätte: Lassen Sie sie doch endlich los. Sie müssen loslassen!

Vollidiot!

Hat er nie gesagt. Ich hab zu ihm auch nie Vollidiot gesagt.

Hätt ja sein können.

Ich parkte an einem alten Schuppen. War früher mal die Turnhalle. Als Bub war ich ein paarmal drin. Wie der Gesangsverein gesungen hat. Meine Großeltern waren im Gesangsverein.

Für Kinder gab es Limo und Würstchenschnappen. Eine Dinosaurier-Disziplin. Ausgestorben. Aus hygienischen Gründen. Wir Nachkriegskinder hatten keine Hygiene. Auch keine Allergien. Bazillen waren unser tägliches Brot. Oder einfach: Dreck. Bazillen waren damals noch nicht bekannt. Jedenfalls mir nicht.

Meine Gesangsvereinsgroßeltern lagen auf dem Friedhof. Im Grab.

Das Trauma Grab.

Ich erinnerte mich: Ich war noch ein Vorschulbub. Ein paarmal in der Woche pilgerten meine Großmutter und ihre Tochter, meine Mutter, zum Friedhof.

Grabpflege.

Noch lag kein Schwein drin.

Grabpflege war wichtig.

Wegen der Nachbarn.

Man konnte den Ehegatten verrecken lassen oder den Hund oder das Kind.

Aber wer sein Grab nicht pflegte, der war unten durch.

Die Kieselsteine knirschten noch immer wie vor sechzig Jahren.

Ich, fünf Jahre alt, fand Grabpflegen stinklangweilig.

Rannte durch die Grabreihen, stolperte, flog hin, schlug mir die Knie auf, die Kieselsteine steckten in der Haut über den Kniescheiben, ging heulend ans Grab zu meiner Mutter und Großmutter, kriegte von meiner Mutter eine gescheuert, weil man rennt nicht auf dem Friedhof, wurde gegen die Wand gestellt.

War eben noch Nachkriegszeit. Damals.

Über sechzig Jahre älter, lief ich ein paarmal in die Irre, bevor ich das Grab meiner Großeltern fand.

Es war verkommen, verwachsen, verwildert.

Ich war der Meinung, ich hatte mein Soll an Grabpflege für den Rest meines Lebens schon als Bub erfüllt.

Deshalb sah das Grab so aus.

Ein Foto, in einen Stein eingelassen, blickte mich an.

Streng.

Ernst.

Böse.

Mein Vater.

In Uniform.

Mit dicker schwarzer Hornbrille.

Der geliebte Idiot.

Er lag im Grab bei seinen Schwiegereltern.

Sie hatten ihn nie leiden können.

Wer hatte ihn je leiden können?

Ich. In meiner Wutliebe.

Seine Uniform hatte er nur zum Fotografieren angezogen.

Sonst nicht.

Er war zivil.

Er war beim Geheimdienst.

Aber das war geheim.

Ich habe nie erfahren, was er jeden Tag zwischen neun Uhr und siebzehn Uhr beim Geheimdienst machte.

Na klar ... Geheimdienst eben. Nicht öffentlicher Dienst.

Trotzdem war er verbeamtet.

Ich sah das Bild, er mit vierzig oder so in Uniform, schwarze Hornbrille, strenges Geschau, drüber schob sich ein Foto, wo er auch in Uniform war, mit siebzehn.

In Holland? In Belgien? In Frankreich?

Alles geheim.
Nach fünf Minuten hatte ich genug von der Erinnerungstortur.
Ich wollte heim.
Auf meine Alm.
Ich fuhr aus dem Parkplatz raus, zündete mir eine Stress-Gauloises an, fuhr an der Synagoge vorbei.
Als Bub war ich fast jeden Tag dran vorbeigelaufen.
Auf dem Weg in die Schule. Auf dem Weg in den Friedhof.
Ich wusste es nicht.
Dass da eine Synagoge stand.
Vor einem Jahr erfuhr ich es – von einem Kollegen, er schickte mir einen Zeitungsausschnitt: über die Renovierung der Augsburger Synagoge.
Muss wohl auch dem Geheimdienst gehört haben, die Synagoge.

Auf dem Rückweg auf der B 17 Richtung Füssen drosselte ich durch Lagerlechfeld das Tempo.
Als Bub war ich mal in Lagerlechfeld.
Flugplatz.
Tag der offenen Tür.
Mit meinem Vater.
Bei meinem Vater war die Seelentür an diesem Tag auch einen Spalt weit offen.
Er hatte mal Segeln gelernt. Auf der Adolf-Hitler-Schule.
In der guten alten Zeit.
Die gab es auch. Mein Vater, wie er mir das Radfahren beigebracht hat. Auf einem Damenrad, der Sattel war tiefer angeschraubt worden. Mein Vater hielt das Rad, rannte im Laufschritt mit, hielt mich, schwitzte in seinem Unterhemd und den kurzen Hosen, über die sich seine Wampe wölbte, rannte … bis ich fahren konnte. Mutter schüttelte unmutig den Kopf: Was da die Nachbarn sagten, wenn ein erwachsener Mann – sie meinte meinen Vater – außer Puste durch die Straße schlappt, um seinem Buben das Radfahren beizubringen. Würdelos!
Mein Gewissen nagte noch an der halben Stunde, die ich bei meiner Mutter im Heim war.

Nur eine halbe Stunde.
Der ihr Sohn kommt auch nie, und wenn, ist er nach einer halben Stunde schon wieder weg.
Sagten sie.
Im Heim.
Vielleicht.
In meinem Hirn.
Sicher.

20 »Er will nur spielen«

Das Bild von meinem Vater an dem Grab ging mir nicht mehr aus dem Kopf.
Ich googelte.
»Kanada. Ärzte. Dr. Warren Trudeau.«
Fehlanzeige.
Vielleicht war er Arzt ohne »Doktor«.
Also noch mal: »Ärzte. Warren Trudeau.«
Fehlanzeige.
Oder war er ein anderer »Doktor«.
Rer. nat. vielleicht.
»Warren Trudeau, Ph. D.«
Nix.
Oder war Warren Trudeau sein Künstlername?
Oder gab es gar keinen Warren Trudeau?
Das Handy unterbrach meine Forschungen.
Vasthi. Dr. Vasthi Graf. Die Chefin persönlich.
»Stell dir vor …«
Sie war ziemlich durch den Wind.
Ich fragte: »Was ist los, ist was mit der Anna?«
»Nein, der geht's gut.«
»Und dir?«
Vasthi sagte mit wackeliger Stimme: »Stell dir vor, da ist so ein Ausländer aufgetaucht!«
»Ein Flüchtling?«

»Nein. Ein Arzt.«

»Und?«

»Der ist so komisch …«

»Ausländer sind manchmal so … Wo kommt er denn her?«

»Er sagt, aus Kanada …«

Meine Handflächen wurden schwitzig.

»Was fehlt ihm denn?«

»Er ist mit dem Medizinischen Direktor und dem Verwaltungsleiter einmarschiert. Die haben ihn mir vorgestellt. Als Wissenschaftsjournalist. Er macht eine Reportage über Notfallaufnahmen in Deutschland.«

»Was?«

»Das hab ich mich auch gefragt. Er hat so getan, als kennt er mich, weil er angeblich dich kennt, aus der Normandie, hat er gesagt … Und so weiter … Small Talk.«

»So eine Überraschung!«

Stille in der Leitung.

Dann sie: »Emil … ich hab Angst!«

»Ja, vor was denn?«

»Ich weiß nicht. Irgendwas ist da schräg dran. Jedes Mal, wenn er mich anschaut, friert's mich.«

»Vielleicht will er nur flirten?«

»Ja, der will nur spielen. Das sagen die Hundebesitzer, wenn einem der Köter am Hals hängt.«

»Jetzt übertreibst du's aber … Wie heißt der denn?«

»Warren …«

»Trudeau?«

»Ja!«

Ich schluckte.

Sie schluchzte.

»Ich hab Angst.«

Ich sagte: »Ich komm. In einer halben Stunde bin ich bei dir.«

»Danke!«

Sie war wirklich durch den Wind.

Ich suchte meine Autoschlüssel, sperrte die Wohnung ab, die Haustür von der Alm.

Setzte mich ins Auto.

Drehte den Zündschlüssel um.
Drehte ihn wieder zurück.
Sperrte die Haustür noch mal auf.
Checkte, ob ich die Wohnungstür im zweiten Stock abgesperrt hatte.
Hatte ich.
Sperrte die Haustür wieder ab.
Fuhr los.
Fünfzig Meter.
Fuhr zurück.
Rüttelte an der Haustür.
Ja, sie war abgesperrt.
Ärgerte mich.
Über Vasthi.
Weil sie mich mit ihrer Scheißangst angesteckt hatte, die hysterische Henne.
Ich riss mich von meiner Angst und meinem Kontrollzwang los. Gab Gas.
Richtung Klinikum Kempten.
Ich stürmte in die Chefetage von der Notfallaufnahme.
Zog an der Chefinsekretärin vorbei.
Sie plärrte: »He, Sie! Sie können nicht einfach zur Chefin hinein. Die hat Besprechung. Hohes Tier aus dem Ausland.«
Ich kümmerte mich einen Dreck drum.
Riss die Tür zu Vasthis Großraumbüro auf, tat, als wäre ich am Oktoberfest, rief jovial: »Das ist aber eine Überraschung! Warren, aus Courseulles. Ich wollt grad rausfinden, wie ich dich kontaktieren kann, da ruft die Dr. Graf an, dass du da bist – eine Fügung des Himmels!«
Wir fielen uns in die Arme, der Warren und ich.
Vasthi wechselte von käsweiß auf leichenblass, schaute mich an, als wäre ich irre, oder sie.
Ich sagte: »Warren, das müssen wir feiern!«
Warren sagte: »Genau! Wir sind sowieso gerade fertig mit dem Interview.«
An Vasthi: »Vielen Dank, Sie haben mir sehr geholfen. Es wird ein wunderbarer Artikel werden.«

Vasthi sagte, schmallippig: »Keine Ursache.«
Ich schleppte Warren ab.
Vasthi hing im Sessel. Völlig fertig.
Ich winkte ihr zu. »Bis später!«
Zog mit Warren ab.
Aber wohin?

21 Durst kann man nicht durch Denken löschen

»Weißt was, ich zeig dir mal, wo ich wohn. Tal am See.«

Wir fuhren durch Kempten, über Durach, kurvten den Sulzberg hinauf.

»Schön hier«, sagte Warren. *»Beautiful!«*

»Und da hinten«, ich deutete mit dem Finger hin, »der große Berg da, das ist der Grünten. Der Wächter des Allgäus.«

»Wächter?«

»Er bewacht das Allgäu.«

»Damit niemand reinkommt?«

»Damit nur die Guten reinkommen.«

Er schaute mich an.

»So wie wir zwei?«

Ich stockte, sagte dann: »Genau. So wie wir zwei.«

Ich fuhr um den Speichersee herum und parkte mein Auto vor dem »Schwarzen Adler«.

»Meine Stammkneipe«, sagte ich, stolz.

»Altes Pub!«, meinte er.

Die Tür zur Gaststube stand offen.

Wir traten ein. Ich voraus.

An dem runden Stammtisch hockten ein paar Mannsbilder, Rentner, wer auch sonst um diese Zeit am Vormittag, spielten Schafkopf.

Sie beachteten uns nicht.

Taten so.

Kriegten natürlich alles mit.

Ich sagte: »Setzen wir uns da hin. Das ist mein Stammtisch!«

Mein Stammtisch war der hinterste in der Ecke, unter dem Foto von einem deutschen Schäferhund und der Urkunde einer Ballonflugschule. Es gab sie nicht mehr. Die Ballonflugschule.

Ich hatte sie aus ihrer Existenz ermittelt.

»Sakrament!«, sagte Warren.

»Du sprichst ja Schwäbisch, Respekt!«

Er lächelte.

»Sprachen machen mir Spaß.«

Soso.

»Dann sprich mal, was gibt's Neues seit Courseulles? Was macht die Research?«

Die Wirtin Maria mit der langen roten Mähne nahte, ganz formell, war ja schließlich ein Fremder da.

»Was darf's denn sein?«

Normal stellte sie mir immer ein Weizen hin, ohne Worte.

Ich sagte: »Heut brauchen wir was besonders Gutes. Ich habe meinen Gast aus Kanada mitgebracht!«

Sie nickte andeutungsweise. Verzog die schmalen Lippen.

Begeisterung sah anders aus.

»Für mich ein Weizen ... Du auch eins, Warren?«

»Weizen?«

»*Wheat!*«

»Ich dachte, daraus kann man nur Schnaps machen. Whisky ...«

»Nein, bei uns im Allgäu macht man aus Weizen Bier. Es schäumt. Und treibt.«

»Wohin?«

»Aufs Klo!«

Er lachte.

Maria, die Wirtin, sagte: »Zwei Weizen dann.«

Ich sagte zu Warren: »Wenn du dein Weizen trinkst, dann treibt's dich aufs Klo. Und das ist eine Wucht, das Klo!«

»Warum?«

»Wirst schon sehen. Aber jetzt sag mal, du bist doch von Courseulles aus noch rumgereist, hast du gesagt. Research. Was hat denn deine Research ergeben?«

Das Weizen kam.

Ich hob mein Glas, er seines, wir stießen an.

»Interessanter Geschmack«, sagte er, meinte wahrscheinlich: Schmeckt nach Brunze.

Er nahm den Faden wieder auf: »Ja, Research. Deshalb war ich auch im Klinikum bei deiner … jungen Freundin, der Mrs. Graf. Ich bin in einem Projekt, wo wir erforschen, wie alte Menschen auf Unfälle und andere Traumata reagieren.«

»So … Und wie reagieren sie?«

»Wir haben noch keine sicheren Ergebnisse. Aber es zeichnet sich ab, dass sie jahrgangsabhängig reagieren.«

»Und was soll das heißen?«

»Sie reagieren regressiv.«

»Ha?«

Ich stellte mich dumm. Fiel mir nicht schwer.

»Sie haben aktuell einen Unfall – laufen vor ein Auto oder fallen von der Leiter – und reagieren so, als würden sie ein früheres Trauma noch mal erleben.«

»Einen früheren Unfall?«

»Vielleicht. Aber meistens Krieg … und meistens die aus der gleichen Kohorte.«

»Red Deutsch, ich versteh nix!«

Er nahm sein Weizenglas, trank, nickte zustimmend, sagte zum Bier: »Gar nicht so schlecht …«, wischte sich den Schaum von der Oberlippe, sagte: »Also angenommen, ein Neunzigjähriger hat einen Autounfall …«

»Falls er noch einen Führerschein hat.«

»… oder ist in einen Unfall verwickelt, dann reagiert er eigenartig.«

»Wie?«

»Er fängt an zu zittern, wirft sich auf den Boden, als tät er in Deckung gehen, robbt … und wenn der Rettungshubschrauber kommt, dreht er völlig durch …«

»Warum das? Soll doch froh sein, dass er gerettet wird.«

»Er hört das Geräusch von einem Flieger. Er erlebt, mental, wieder einen Fliegerangriff …«

»Das meinst du mit dem Trauma, es kehrt wieder …«

»Ja, er wird bei dem Autounfall retraumatisiert und landet emotional im Krieg. Das geht bis ins Krankenhaus. Manche schauen verstört im Krankenzimmer rum und sagen: Wieder in Gefangenschaft … wieder in Stalingrad …«

»… oder in der Normandie!«

»Ja, egal, Krim, Berlin, Nürnberg, Caen …«

Ich fragte, unschuldig: »Kann es denn sein, dass so ein Trauma vererbt wird? Ich hab nämlich als Bub immer von Bombenangriffen geträumt, obwohl ich nie einen erlebt hab …«

Warren rutschte auf seinem Sitz herum, drehte sein Weizenglas auf dem Bierdeckel gegen den Urzeigersinn, sagte: »Ich weiß, es gibt die Theorie. Aber das ist Quatsch.«

»Klar, sonst täten wir ja alle Traumata von unseren Vätern und Großvätern mit erben und kämen aus dem Krieg nimmer raus! Aber sag, wie behandelt man denn so ein Trauma, was hast du da in deiner Forschung rausgekriegt?«

»Die Traumaforschung sagt: Man muss es noch mal durchleben, aber in Sicherheit, Stück für Stück, bis es eine Geschichte ergibt, mit Anfang, Mitte und Ende, eine Geschichte, die man erzählen kann, und der Trick ist: Man kann die Geschichte dann gut zu Ende gehen lassen.«

»Wie?«

»Man muss das Ende aktiv gestalten!«

»Versteh ich nicht!«

Er erklärte geduldig: »Es ist so, wie wenn du einen Alptraum hast mit einem grausamen Ende. Du musst ihn noch mal träumen und ein anderes Ende dazuträumen. Ein gutes.«

»Aber kann man sich denn vornehmen, was man träumt?«

»Nein, aber man kann es sich denken. Denken ist ja so ähnlich wie träumen, nur auf der bewussten Ebene.«

»Und wenn denken nicht langt?«

»Dann muss man es tun! Das Merkmal des Traumas ist ja, dass man es nur passiv erleiden kann, man kommt nicht raus, deshalb ist es wichtig, dass man aus der Vergangenheit rauskommt und nicht nur träumt oder denkt, sondern aktiv tut!«

»Und wenn tun nicht geht?«

»Blöde Frage. Tun geht immer!«

Ich dachte nach, sagte: »Ich hab da so einen Fall gehabt. Ein Patient von mir, der ist von seiner Frau betrogen worden, aufs

Übelste, vor seinen Augen sozusagen, und konnte nichts dagegen tun, weil sein Kind dabei war und er dem Kind ein Trauma ersparen wollte – er wollte sein Kind davor verschonen, wie er seinem Rivalen ein Messer in den Bauch rammte –, und er tat nichts. Und kam nicht drüber hinweg. Zwei Jahre lang kam er jede Woche eine Stunde zu mir und erzählte mir das Gleiche: Der Film geht in seinem Kopf ab, wie ihn seine Alte betrügt mit diesem Hallodri. Sie bittet ihn inzwischen, zwei Jahre später, auf Knien um Verzeihung, er kann nicht vergeben, wie soll er das machen, vergeben, fragt er mich jede Stunde, und ich kann's ihm nicht sagen. Weil ich's nicht weiß. Dann rutscht mir in einer Stunde raus: ›Wenn Sie sich rächen könnten und den Hallodri verprügeln –‹ Er unterbrach mich, sagte: ›Ha, verprügeln – umbringen!‹ ›Dann kämen Sie zur Ruhe?‹ ›Genau‹, sagte er. Er wurde wieder ganz zuversichtlich. Er suchte nach dem Hallodri. Dann kam er völlig daneben zur Stunde, ich sagte: ›Was ist passiert?‹ Er sagte: ›Ich kann ihn nicht umbringen.‹ Ich sagte: ›Warum nicht?‹ Er sagte: ›Er ist gestorben. An einer Überdosis …‹«

Ich trank einen Schluck aus meinem Weizenglas, ergänzte: »Deshalb konnte er nicht erlöst werden. Manchmal hilft wirklich nur tun.«

Warren schaute in die Leere, Richtung Westen, Richtung Normandie, sagte: »Ja, Emil, nur tun hilft.«

Ich rief in Richtung Maria: »Noch mal zwei Weizen bitt schön. Und zwei Doppelte dazu.«

Ich lachte, sagte zu Warren: »Durst kann man auch nicht durch Denken löschen. Man muss trinken. Tun, nicht denken!«

Warren sagte, ernst, gedankenversunken: »Ja! Man muss es tun. Prost!«

22 Fliegenfänger

Nach der dritten Halbe Weizen wurde Warren etwas lockerer. Er kam von der Toilette, sagte: »Lustige Toilette. Ihr Deutschen seid sogar beim Schiffen noch gründlich. Mülltrennung.«

»Du meinst die drei Brunzbecken im Pissoir?«

»Ja. Eines für Bier, eines für Wein, eines für Wasser.«

Ich fragte ihn: »Und was machen deine Forschungen? Ich meine, die privaten. Die du in Courseulles angefangen hast mit dem … Soldaten und der Hundemarke?«

Er wurde leiser, die Kartler wurden leiser, er sagte gedämpft: »Ich hab rausgekriegt, wer der Soldat war, dem die Hundemarke gehört hat, die mein Vater in der Hand hielt, wie er gestorben ist …«

»Wie?«

»Gar nicht so schwer. Suchdienst Rotes Kreuz, Bundesarchiv Berlin, Militärarchiv Freiburg, BND Pullach …«

Warum war es so heiß und schwül geworden in der Wirtschaft? Oder hatte ich einen Infekt? Oder Wechseljahre?

Ich griff in meine Jackentasche, zog die Schachtel Gauloises heraus, ach ja, Rauchen verboten, das durfte nur die Wirtin, die Gaststube war ihr Wohnzimmer. Der Schweiß perlte mir auf der Stirn, mein Hemd war an den Achseln durchgeschwitzt. Dicke Schmeißfliegen brummten zum Angriff wie Stukas im Zweiten Weltkrieg.

»Noch zwei Weizen!«, rief ich.

Warren schwieg, lächelte süffisant, so süffisant, wie nur mein Vater hatte lächeln können, noch im Sarg hatte er dieses süffisante Lächeln auf der Visage gehabt.

Warren fing mit der rechten Hand eine Fliege, schnell und geschmeidig, als wäre er von Beruf Fliegenfänger, zerdrückte sie in seiner Hand, würfelte sie auf den Tisch. Ganz in Gedanken versunken.

Fing eine zweite Fliege, sie war benommen, er riss ihr einen Flügel raus, dann den anderen, warf sie auf den Steinboden, sie krabbelte hilflos im Kreis herum.

Die Weizen kamen. Die Wirtin stellte eines vor mich, eines vor Warren, sagte nichts, schaute Warren an, schaute auf die malträtierten Fliegen, schaute nach ihren Mädchen, sie spielten in der Ecke der Gaststube unterm Fernseher.

Warren war aus seiner Trance erwacht.

Er hielt mir sein Weizenglas hin, wir stießen an.

Das Bier schmeckte nach Brunze.
»Wunderbar, dieses Weizen«, sagte er.
Die Kartler kartelten weiter.
So lebhaft, als spielten sie Schach.
»Der Soldat, der meinen Vater erschossen hat, ist leider schon tot.«
»Gott sei Dank!«, kam mir aus.
»Er starb mit dreiundsechzig … Schade.«
»Ja, schade, zu früh zum Sterben.«
»Nein, schade, weil ich ihn nicht mehr treffen kann.«
»Dann ist ja die Geschichte erledigt.«
Warren schwieg.
Ich hoffte, dass er nicht noch eine Fliege massakrierte.
Er schaute mich an, sagte: »Und weißt du, auf was für einen Zufall ich gestoßen bin?«
Ich schüttelte den Kopf.
»Er hieß auch Bär.«
Ich tat, als tät ich lachen, sagte: »Bär gibt's in Deutschland wie Sand am Meer.«
»Er ist in Fürth geboren.«
Ich atmete auf.
Ich fragte: »Fürth, wo ist das?«
»Bei Nürnberg, Mittelfranken.«
»Aber«, sagte er, »er ist dort nicht gestorben.«
»Wo ist er denn gestorben?«
»In Augsburg … Hundertfünfzig Kilometer von hier.«
Ein Schweißtropfen klatschte von meiner Stirn auf den Tisch mit der Resopalplatte.
Ich schob einen Bierdeckel drüber.
Sagte: »Weißt was, wir gehen jetzt ein bisschen raus an die frische Luft. Dieser Wirtshausmief macht mich ganz meschugge. Außerdem glaub ich, es kommt bald ein Gewitter. Die Fliegen … die Bremsen.«
Er zerdrückte mit dem Weizenglas eine Bremse, die über den Tisch krabbelte.
Meinte nachdenklich: »Die armen Tierchen tun einem doch nichts.«

Ich dachte: Aber was du mit den armen Viechern machst … Rief Richtung Wirtin: »Zahlen!«

Sie war schneller da als sonst, ich zitterte einen Zwanziger auf den Tisch, sagte: »Passt!«

Sie ignorierte den kanadischen Gast, sagte: »Geht's dir net gut?«

Es ging mir dreckig, sie sah es, aber es musste mir dreckiger gehen, als ich dachte, ich hatte noch nie einen derartigen Anfall von Empathie bei der roten Maria gesehen.

»Passt scho!«

Sie drehte ab. Kein »Pfüad Gott«. Kein gar nix.

Vielleicht wegen der Fliegen. War sie beim Tierschutzverein?

Ich sagte: »Also, pack ma's!«

Warren legte seine Hand auf meinen Arm, lächelte, wieder diabolisch süffisant, sagte: »Bevor wir gehen, muss ich dir noch was zeigen. Ich war am Grab von dem Kerl. Hab ein Foto von ihm gemacht, schau!«

Er zog sein Smartphone raus, hielt es mir vors Gesicht.

Ein Bosch-Bohrer bohrte sich in meine Brust.

Ich sprang auf, stürmte atemlos aufs Klo, an den Pinkelbecken für Bier, Wein und Wasser vorbei, beugte mich über die Kloschüssel. Sie kam mir entgegen, es krachte in meiner Nase, ich dachte: Ist denn das Gewitter schon da?

Auf einen Schlag war es Nacht.

23 Kuhglocken piepsen nicht

Ich dachte, es sind die Kuhglocken.

Aber Kuhglocken piepsen nicht.

Sie machen auch nicht dingdongdingdong in einer Tour.

Ich wollte meine Augen aufmachen.

Ging nicht.

Auch mit den Händen ging es nicht.

So nimm denn meine Hände …

Sie gingen nicht.

Sie griffen nicht.

Sie streikten.
Das Einzige, was noch ging, waren die Ohren.
Ich hörte Stimmen.
Eine weibliche.
»Der mit seiner Sauferei … schon wieder …«
»Es war nicht die Sauferei«, sagte eine männliche Stimme. »Er hat doch nur vier Weizen gehabt.«
»Und davon hat er jetzt einen Nasenbeinbruch. Den ich weiß nicht wievielten. Und weiß Gott noch was …«
Die Männerstimme, mit einem Hauch von englischem Akzent, besänftigend: »Er hätte im Klo ertrinken können.«
Ich dachte: Ist alles schon passiert. Den Pater Willi Ramsay hatte ich im Klo ersoffen gefunden.
Die weibliche Stimme, unversöhnlich: »Der braucht kein Klo nicht zum Ersaufen, der sauft sich selber noch zugrund …«
»Habt ihr schon geschaut, ob er vielleicht einen Herzinfarkt hatte? Er hat sich ans Herz gegriffen, bevor er aufs Klo gerannt ist. Hinterwandinfarkt …«
»Das wird noch abgeklärt.«
Ich rutschte wieder weg, die Stimmen entfernten sich.
Ein Engel schwebte an mir vorbei.
Ich dachte: Bin ich denn der Aloisius? Der Allgäuer im Himmel?
Blondes Haar, weißes Gewand.
Und dann sah ich den Teufel. Er fing Fliegen und riss ihnen die Flügel ab, dann fraß er sie.
Der Teufel lächelte süffisant, kam auf mich zu.
Ich schrie.
Ohne Ton.
Nichts funktionierte mehr.
Außer meinem Hirn.
Das träumte.
Lauter Scheiß.
Eine weibliche Stimme sagte: »PICS! Post-intensive Care Syndrom.«
Dann war alles schwarz. Die Ohnmacht erlöste mich.
Vorm Verrücktwerden.

Nach zwei Minuten, zwei Stunden, zwei Tagen oder zwanzig Monaten wachte ich wieder auf.

Ich konnte sehen.

Was ich sah, hätte ich lieber nicht gesehen.

Die Intensivstation.

Vertraute Umgebung. Fünfundzwanzig Jahre jede Woche ein paarmal auf Intensiv. Als Seelsorger.

Nix mit Seelsorger.

Ich lag im Bett.

Patient.

Scheißjob.

Der weiße Engel kam wieder. Die Haare blond, wehend, das Gesicht eher wie der Erzengel Gabriel, der Adam und Eva aus dem Paradies geschmissen hat.

Streng.

Das weiße Gewand war ein Arztkittel.

Dr. Vasthi Graf. Die Chefin höchstpersönlich.

Sie klärte mich auf: »Man hat dich auf dem Klo vom ›Schwarzen Adler‹ gefunden. In einer Blutlache. Nasenbeinbruch, Platzwunde … und Herzinfarkt. Wahrscheinlich.«

Ich sagte: »Glaub ich nicht. Mit dem Herzinfarkt. Das war psychosomatisch.«

»Schmarren, du mit deiner Psyche dauernd. Warum soll der Infarkt psychosomatisch gewesen sein?«

Ich war sicher: Ich war vor Schreck umgekippt. Das Foto war ein Schlag ins Herz. Das Foto …

Ich stieß raus: »Der Schreck.«

Mein Puls näherte sich der Herzfrequenz einer Wasserassel: dreihundertzehn Schläge pro Minute.

»Reg dich nicht auf«, sagte Vasthi.

Ich sagte: »Vielleicht war's doch ein echter Infarkt … ihr könnt das ja feststellen.«

»Klar.«

So, damit hatte ich meine Ruhe.

Sie sagte: »Wenn der kanadische Journalist dich nicht gefunden hätte und die Erstversorgung eingeleitet hätte, könntest du jetzt schon tot sein.«

»Wär auch nicht das Schlimmste …«

»Ich verschreib dir noch was gegen Depression. Tavor. Der Typ hat dann den Notarzt gerufen und ist mit dir hierhergefahren.«

»Wo ist er denn jetzt, der Warren?«

»Er hat's eilig gehabt. Er hat dich hier abgegeben und gesagt, er muss schnell und dringend nach Bonn.«

»Nach Bonn? Da ist doch der Frederick und die Cora und der …«

Frederick ist mein Sohn, Cora seine Frau.

»Und der Fridolin …« Mein Enkel.

Ich griff mir ans Herz.

Sah Panik in Vasthis Gesicht.

Meine Panik.

Natürlich hatte ich keinen Herzinfarkt.

Ich hatte: ANGST.

GROSSE Angst.

Angst geht aufs Herz.

Bei mir.

Ich sagte zu Vasthi: »Ich brauch keine Tavor. Ich brauch mein Handy.«

Sie schüttelte verneinend den Kopf.

»Jetzt. Sonst dreh ich durch!«

Es musste in meiner Stimme liegen. Der Ton. Befehlston. Verzweiflungston. Jedenfalls ein Ton, der bewirkte, dass Vasthi zur Krankenschwester sagte: »Bring ihm sein Handy.«

»Aber –«

»Sofort. Jetzt!«

Die Krankenschwester trabte davon, brachte mir mein Handy.

Ich rief Frederick an.

Sagte: »Wenn ein Typ aus Kanada auf dich zukommt, ungefähr mein Alter, sei vorsichtig!«

»Warum? Wär schön, Besuch aus Kanada … unsere alte Heimat.«

Frederick hatte mal ein paar Jahre in Kanada gearbeitet.

»Ich trau ihm nicht ganz. Ich weiß nicht, was er vorhat, aber ich trau ihm alles zu.«

»Was alles?«

»Alles. Mord und Totschlag!«

»Jetzt spinnst aber! Du mit deiner Soziophobie. Das hat die Oma schon immer gesagt. Du siehst immer in allen und allem gleich schwarz.«

»Es steckt eine längere Geschichte dahinter. Wenn wir uns treffen, erzähl ich's dir. Und pass auf den Kleinen auf!«

»Keine Angst, der ist unter Daueraufsicht. Bei seiner Mama. Wird noch gestillt. Alle drei Stunden ... Jetzt komm mal wieder runter. Wahrscheinlich bist unter Stress, wie immer.«

»Ich hoffe ...«

Ich legte auf.

Hatte mein Handy noch nicht aufs Nachtkästchen gelegt, da schrillte es.

»Hallo, Emil, wie geht's dir? Schon wieder aus dem Krankenhaus raus? Im ›Schwarzen Adler‹? Ha, ha, ha ...«

»Warren, du?«

»Ja, ich musste mal kurz weg. Recherchieren. Im Rheinland.«

»Und?«

»Ja, erfolgreich. Ich hab gefunden, was ich gesucht hab. Ich würde gern noch mal zu dir ins Allgäu kommen. Meine Research ist fast beendet, und ich kann relaxen. Ich hab deine Alm noch gar nicht gesehen ...«

»Ja, gern. Komm einfach vorbei. Ich kann dich in Kempten am Bahnhof abholen und dir dann mal die Gegend hier zeigen ...«

Ich dachte, bei mir kann er weniger Unheil anrichten als in Bonn.

Und vielleicht sind mir ja einfach die Nerven durchgegangen. Und die Phantasie.

Wenn er nicht gerade Fliegen fing, war er ja ein ganz netter Kerl. Und unsere Väter-Geschichte verband uns. Ich musste noch mehr rausfinden. Erfahren, was er wusste und was er vorhatte.

Mehr noch: Ich musste ihn an mich binden.

Kontrollieren.

24 Zweihundert Lügen

Ich holte ihn am Bahnhof Kempten ab.

Verfuhr mich ein paarmal.

Der Bahnhof Kempten ist gut versteckt.

Die Einheimischen kennen ihn, die Fremden brauchen ihn nicht zu kennen.

Ich wartete. Im Auto. Kurzzeitparkplatz.

Erinnerte mich: als junger Vikar, Predigerseminar Bayreuth, mein erster Einsatz.

Als Seelsorger auf der Onkologie am Klinikum Bayreuth.

Klinische Seelsorge-Ausbildung.

Sechsundzwanzig Jahre alt war ich.

Ein Witz.

Ein schlechter.

Damals gab es noch kein Navi. Ich verließ mich auf meinen Orientierungssinn.

Brauchte eine Stunde, bis ich am Klinikum landete.

X-mal verfahren.

Angst.

Vor der Onkologie.

Krebsstation.

Mein erster Besuch war bei einer jungen Frau, wahrscheinlich genauso jung wie ich.

Klamme, kalte Hände.

Ich, nicht sie.

Ihre Hände waren heiß und fiebrig.

Verdacht auf Krebs, keine Ahnung, welchen.

Sie war schwanger.

Hatte Röteln.

Und: Angst.

Röteln hieß: Kind behindert. Vielleicht.

Lieber Gott, was macht man da als Seelsorger?

Ich machte ein ernstes Gesicht.

Hörte zu.

Weil ich nicht wusste, was ich sagen sollte.

Sie fragte: »Warum?«

Ich schwieg.

»Warum gibt mir Gott ein Kind, und dann gibt er mir Röteln?«

Ich dachte: Die Frage ist falsch gestellt.

Wusste aber nicht, wie man die Frage richtig stellt.

»Was hab ich falsch gemacht? Oder meine Eltern? Liegt ein Fluch auf unserer Familie?«

Jesus hätte gesagt: *Weder du hast gesündigt noch deine Eltern, sondern es sollen die Werke Gottes offenbar werden an deinem Kind!*

Ich war nicht Jesus.

Ich war feige. Wenn ich ihr gesagt hätte: Das alles passiert zur Ehre Gottes, hätte sie mich wahrscheinlich rausgeschmissen.

Zu Recht.

Und es dem Chefarzt erzählt.

Der hätte mir Hausverbot erteilt.

Sie hatte Angst um ihr Kind.

Ich um meinen guten Ruf.

Welcher gute Ruf? Ich hatte noch nicht mal einen. Aber schon Angst, ihn zu verlieren.

Vielleicht hätte ich Seelsorge gebraucht.

Oder schlimmer: Psychotherapie.

Oder gar: einen Psychiater.

»Hallo, Emil!«

Ich schreckte aus meinen vernichtenden Erinnerungen auf.

Richtig, ich war nicht in Bayreuth und nicht mehr Lehrling in Seelsorge, sondern Ex-Experte. Autor. Supervisor.

Ich war in Kempten.

Am Auto stand Warren. Mit einem Rucksack. *Travelling light.*

Mir grauste. Ich sagte: »Hallo, Warren, schön, dass du da bist.«

Gelesen: Am Tag erzählt man durchschnittlich zweihundert Lügen.

Ich hatte also noch hundertneunundneunzig übrig.

Ich lenkte meinen alten Golf Diesel in Richtung Durach, Sulzberg, Tal am See.

»Alles okay?«, fragte ich.

Warren reckte sich wohlig wie eine Raubkatze im Entspannungsmodus. Sagte: »Könnt nicht besser sein! Meine Research war erfolgreich. Ich weiß jetzt alles, was ich rausfinden wollte.«

Ich fragte nicht, was er rausfinden wollte, und nicht, was »alles« war. Jedenfalls zu viel.

Er sagte: »Das ist ja wunderbar hier, das Allgäu.«

»Oberallgäu«, ergänzte ich.

»*Lovely.* Lieblich. Sanfte Hügel, sonnige Höhen ... und Rinder ... mit Glocken am Hals ...«

»Gibt's so was bei euch in Kanada nicht?«

»Rinder schon. Tausende. Zehntausende. Vor allem im Westen. In der Gegend um Calgary. Aber ohne Glocken.«

»Wahrscheinlich brauchen die keine Glocken. Hier haben sie Glocken um den Hals, nicht wegen der Touristen, sondern damit man sie findet, wenn sie abhauen, sich verirren oder abstürzen.«

»Wie romantisch!«

Fand ich nicht.

Viele Touristen auch nicht. Sie beschwerten sich über Kuhglockenlärm. Sogar gerichtlich. Ich dachte, wenn ich wieder an der Nordsee bin, werde ich gerichtlich gegen Meeresrauschen vorgehen.

Preußendeppen.

Warren sagte: »In meiner Gegend in Kanada ist alles eben, und wir haben so viele Rinder, dass wir mit der Produktion von Kuhglocken gar nicht nachkämen.«

Großmaul!

Warren war sehr gelassen. Tiefenentspannt.

Das Gegenteil von mir.

Ich tat nur so.

Aber ich kann das.

Berufserfahrung. Auf der Kanzel spielte ich immer tiefenentspannt.

Die Kanzel schützte mich. Die Bütt.

Unterm Talar zitterten die Knie.

Niemand glaubte mir.

Ich sagte es auch niemandem. Ich sagte: »Weißt was, wir nützen das Wetter aus. Kaiserwetter. Schau!« Ich deutete in Richtung des größten Berges in der Landschaft. »Der Grünten. Zwar nur schlappe tausendsiebenhundertachtunddreißig Meter hoch, aber man kommt ins Schwitzen. Und der Ausblick! Wir steigen einfach hoch.«

»Wunderbar! Ich kenn Bergsteigen nur von Whistler. Wintersportgegend bei Vancouver.«

Ich kannte Whistler auch. Von einer Ansichtskarte. Von Frederick. Als er noch an der Uni Vancouver war.

Ich chauffierte uns an den Parkplatz in Kranzegg, am Fuße des Grünten. Da ist man schon ziemlich weit oben, wenn man anfängt.

Vier Motorräder standen am Parkplatz. BMWs. Bayerische Motoren Werke.

Ich atmete tief durch.

Meine Knie wurden ruhig, meine Hände warm.

Vorläufig war ich sicher.

Manni war da mit seiner Wehrsportgruppe Allgäu.

Ich kannte Manni noch von meiner Jagd auf die Gesundbeterin.

Eigentlich hatte sie mich gejagt.

»Manni, wie geht's deiner Oma?«, hatte ich am Telefon gefragt.

»Nein, der Dr. Bär!« Er war ganz aus dem Häuschen. »Meiner Oma geht's gut. Das heißt: immer gleich. Sie schaut halt an die Decke und sagt nix. Aber sie ist ruhig, hat keine Schmerzen, und sie kann weiter in dem Heim sein … Weil Sie mir vor zwei Jahren geholfen haben!«

Ich hatte ihm ein paar Zigtausender aus dem ergaunerten Vermögen der Gesundbeterin zugeschanzt.

Fragte: »Hast du noch deinen Dienstleistungsbetrieb?«

»Ja, der läuft gut. Und ich bin der Kommandant!«

Die Dienstleistungen, die er leistete: ausstehende Mieten eintreiben, alten Leuten beim Sterben helfen, jungen Leuten Drogen besorgen, Personenschutz.

»Ich brauch einen Bodyguard, und da hab ich an dich gedacht!«

Ich hörte seine Hacken klicken, er sagte: »Zu Befehl! Meine ganze Wehrsportgruppe steht Ihnen zur Verfügung.«

»Manni, ich will keinen Massenvernichtungskrieg anfangen. Es soll auch nicht auffallen. Ich hab einen Ausflug auf den Grünten vor, mit einem Typ, und will sichergehen, dass ich nicht zufällig runterfall an der Nordwand ... oder sonst wie das Zeitliche segne.«

»Ich versteh nix von Kirche, aber wir passen schon auf dich auf, keine Angst. Ich höchstpersönlich. Mit dem Özil und dem Jassir und dem Mehmet.«

Ich kannte seine Mitarbeiter. Arier aus dem Nahen Osten. Er selber sah aus wie ein Halbzigeuner, sein Vater war ein ganzer, hatte die Mutter bei der Geburt sitzen lassen, seine Mutter hat sich daraufhin eine Überdosis gespritzt, und er wuchs bei seiner Oma auf, die er jetzt versorgte. Sein Opa war im April '45 drei Tage vor Kriegsende gefallen. Wehrmacht. Sein Foto hing im Pflegeheim über dem Bett der Oma. Uniform. Stahlhelm. Und Manni war Arier geworden.

Ich sagte: »Aber euer Arier-Spielzeug lasst ihr zu Hause. Nix mit schwarzer Uniform, ›Unsere Ehre heißt Treue‹, Hakenkreuz, Wehrmachtshelm. Ich will nix von der Maskerade sehen. Tut so, als wärt ihr Urlauber ... oder Reservisten nach der Entlassung.«

»Keine Angst. Wir werden da sein und nicht auffallen. Und auf Sie aufpassen. Heil ... äh ... Pfüadi!«

Ich schaute auf die BMWs. Warren war startklar.

Die vier Motorräder von meinem Personenschutz beruhigten.

Besser wie Drogen.

25 Ochsenziemer

Ich sagte zu Warren: »Bis zur Grünten-Hütte ist es höchstens eine Dreiviertelstunde, und dann geht es über den direkten Geröllweg vollends hinauf, eine halbe Stunde. Und dann haben wir die Aussicht pur!«

Die Nachmittagssonne und die Höhenmeter brachten uns zum Schwitzen. Bergwanderer, Gipfelstürmer, Sandalentouristen kamen uns entgegen.

Unsere Unterhaltung bestand aus: »Oh, ist das noch eine Hitz am Spätnachmittag!«

»Ganz schön steil!«

»Aber die Aussicht!«

»Wird immer besser.«

»Noch zehn Minuten, dann hammer's!«

Und so Zeug.

Ich ging voraus.

Nicht, weil ich wollte.

Weil ich den Weg kannte.

Sah zu, dass immer mehr als eine Armlänge Abstand zwischen uns war.

Ich hielt an, zum Verschnaufen, deutete auf ein Messingschild, sagte: »Schau, da kann man sogar mit dem Motorrad rauffahren. Einer jedenfalls hat's mal probiert. Mit Erfolg.«

Warren las halblaut: »Hier hat Viktor Söllner von der Riedel Motorrad AG aus Immenstadt 1949 mit einem serienmäßigen Motorrad vom Typ ›Imme R 100‹ den Gipfel des Grünten erklommen.«

Er schüttelte den Kopf, murmelte: »Verrückt! Typisch deutsch.«

War wohl neidisch. Behielt ich für mich.

Noch fünfzig Meter weiter, höher.

Ich hielt mich krampfhaft an den Stahlseilen und den Eisengeländern fest.

Schon vom Runterschauen wurde mir schwindlig.

Abgrund pur.

In der Ferne der Horizont. Sanfte Höhen.

Er wackelte. Der Horizont.

Ich spürte die Höhenangst in meinem Hals klopfen.

»Schöne Aussicht!«, sagte ich, cool.

»Und was ist das?«, fragte Warren. Er deutete auf ein Steinmonument.

Es sah aus wie eine riesige Gurke ohne Krümmung.

Ich sagte: »Ein Kriegerdenkmal. Für die Gefallenen vom Ersten und Zweiten Weltkrieg.«

»Der Allgäuer Atlantikwall?«

Warren lachte.

Ich lachte. Oder tat so. Sagte: »Nicht direkt, aber vielleicht die erste Station davon.«

Das Innere der Gurke war mit einem Eisengitter versperrt.

Man sah hindurch: Gedenktafeln. Namen. Eine Soldatenskulptur aus grünem Messing.

Geschmacklos. Aber gut gemeint.

»Komm, hocken wir uns auf die Balustrade!«, sagte Warren. »Das war ziemlich anstrengend, da rauf ... Wenn man's nicht gewohnt ist.«

Wir setzten uns nebeneinander.

»Schau«, sagte ich, »da unten, das ist der Grüntensee. Mit einem Riesen-Campingplatz. Und links davon, über dem Kamm, da siehst du den See von Tal. Ein Speichersee. Vor zwei Jahren ist ein Heißluftballon hineingestürzt, so einer wie der da ...« Ich deutete auf einen Ballon, der über Sonthofen in der Luft stand. Warren fragte nicht, warum der Ballon in den See gestürzt war, und ich hätte es ihm auch nicht gesagt. Dass es in Wirklichkeit ein Mord war. Den ich aufgeklärt hatte. Nicht dass er noch auf mehr dumme Gedanken kam.

Ich sagte: »Und da unten, siehst du, das ist Immenstadt. Da war mein Opa als junger Soldat, beim Alpen-Korps, den Gebirgsjägern. Große Kaserne. Viele Märsche. Bergauf, bergab, und am Schluss, hat mein Opa immer erzählt, am Schluss vom Tagesmarsch hat sie die Militärkapelle abgeholt, und dann ging's auf einmal wieder leichter mit dem Marschieren.«

»Muss ja eine ganz lustige Zeit gewesen sein. Marschmusik und Bergsteigen ...«

»Ja, am Anfang war's wohl ganz munter und fidel. Aber dann ging's vom lieblichen Allgäu ins sumpfige Flandern. An die Westfront. Ypern. Verdun. Stellungskrieg. Grabenkämpfe. Artilleriefeuer. Giftgas. Von drei Soldaten, die an die Front gingen, kam nur einer zurück.«

»Hat dir das dein Opa alles gesagt?«

»Er hat sich jede Woche einmal mit einem alten Kameraden getroffen, und sie haben vom Krieg erzählt, und ich saß unterm Tisch und hab zugehorcht. Wie es zum Giftgas kam, ist mein

Opa immer stiller geworden. Heute glaub ich, er konnte nicht weiterreden, weil er das Giftgas in seiner Lunge wieder spürte.«

»Geht doch nicht, nach fünfzig Jahren.«

»Geht schon. Psychisch. Das Unbewusste kennt keine Zeit.«

»Ich versteh nichts vom Unbewussten.«

»Man weiß auch wenig drüber. Weil es nicht bewusst ist.«

»Und so was ist eine Wissenschaft ... Psychoanalyse ... Hilft die?«

»Ja, ich kann gut davon leben.«

Er lachte.

Wurde wieder ernst, nachdenklich, sagte: »Vielleicht hat dein Opa meinen getroffen.«

»Du meinst: verwundet?«

»Nein, ich mein im Krieg getroffen, so wie man sich im Urlaub trifft ... Mein Opa war nämlich auch 1914 bis 1918 an der Front. Er kämpfte damals für die Engländer. Gegen die Deutschen. Jedes Weihnachten hat er vom Weihnachten 1914 erzählt. Die englischen und deutschen Soldaten haben am 24. Dezember ›Stille Nacht, heilige Nacht‹ gesungen, ›Silent Night, Holy Night‹, Christbäume mit Kerzen aufgestellt. Am Weihnachtstag haben sie zusammen im Niemandsland zwischen den Fronten Fußball gespielt. Geschenke aus der Heimat getauscht. Hatten viel Spaß. Kein Schuss fiel. Sie beerdigten ihre gefrorenen Gefallenen. Nur die deutschen und englischen Generäle kriegten Angst, dass ihnen der Krieg kaputtgehen könnte. Sie haben dann ein für alle Mal Fußballspielen und Singen im Niemandsland verboten, und wer's trotzdem probiert hat, kam wegen Fraternisierung vors Kriegsgericht ... oder an den Frontabschnitt, wo es am schlimmsten zuging.«

Ich schob ein: »Sie wurden also entweder von den eigenen Leuten erschossen oder vom Feind ... Irrsinn.«

Warren nickte. »Er hat den ganzen Krieg mitgemacht, zuletzt in Flandern. Ypres ... Hat Anfang November 1918 noch einen Granatsplitter abgekriegt, von einem Schrapnell, bei der abendlichen ›Strafe‹, wie sie den deutschen Artilleriebeschuss nannten ... In den Kopf ...«

Ich schob ein: »Mein Opa war nicht bei der Artillerie. Er war im Schützengraben. Gegen die Franzosen. Er hat auch erzählt, wie sie sich an Weihnachten Schokolade zugeworfen haben. Aber auch nur einmal.«

Warren schaute in die Abendsonne, die über Belgien und der Normandie unterging, sagte: »Vielleicht deshalb …«

»Deshalb was?«

»Deshalb war er oft so … seltsam, mein Opa. Er ist nachts schreiend aufgewacht, hat meine Oma gewürgt … und in der Früh wusste er von nichts mehr.«

»Und deine Oma?«

»Die war taff. Die hat sich schon wehren können. Eine echte kanadische Bauersfrau. Ich glaube, die konnte einem Rind den Hals brechen. Einmal hat sie mir eine … wie heißt es bei euch … Ohr…«

»Ohrfeige?«

»Ja, Ohrfeige gegeben. Ich lag zwei Tage bewusstlos im Krankenhaus.«

»Und die Polizei?«

Warren lachte laut auf, sagte gallenbitter: »Polizei? Welche Polizei? Eine Ohrfeige, das war damals keine Körperverletzung. Das war beste Erziehung. Und harmlos. Wie ein Klaps auf den Hintern. Und nicht das schlechteste. Schau sie dir heute an, die Kinder: Weicheier, rotzfrech, undiszipliniert, feige …«

»Aber die Kriminalität geht seit Jahrzehnten zurück, Kriminologen sagen, das macht die Erziehung, die gewaltlose. Und wir haben seit siebzig Jahren keinen Krieg mehr gehabt …«

»Kein Wunder, die taugen nicht mal mehr was als Kanonenfutter. Schau in die Schulen, schau in die Discos, schau in die Sportvereine: Die täten alle beim ersten Kanonenschlag in die Hosen machen und davonlaufen.«

Ich wusste nicht, was ich sagen sollte. Sagte nichts.

»Mein Opa hat immer gesagt: ›Was dich nicht umbringt, macht dich stark!‹ Sie wollten mich stark machen. Wenn ich irgendwas ausgefressen hatte in der Schule und sie erfuhren es, gab es *a good beating*. Und dazu Bibelsprüche, die sie von der Kirche hatten, sie rannten jeden Sonntag dahin, der Pastor tönte: *Wer seine Rute schont, der hasst seinen Sohn; wer ihn aber lieb hat, der züchtigt ihn beizeiten.* Ich weiß sogar die Bibelstellen noch: Sprüche 13,24. *Lass nicht ab, den Knaben zu züchtigen; denn wenn du ihn mit der Rute schlägst, so wird er sein Leben behalten.* Sprüche 23,13.«

Ich meinte: »Kleine Kinder aus Liebe verprügeln – das hat in evangelikalen Kirchen eine lange Tradition und erfreut sich immer noch größter Beliebtheit. *Den Gott liebt, den züchtigt er.* Steht auch im Neuen Testament.«

Warren nickte, warf ein: »Hebräer 12,6.«

»Je frommer, desto brutaler. Erziehung durch Prügel …«

»Ja, Prügel vom Feinsten. Mein Opa hat den irren Blick gekriegt, den Schrapnellblick, hat seinen Gürtel ausgezogen. ›Halt ihn fest‹, hat er zur Oma gesagt, die hat mich festgehalten, und der Opa hat auf mich eingedroschen. Mit dem Gürtel. Die Schnalle vorne …«

Er machte sein Hemd auf, zeigte mir seine Brust und seinen Bauch.

Mir wurde schlecht.

»Die Narben … kommen die davon?«

Er trug sie wie Orden.

»Ja, so haben sich meine Großeltern mir eingeprägt.«

»In deinen Körper. ›Das Ich ist ein Körperliches‹, meinte Freud.«

Er schaute mich an, sagte: »Was soll das heißen?«

»Übersetzt: Was in den Körper eingeprägt ist, ist auch im Ich, in der Seele drin.«

Warren schaute mich an, als wäre ich ein Idiot. Sagte: »Bei mir nicht … Es kam dann noch schlimmer. Mit den Jahren wurde er milder. Er schlug nicht mehr mit seiner Gürtelschnalle auf mich ein, sondern mit einem Ochsenziemer …«

»Einem Ochsenziemer?«

Warren im Ton eines Lexikons, sachlich bis zum Gehtnichtmehr: »Ein Ochsenziemer ist eine besondere Peitsche, eine Schlagwaffe, die aus einem gedörrten Ochsenpenis hergestellt wird. Er ist einen knappen Meter lang, elastisch, man benützt ihn auch als Pferdepeitsche, und manche Wirte hatten einen hinter der Theke hängen, für ausfällige Gäste. Auch im KZ Dachau und

KZ Mauthausen hat man Ochsenziemer verwendet und damit Häftlinge misshandelt.«

Er zog sein Hemd ganz aus, drehte sich um, ich konnte seinen Rücken sehen.

Mir hob sich schon wieder der Magen.

»Der ist ja voller Narben!«

Er zog sein Hemd wieder über. »Ja. Ochsenziemer sind für Ochsen. Die haben ein dickes Fell.«

»Aber du hast kein dickes Fell gehabt ... als Teenager.«

»Als Teenager nicht. Noch nicht ...«

26 Filmriss

»Und deine Oma, hat die dir nie geholfen?«

»Nein. Sie war die Intelligentere von den zweien. Ihre Strafen waren kultivierter.«

»Wieso?«

»Als Teenager wollte ich Handballtorwart werden. Jeder von uns Jungs wollte ein berühmter Sportler werden. Ich sparte mir von meinem Taschengeld ... und von dem, was ich meinen Großeltern aus den Taschen klaute ...«, er lachte diabolisch, »das Geld für echte Torwarthandschuhe. Von Reusch. Made in Germany. Davon kaufte ich mir ein Paar. Ich präsentierte sie stolz meiner Oma. Sie sagte: ›Für so was gibst du dein Geld aus?‹ Sie nahm sie mir, legte sie auf den Küchentisch, holte das größte Schneidemesser aus der Schublade und schnitt von den nagelneuen Handschuhen die zehn Finger ab ... und ging ohne ein Wort aus der Küche.«

Ich schüttelte den Kopf, sagte: »Schon wieder eine biblische Strafe. Im alten Israel gab es den schönen Brauch, gefangen genommenen Königen die Daumen und die großen Zehen abzuschneiden ... Buch der Richter, Kapitel 1.«

Warren hörte mich nicht.

Sein Blick ging in die Ferne ... wahrscheinlich bis nach Kanada, sechzig Jahre zurück. Er räusperte sich, wischte sich etwas aus den Augen, sagte: »Scheiß-Schweiß.« Seine Hände waren Fäuste geworden, die Knöchel weiß.

»Und wie lang ging das so?«

»Das Ende kam, als ich siebzehn war. Ich hatte eine kleine weiße Katze …« Seine Stimme wurde dünn, weich, er wurde ein kleiner Junge. »Sie war mein Augapfel … ganz weiß, mit einem runden schwarzen Fleck auf der Stirn … Wenn meine Großeltern abends schliefen, holte ich sie zu mir ins Bett … Sie war warm … weich …«

Er wischte sich wieder etwas aus den Augen, räusperte sich, verscheuchte die warme Knabenstimme. Hart und bitter brach es aus ihm raus: »Wir saßen in der Küche, abends, der Herd kochte, die Kartoffeln für das Schweinefutter köchelten im Kessel. Meine kleine weiße Katze sprang auf meinen Schoß, ich streichelte sie, dummerweise. Mein Großvater sah es, ich sah seinen Schrapnellblick in den Augen aufflackern. Ohne ein Wort packte er die Katze am Kragen, machte den Deckel vom Kartoffelkessel auf, schmiss die Katze in die siedende Brühe, Deckel drauf. Alles lautlos … He, warum zitterst du denn?«

Ich sagte: »Vor Wut. Was hast du gemacht?«

Er sagte, cool: »Das weiß ich nicht mehr. Filmriss. Der Film ging an der Stelle weiter, wo ich meine Oma hysterisch heulen hörte, der Opa schrie vor Schmerzen wie ein angestochener Ochs. Er war mit zermatschten Kartoffeln bedeckt, die tote Katze auf seinen Knien, die Haut schälte sich von seinem Kopf und von seinem Gesicht, dann war er auf einmal still und kippte vom Stuhl, fiel neben den leeren Kartoffelkessel … Die Oma heulte noch hysterischer. Ich stand hinter ihm … lachte, lachte, immer lauter … Dann kamen die Nachbarn. Dann kam die Polizei. Dann kam das Sanitätsauto. Er wurde ins Krankenhaus gebracht …«

Warren machte Pause.

Ich zündete mir mit zittrigen Fingern eine Gauloises an.

»Am nächsten Tag besuchte ich ihn im Krankenhaus. Er sah aus wie eine ägyptische Mumie.«

»War er bei Bewusstsein?«

»Als ich ihn ansprach, hat er die Augen aufgemacht. Ich sagte:

›Warum? Warum hast du meine Katze in den Kessel geschmissen? Warum hast du mir die Seele aus dem Leib geprügelt? All die Jahre? Du und die Oma.‹ Er keuchte vor Anstrengung, presste ein paar Worte raus …«

Warren machte Pause.

»Mach's nicht so spannend«, sagte ich.

»Der Opa sagte: ›Wer seinen Sohn liebt, der züchtigt ihn. Weil ich dich liebe. Du bist Vollwaise. Und wir mussten dich stählen fürs Leben.‹ Ich war nicht direkt zu Tränen gerührt, sagte: ›Opa, ich versteh die Logik. Und ich will dir aus Dankbarkeit zurückgeben, was du mir fürs Leben gegeben hast.‹ Ich holte das Schneidemesser aus der Küche meiner Oma hervor, das, mit dem sie mir die Finger von den Torwarthandschuhen abgeschnitten hatte, sagte: ›Ich stähle dich jetzt auch fürs Leben … fürs ewige …‹ Ich schnitt alle Schläuche durch, an denen er hing. Zog meine Latex-Handschuhe aus. Ging raus, sagte zur Stationsschwester: ›Der Opa ist eingeschlafen … so friedlich …‹ ›Das wird ihm guttun!‹, sagte sie. ›Danke für Ihren Besuch!‹ Als ich das Krankenhaus verließ, kam mir die Oma entgegen. Sie würdigte mich keines Blickes … Ich ging heim. Begrub meine Katze, oder was von ihr noch übrig war. Packte meinen Rucksack und ging …«

Ich fragte: »Wohin?«

Er sagte: »Weg … einfach weg. Ich fuhr per Anhalter, fuhr dahin, wohin sie mich mitnahmen. Nur weg. Einer hatte sein Autoradio an. Eine Sondermeldung kam. Er drehte es lauter. Ich hörte von einer Frau, die verhaftet worden war. Weil sie ihrem Mann im Krankenhaus alle Schläuche abgetrennt hatte. Sie habe es geleugnet, aber das Messer hatte ihre Fingerabdrücke drauf. Sie war in die forensische Psychiatrie geschafft worden.«

Ich sagte, ungläubig: »Deine Oma?«

»Ja, meine Oma.«

»Wurde sie verurteilt?«

»Nein. Sie wurde wahnsinnig und soll sich in ihrer Zelle erhängt haben.«

»Dann war sie also nicht wahnsinnig …«

»Wie man's nimmt …«

Ich sagte: »Und das alles ist passiert, wie du siebzehn warst?«

»Ja.«

»Dein Vater ist mit siebzehn in den Krieg … und gefallen.«

Er stierte mich an, wie irre, packte mich an der Gurgel. Ein Griff wie ein Schraubstock, schrie mich an: »Was soll die idiotische Bemerkung …?«

Irgendeine Sicherung in seinem Hirn brannte durch.

»Ich bring dich um!«

Ich brachte keinen Ton raus. Er hatte mich im Würgegriff.

Hinter Warren standen plötzlich vier Gestalten.

Manni, Özil, Jassir, Mehmet.

Mit Bierflaschen in der Hand.

Besoffen. Oder taten so.

Manni rief, als wäre er überrascht: »Hallo, der Dr. Bär … beim Bergsteigen.«

Warren ließ von meiner Gurgel ab.

Manni reichte mir eine Flasche Bier. Engelbräu.

Dem Warren reichte er auch eine.

Mir reichte es.

27 Unser lovely Allgäu

Ich schnaufte tief durch.

Warren zog sich sein Hemd wieder über.

Zitterte am ganzen Leib.

Ich stand auf.

Sagte: »Warren, das sind meine Freunde. Manni, Özil, Jassir, Mehmet.«

Drehte mich zu Manni, Özil, Jassir, Mehmet.

»Männer, das ist mein Freund Warren. Warren aus Quebec, Kanada.«

Sie nahmen ihre Bierflaschen in die linke Hand, taten, als wären sie angesoffen, für alle außer Manni eine schauspielerische Meisterleistung, weil sie als Moslems alkoholfrei waren, und schüttelten Warren die rechte.

»Grüaß di, Warren, willkommen im schönen Allgäu!«

Warren hatte seine Fassung wiedergefunden, tat, als wäre nichts gewesen.

Manni sagte zu mir: »Und ich hab denkt, er will dir an die Gurgel ... oder ihr seid schwul.«

Sie lachten, ich tat, als lachte ich, Warren lächelte, ich sagte: »Mein Freund hat mir eine irre interessante Geschichte erzählt. Und da wollte er mir was demonstrieren, damit ich's mir besser vorstellen kann.«

Manni sagte zu Warren: *»How do you like our Allgäu?«*

Ich wusste gar nicht, dass er Englisch konnte. Und dass er wusste, dass in Kanada Englisch gesprochen wird. Jedenfalls außerhalb Quebec.

Warren sagte: *»It's lovely.* Wie sagt ihr hier: lieblich.«

Manni, Özil, Jassir und Mehmet ließen das »lieblich« auf ihren Zungen zergehen, kicherten wie die Konfirmanden. Ihre Halskettchen blitzten in der Sonne.

»Du sprichst ja Deutsch, Warren! Wie kommt denn das?«

»Ich hatte viele Jahre hier in Deutschland zu tun.«

»Aha ...!«

Warren verriet nicht, was er in Deutschland zu tun hatte.

Manni sagte: »Und hier im Allgäu haben wir das beste Bier der Welt. *The best beer of the world!* Engelbräu. *Angel brew.*«

Warren sagte: »*Angel* – wie Angela. Die beste Kanzlerin der Welt. Angela Merkel.«

»Angela wer? Ist das die protestantische Pfarrerin aus Kempten?«

Warren lachte. Er dachte wohl, die machen einen Scherz.

Manni griff Özil in den Rucksack, fischte zwei neue Flaschen Engelbräu heraus, reichte Warren und mir eine. Wir ließen die Bügelverschlüsse knallen.

Großes Anstoßen.

»Prost. Prost auf unser *lovely* Allgäu!«

Wir schauten der Sonne beim Sinkflug am Horizont zu.

Ich sagte: »Wir machen uns an den Abstieg.«

Manni sagte: »Wir auch, wir gehen mit.«

Es ergab sich, rein zufällig, dass Özil und Jassir vorneweg wankten, Manni mit Mehmet hinter Warren und mir her. Wir hielten uns an den Drahtseilen und dem Eisentreppengeländer fest. Damit keiner runterfiel. Vor allem nicht ich.

Nach dreißig Minuten Geröllgerutsche kamen wir bei der Grünten-Hütte an.

Manni und ich schauten uns kurz an, nickten, Manni sagte: »Wir machen noch kurz Dienstbesprechung.«

Ich nahm Manni beiseite, fragte leise: »Was habt ihr denn da für schwule Altherrenkettchen um den Hals? Etwa mit Kruzifix? Wusste gar nicht, dass ihr eine religiöse Ader habt.«

Manni druckste herum.

»Das ist dienstlich!«

»Lass sehen!«

»Aber nicht weitersagen. Es ist geheim.«

Er drehte den anderen den Rücken zu, zückte eine Brosche, sie blitzte in der Sonne.«

»Was ist denn das?«

»Eine Hundemarke. Erkennungszeichen. Wenn wir im Einsatz sind. Oder einen Unfall haben. Damit die Kameraden wissen, wo wir sind. Einer für alle …«

»Alle für einen. Das Motto der Musketiere.«

»Es hat nix mit Muskeltieren zu tun. Jeder Soldat hat so ein Erkennungszeichen. Wenn er im Dienst ist.«

»Und wenn nicht?«

»Ein deutscher Soldat ist immer im Dienst.«

»Klingt ja wie Martin Niemöllers ›Ein Christ ist immer im Dienst‹.«

»War dieser Niemöller auch ein Soldat?«

»Ja, bei der Heilsarmee, so eine Art General. Aber seine Hundemarke war ein Kreuz.«

»Versteh ich nicht …«

Manni ließ sein Schmuckstück wieder im Hemd verschwinden.

Ich sagte: »Machts kein Scheiß!«

Warren und ich gingen auf dem Weg runter zum Parkplatz.

Ein Asphaltweg.

Todsicher.

Trotzdem zitterten mir immer noch die Knie.

Von oben holten uns die Gesänge der Führungselite der Wehrsportgruppe Allgäu ein.

Heute wollen wir marschier'n,
einen neuen Marsch probier'n,
in dem schönen Westerwald,
ja da pfeift der Wind so kalt.
O, du schöner Westerwald,
über deine Höhen pfeift der Wind so kalt;
jedoch der kleinste Sonnenschein,
dringt tief ins Herz hinein.

Warren schwieg.

Ich wollte was Belangloses sagen, aber mir fiel nicht mal was Belangloses ein.

Wir stapften nebeneinander abwärts.

Im Gleichschritt.

Schon wieder ein Grölen, um zwei Biere lauter:

Wildgänse rauschen durch die Nacht
Mit schrillem Schrei nach Norden –
Unstete Fahrt! Habt acht, habt acht!
Die Welt ist voller Morden.

Ich sagte: »Das haben wir in der Jungschar auch immer gesungen. Bei der Evangelischen Jugend. Gibt's bei euch in Kanada auch eine Evangelische Jugend?«

»Pfadfinder.«

»Warst du da auch mit dabei?«

Warren sagte nichts. Horchte.

Wir sind die alten Landser,
Kennen die halbe Welt …
Reisen wir ohne Geld.

Warren räusperte sich. Spuckte auf den Asphaltweg. Mir vor die Füße.

Warum hörten die Deppen da oben nicht auf?

Ob die Sonne uns lacht,
Der Tag glühend heiß
Oder eiskalt die Nacht.
Bestaubt sind die Gesichter,
Doch froh ist unser Sinn,

Ist unser Sinn;
Es braust unser Panzer
Im Sturmwind dahin.

Ich sagte: »Gleich sind wir am Parkplatz. Höchstens noch fünf Minuten.«

Warren ignorierte meinen Ablenkungsversuch.

Der Wind trug den nächsten verdammten Gesang in unsere Ohren.

Die Fahne hoch!
Die Reihen fest geschlossen …

Ich zerquatschte ihm den Rest des Gesanges, sagte dann: »So, ich seh schon meinen alten Golf, siehst – da unten?«

Warren schwieg. Wie ein Eisernes Kreuz.

Feindselig.

Fand ich.

Auf dem Parkplatz oberhalb von Kranzegg standen neben meinem Feinstaubverstäuber die vier Motorräder.

Warren schaute gebannt auf die Maschinen.

Ich folgte seinem Blick.

Die Nummernschilder hatten es ihm angetan:

HH-1933
SA-1934
SS-1923
HJ-1926

Ich dachte: Nicht genehmigt, die Schilder, aber gut erfunden, sagte, mit einem Schuss zu viel an jovial: »So, jetzt fahren wir auf meine Alm. Die Biselalm. Damit du auch siehst, wo ich wohne.«

Er nickte.

Stumm wie ein Stockfisch.

Wir ließen den See von Tal unter uns liegen, fuhren die einspurige, kurvige Milchstraße zur Biselalm hinauf.

Ich sagte: »Das ist die Milchstraße.«

Er reagierte nicht.

»Weil da der Milchwagen immer rauf und runter fährt. Zu den Bauernhöfen.«

Er gähnte.

Ich füllte die blöde Stille mit: »Das geht jetzt rauf auf über tausend Meter. Genau gesagt tausendsiebzig Meter. Mit dem Fahrrad eine Quälerei. Vor allem, wenn die Bremsen kommen und sich an den Armen festbeißen.«

Er schaute gelangweilt aus dem Fenster, von mir weg.

»Die Kühe gehören alle den Nachbarbauern. Drei Anwesen sind da oben neben der Alm, in Rufweite.«

Man musste schon schreien wie am Spieß, wenn man von den Bauern gehört werden wollte. Und wenn die mich hören wollten.

Von Warren hörte ich nichts.

»Die Alm ist eigentlich keine Alm mit Viehwirtschaft. Die Alm ist ein umgebautes altes Bauernhaus mit mehreren Wohnungen drin, und die unterm Dach gehört mir.«

»Und in den anderen Wohnungen …?«

»Die fünf anderen gehören anderen Leuten, wir kennen uns alle seit Jahren. Mal schauen, ob welche hier sind. Gut möglich bei dem schönen Wetter … oder es kommen noch welche. Man weiß nie, wann wer kommt …«

Wir fuhren über die letzte Kuppe, ich erklärte, was er wohl nicht wissen wollte: »An der Stelle bleib ich im Winter immer stecken, da wird's noch mal richtig steil, und das Auto hat keinen Schwung mehr.«

Mildes Interesse von Warren: »Und dann?«

»Dann lass ich meinen alten Golf zurückrollen bis ins Dorf und versuch's mit dem zweiten Anlauf.«

»Und dann?«

»Mit dem dritten … und so weiter. Irgendwann schafft er es. So, jetzt gleich … Siehst du das längliche Bauernhaus da vorn? Das ist die Alm!«

Er sagte: »Der Parkplatz ist leer.«

Ich sagte: »Dann sind wir die Einzigen. Noch …«

Es war dämmrig geworden.

Abendrot.

Abendrot, leuchtest mir zum frühen Tod …

Ich stellte meinen Golf auf den Parkplatz. Die Dieselwolke verrauchte.

Sagte zu Warren: »Ich zeig dir jetzt dein Appartement. Alles drin, was man zum Leben braucht. Klo, Dusche, Küche, Bett.

Meines – die ›Schreibstube‹ – ist gleich nebenan und genauso ausstaffiert.«

»Und gibt es einen Durchgang von einem zum anderen?«

»Nein, sie liegen nebeneinander, aber sie sind separat. Siehst ja gleich.«

Blöde Fragerei.

»Und dann, wennst willst, hocken wir uns noch auf die Bank hier unten vorm Haus und genießen die Aussicht und den Abendhimmel ... bei einem Bier oder zwei, zur Abwechslung Büble Bier. Rasten ... du weißt schon ... nach unserer Gewalttour auf den Grünten.«

Warren nickte.

Irgendwas hatte ihm die Sprache verschlagen.

28 Ärmeres Schwein, größeres Arschloch

Nach einer Viertelstunde trafen wir uns wieder auf der Bank vorm Haus.

Mit einem Büble. Büble Bier. Echt Allgäu. Vom Allgäuer Brauhaus.

»Prost!«

»Cheers!«

Ein schwarzer Audi A3 bretterte den schmalen Asphaltweg hinunter ins Tal.

Hupte beim Vorbeifahren.

Bremste. Die Rückwärtsganglichter leuchteten auf.

Meine Nachbarin, die Bärbel, stieg aus dem Auto.

»Meine Nachbarin«, sagte ich. »Vor drei Jahren noch trieb sie die Kühe auf die Weide, jeden Morgen. Abends zurück ... Sie hat ein Piercing am Bauchnabel ... hatte sie wenigstens damals.«

»Woher weißt du das?«

»Sie trug immer ein bauchfreies Top, wenn sie die Kühe mit ihrem Stecken raus und rein trieb.«

»Eine Bäuerin mit Bauchpiercing?«

»Ja, ich musste auch zweimal hinschauen, bevor ich es glauben konnte. Für mich war eine Bäuerin immer eine alte Frau mit Kopftuch und Kleiderschürze …«

»Für mich auch. Wie alt ist sie denn?«

»Bisschen über fünfzig. Sieht aus wie dreißig.«

»Hm …«

»Außerdem schneidet sie mir die Haare. Sie hat Frisörin gelernt. Sie schneidet gut. Und gründlich. Zweimal im Jahr. Im Frühjahr den Sommerschnitt. Im Herbst den Winterschnitt. Doppelt so kurz wie der Sommerschnitt. Weil im Allgäu ist der Winter doppelt so lang wie der Sommer.«

»Ist mir zu viel Mathematik«, sagte er.

Ich sagte zu ihm: »Ich schau nur mal, was sie will«, ging ihr entgegen.

Erschrak. Sagte: »Wie siehst denn du aus? Fehlt dir was?«

Sie sagte: »Ja, Schlaf fehlt mir.«

Ich fragte: »Hast so ein bewegtes Nachtleben?«

Sie lachte nicht, sagte: »Ich hab die letzte Nacht kaum geschlafen. Mein Schwager, der hat doch noch Küh, so an die vierzig Stück, und letzte Nacht hat er mich gefragt, ob ich ihm helfen kann, seine Frau ist grad nicht ganz gesund, und eine Kuh war vor dem Abkalben. Alle zwei Stund sind wir dann in den Stall, schauen, ob alles noch in Ordnung ist. Weil es ist schon öfters vorgekommen, dass die Kuh ihr Kalb erdrückt hat, wenn sie sich nach dem Kalben vor Erschöpfung hingelegt hat. Damit das nicht passiert, muss man eben alle zwei Stund schauen, ob's schon so weit ist oder nicht.«

»Scheißjob«, sagte ich. »Wenn ich dir behilflich sein kann …«

Sie lächelte müde, sagte: »Nett von dir. Hast denn schon einmal beim Abkalben geholfen?«

»Nicht direkt. Aber im Fernsehen …«

»Nein danke, da stehst bloß im Weg. Das ist wie mit den modernen Vätern, die bei der Geburt dabei sein wollen. Die sind auch meistens bloß im Weg. Außerdem hast ja Besuch.«

»Ja, ein Kollege, aus Kanada. Der kommt übrigens auch aus einer Landwirtschaft. Vielleicht könnt der …«

»Noi, des braucht's itta, ich muss jetzt schnell nach Kempten in die Apothek. Ein Beruhigungsmittel holen.«

»Für die Kuh?«

»Nein, fürn Schwager.«

Ich unterdrückte einen Lacher.

Sie sagte: »Oder hast du so was im Haus? Das ist mir grad eingefallen, drum hab ich gehalten. Du bist doch ein Doktor.«

»Ja, aber ein Doktor der Philosophie.«

»Und zu was ist das gut?«

»Ehrlich gesagt: zu nix. Das einzige Beruhigungsmittel, das ich im Haus hab, ist Hopfensaft …«

»Bier? Nein, da schlaft er mir gleich ein, mein Schwager. Ich muss jetzt doch nach Kempten, schnell …«

Ich sagte: »Wennst zurückkommst und wir hocken noch da, dann schaust halt vorbei, auf ein Beruhigungsmittel. Hopfensaft …«

Sie sagte: »Ja, vielleicht, nett von dir. Aber ich muss jetzt wirklich weiter.«

Ich hockte mich wieder neben Warren, erzählte ihm vom Abkalben der Nachbarin.

Er sagte: »Da gibt's ein neues Gerät, in Irland entwickelt, wir haben es auch in Kanada. Es heißt Moocall, ein Abkalbemelder. Es ist mit einer Funktion ausgestattet, die schlägt Alarm, eine Stunde vor dem Abkalben. Soll ziemlich zuverlässig sein.«

»Mensch«, sagte ich, »du bist ja ein Genie. Das schenk ich der Bärbel zu Weihnachten!«

»Prost!«

»Prost …«, sagte er, als wär er unter Narkose oder über zwei Promille.

Er schwieg.

Lange.

War er mit Abkalben beschäftigt?

Ich sagte: »Du bist aber schweigsam geworden. Hat dich die Schönheit der Berge so beeindruckt?«

»Nein.«

»Was dann?«

»Die Gesänge von deinen Freunden … lauter Wehrmachtslieder. *O du schöner Westerwald, Wildgänse, Wir sind die alten Landser, Ob's stürmt oder schneit*, das alte Panzerlied …«

Ich warf ein: »Ha, die ... mit ihren Zweiradpanzern. Lächerlich!«

Fand er nicht. Jedenfalls lachte er nicht. Stattdessen: »*Die Fahne hoch.* Das Horst-Wessel-Lied. Und hast gesehen, was die um ihre Hälse tragen?«

»Silberkettchen, nehm ich an ... Die Allgäuer sind ein frommes Volk. Viele tragen ein Kruzifix oder ein einfaches Silberkreuz.«

»Oder ein Hakenkreuz«, sagte er, triefte vor Sarkasmus. Und weiter ging's: »Und ihre Motorräder. Seltsame Nummernschilder. HH, SA, SS, HJ ... Kommt dir das nicht bekannt vor?«

»Nein«, log ich.

»Und die Nummern ... Jahreszahlen: 1923, 1926, 1933, 1934 ... Sagt dir das nichts?«

»Was soll mir das sagen? Ich bin erst 1948 geboren. Die Gnade der späten Geburt.«

»Und ›Wehrsportgruppe Allgäu‹ ... Das sind doch Neonazis!«

»Es sind dumme Buben, die wollen nur provozieren ...«

»Deutsche Ausrede!«

»Denkst, ich geb mich mit Neonazis ab?«

»Dein Vater war ja auch einer, ein Nazi!«

»Mein Vater war ein dummer Bub mit siebzehn.«

»Aber bei der Hitlerjugend. Und beim Militär.«

»Alle waren bei der Hitlerjugend. Und am Ende waren alle beim Militär. Volkssturm. Wenn nicht, sind sie alle an einem Baum aufgehängt worden.«

»Die deutsche Unschuldslegende ...«

»Ihr habt keine Ahnung ... Als wär's so einfach gewesen. Entweder Nazi oder Widerstandskämpfer. Wenn du es genau wissen willst: Mein Vater war bei der Partei. NSDAP. Und in der Adolf-Hitler-Schule. Weil er keine Eltern mehr hatte, die ihn aufs Gymnasium hätten schicken können.«

»War er denn Vollwaise?«

»Halb. Seine Mutter ist gestorben, wie er fünf Jahr alt war. Er ist nie wirklich drüber hinweggekommen. Sein Vater, also mein Großvater, war auch bei der Partei.«

»Siehst du!«

»Aber nicht in der NSDAP. Er war Kommunist. KPD. Deshalb ist er im KZ gelandet.«

»Nur weil er Kommunist war?«

»Es war lächerlich. Er hat an einem Samstagnachmittag den Gehsteig geschrubbt. Dann haben sie ihn verpfiffen, und die Gestapo stand vor seiner Tür.«

Warren, zynisch: »Das glaubst du selber nicht. Nicht mal im Dritten Reich ist man wegen Gehsteigschrubben eingesperrt worden.«

»Es war wegen dem, was er weggeschrubbt hat.«

»Was?«

»Auf dem Gehsteig stand mit Kreide: ›Heil Hitler‹. Das ›Heil Hitler‹ hat er weggeschrubbt. Dafür haben sie ihn abgeführt. Er wäre auch davongekommen. Aber er hat sich geweigert, am Ende des Verhörs sich mit dem Hitlergruß zu verabschieden. Deshalb ist er im KZ Dachau gelandet.«

»Hm ... wirklich?«

»Echt! Und was dem Fass den Boden ausschlägt: Mein Vater, weil er bei der Partei war, bei der richtigen, hatte Beziehungen, und deshalb haben sie seinen Vater, meinen Großvater, nach ein paar Wochen wieder rausgelassen. Seitdem hat er gehinkt ... und gesoffen ... mein Großvater.«

»Eine unwahrscheinliche Geschichte. Rührend!«

Ich sprang auf, schrie ihn an: »Du zynische Sau, du besserwisserische! Das ging nicht nur bei meinem Vater so. Der Konrad Adenauer, falls dir das was sagt, unser erster Bundeskanzler nach dem Krieg, der wurde im Dritten Reich von den Nazis eingesperrt, und weißt du, warum der wieder rauskam?«

Ich gab die Antwort selber: »Weil seine Söhne, der Max und der Paul, Offiziere bei der Wehrmacht waren und bei der SS-Führung in Berlin dafür gesorgt haben, dass ihr Vater wieder freikam. Himmelherrgottsakrament, kapier's doch endlich!«

Ich schleuderte meine Bierflasche auf den Steinboden, sie zerschellte, das Bier spritzte uns an.

»Keine Ahnung habt ihr, ihr transatlantischen Gutmenschen ... Geht denn in eure Birnen nicht rein, dass man Täter und Opfer zugleich sein kann?«

»Hey, take it easy!«

»Einen Scheiß *take* ich. Die Kriege haben meinen Vater und meine zwei Großväter hingemacht ... kaputtgemacht ... Sie sind nie mehr drüber hinweggekommen ... Weder mein Großvater übers Giftgas noch mein anderer Großvater übers KZ noch mein Vater, weil er als Halbwaise mit siebzehn an der Front fast krepiert wär und dann in einem Kriegsgefangenenlager in England gelandet ist ... Und danach hatte er Berufsverbot, weil er in der Partei gewesen war ...«

Ich sackte wieder auf die Bank zurück, die Tränen liefen mir runter, sagte: »... und ich bin auch nie drüber hinweggekommen. Das Verhältnis zu meinem Vater war versaut ... für immer. Jedes Mal, wenn wir auf den Krieg zu sprechen kamen, war nach dem dritten Wort das Feuer aufm Dach. Das Einzige, was er gelernt hatte, war Soldat, und ich warf als Student rum mit Sprüchen wie: ›Soldaten sind Mörder‹, genau wie meine Kommilitonen ... Und der Manni von deinen ›Neonazis‹, der knabbert auch noch dran. Er hat auch keinen Vater gehabt. Sein Vater ist schon vor seiner Geburt nach Bulgarien oder sonst wo in den Osten verschwunden. Ein Sinti, früher sagte man Zigeuner dazu. Seine Mutter starb an einer Überdosis. Seine Oma hat ihn aufgezogen. Das Foto von seinem Opa hängt über dem Bett im Pflegeheim von seiner Oma. Wehrmachtssoldat. Gefallen am 5. Mai '45. Drei Tage vor Kriegsende.«

Warren sagte, gallenbitter: »Ich hatte nie ein Verhältnis zu meinem Vater. Ich hatte nie einen Vater ...«

Ich sagte: »Irgendwie sind wir beide arme Schweine. Kriegsversehrte.«

Er sagte: »Aber ich bin das ärmere Schwein.«

»Dafür bist du das größere Arschloch ... mit deinem Nazi-Verfolgungswahn.«

Wir schwiegen. Schauten stumm in das blutige Abendrot im Westen.

Im Westen nichts Neues.

29 Das Heilmittel

Das Handy schellte.

Warren schaute missbilligend auf mein Smartphone.

»Sorry. Das ist wahrscheinlich Vasthi.«

Am anderen Ende war Manni.

»Na, wie waren wir?«

»Brillant!«

Er ging vor Stolz oder Alkohol oder weil ich über tausend Meter war, aufs Du über. Über tausend Meter sagt man im Allgäu Du zueinander.

»Und bist noch am Leben mit deinem kanadischen Komiker?«

»Ja, noch …«

»Brauchst eine Nachtwache auf deiner Alm …?«

»Nein danke.«

»Wennst uns brauchst, meldest dich.«

»Ja, gern! Das wäre wunderbar. Danke, Vasthi!«

»Spinnst jetzt, ich bin der Manni.«

»Klar, mein Schatz!«

»He, ich bin nicht schwul!«

»Du bist süß!«

»Bist b'soffn?«

»Ja, war so schön, deine Stimme zu hören.«

»Jetzt langt's mir aber!«

Die Leitung war tot.

Ich sagte zu Warren: »Das war die Vasthi. Sie kommt heut nach ihrer Schicht noch vorbei, wenn's keinen Notfall mehr gibt. Sie will dich unbedingt noch mal sehen!«

Warren trank, rülpste.

Ich dachte: Begeisterung sieht anders aus.

Ich sagte: »Du bist heut gar nicht du selbst … Wenigstens seit heut Nachmittag nicht mehr. Ist dir eine Laus über die Leber gelaufen?«

Er trank noch mal aus der Flasche.

Sagte: »Je mehr ich trink, desto nüchterner werd ich. Die Geschichte, die ich dir oben am Grünten erzählt hab, von meinem Opa und meiner Oma … die hat mich mitgenommen.«

»Schwer?«

»Sauschwer!«

»Aber du kannst nichts mehr machen. Vergiss es.«

Er schaute mich an mit dem Würgeblick vom Grünten, sagte: »Erst diese blöde Geschichte. Und an allem waren die Nazis schuld. Und dann plärren diese jungen Idioten noch Nazi-Lieder … wie ein Hohn … aber …«

»Aber was?«

»Es gibt ein Heilmittel.«

»Für deinen geschundenen Körper?«

»Nein. Für meine Seele.«

»Und das wäre …? Psychotherapie? Traumatherapie? Hypnose? Urschreitherapie?«

»Ha!« Er lachte bitter. »Da kannst mir ja gleich kommen mit Klangschalentherapie oder Bachblütentherapie … Da hilft nur *eine* Therapie!«

Er trank, zündete sich eine von meinen Gauloises an, schwieg.

»Welche?«

»Rache!«

»Rache ist keine Therapie. Rache ist krank. Macht alles nur noch schlimmer.«

»Ja, aber nur für das Opfer!«

»Wie willst du dich denn rächen? Der wo deinen Vater am Strand in Courseulles umgebracht hat, ist tot, hast du gesagt. An dem kannst dich nimmer rächen.«

»An ihm nicht mehr … aber an seinen Kindern und Kindeskindern. Und wenn die tot sind, werde ich wieder lebendig sein …«

Er kriegte einen stieren Blick, sagte in den Horizont hinein: »*Denn ich, der Herr, dein Gott, bin ein eifernder Gott, der die Missetat der Väter heimsucht bis ins dritte und vierte Glied an den Kindern derer, die mich hassen …* 2. Buch Mose, Kapitel 20, Vers 5.«

»Das ist finsterste Urzeit. Wusste gar nicht, dass du so bibelfest bist … Aber es steht auch geschrieben: *Die Väter sollen nicht für die Kinder sterben noch die Kinder für die Väter sterben, sondern ein jeder soll für seine Sünde sterben.* 5. Mose 24,16.«

Er konterte, ich kam mir vor wie mit zwei Zeugen Jehovas an der Haustür: »*Er lässt den Schuldigen nicht straffrei. Er straft die Kinder für die Sünden der Väter bis in die dritte und vierte Generation.* 4. Mose 14,18. Meine Großeltern haben mich jeden Sonntag in die Kirche geprügelt …«

»Hat er denn Kinder und Kindeskinder, der deinen Vater auf dem Gewissen hat?«

»Seine Witwe lebt noch, uralt. Er hat von dieser Frau einen Sohn, und der Sohn hat selber einen Sohn … und einen Enkel … und noch eine kleine Tochter aus einer späteren Beziehung.«

Meine Bierflasche knallte auf den Steinboden.

Ich sagte: »Ich muss mal zum Bieseln.«

Ich ging bieseln, kam wieder, mit meinem Handy in der Hand, log: »Du, die Vasthi hat gerade angerufen. Ihre kleine Tochter, die Anna, ist krank, und ihr, der Vasthi, geht's auch nicht gut. Ich muss mal bei ihr vorbeischauen. Klingt schlecht …«

Warren schaute mich schräg an.

Ich sagte: »Wenn's schlimm ist, bleib ich bei ihr und bring morgen früh die Kleine zum Arzt oder in den Kindergarten. Ich komm morgen zurück. Im Kühlschrank ist alles, was du brauchst.«

Ich nahm meine Autoschlüssel.

Warren sagte: »In deinem Zustand kannst du nicht mehr fahren. Wenn dich die Polizei erwischt …«

»Um die Zeit ist keine Polizei mehr auf der Straße. Die in Kempten sind sowieso unterbesetzt.«

Warren zuckte mit den Schultern. »Aber wenn sie dich erwischen, bist du deinen Führerschein los. Und in deinem Alter bist du ihn leicht für immer los. Dann kannst Einsiedler werden auf deiner Alm.«

Er lachte.

Ich kam nicht drauf, was er lustig dran fand, sagte: »Du bist noch drei Jahr älter wie ich …«

»Aber ich behalt meinen Führerschein. Ich brauch ihn nämlich noch … Ich hab noch allerhand vor.«

Ich ahnte, was er vorhatte.

Verließ fluchtartig die Alm.

Unten in Tal brannte noch Licht im Messnerhaus.

Wo Johanna und Toni hausten. Das Lesbenpaar.

Und die kleine Emily.

Johanna und ich waren mal ein Paar. Sie machte eine Pause von schwul, ich eine Pause von Zölibat, wir machten einen Ausflug nach Australien, um die Ersparnisse der Gesundbeterin zinsgünstig anzulegen. Wir kamen zurück, Johanna war schwanger.

Emily.

Unsere Tochter. Die Freude meiner alten Lenden.

Ich läutete, die Tür öffnete sich, im Licht stand Johanna, sagte: »Du ... so spät ... Zeit, dass dich wieder mal um deine Tochter kümmerst. Aber die liegt schon im Bett. Schläft.«

»Ich fahr nächste Woche wieder mit ihr ins Schwimmbad nach Nesselwang, wenn's recht ist ...«

»Und deshalb kommst in der Nacht vorbei.«

»Deshalb auch. Aber ich wollte dir nur sagen: Pass gut auf sie auf, die Emily. Ein Verrückter ist hinter mir her, dem trau ich alles zu.«

Johanna wurde blass, dann rot, plärrte mich an: »Hast schon wieder deine Nas in Sachen hineingesteckt, die wo dich nix angehen? Du hast mir versprochen, dass du den Scheiß lasst, aber was machst: eine Dummheit nach der anderen! Und ziehst das arme Kind mit rein ... Um dich wär's ja nicht schad, aber das Kind ...«

Ich schluckte. Sagte: »Pass auf, dass sie mit keinem fremden Mann geht. Er ist in meinem Alter und scheißfreundlich ... und hat einen leichten englischen Akzent ... In ein paar Tag ist die Angelegenheit erledigt. Versprech ich dir!«

»Du und deine Versprechen! Mit dem Saufen hast auch versprochen, dass du aufhörst. Und jetzt kommst wieder mit einer Fahne daher!«

Die Tür flog zu.

Ich drehte ab.

Richtung Kempten.

30 Kuhmist

Fahne.

Die paar Biere. Warum riechen Frauen immer alles?

Trotzdem: Warren hatte recht. Ich sollte in dem Zustand nicht fahren.

Und dann packte mich ein Schreck. Wenn ich fuhr und er die Polizei verständigte? Ich traute ihm alles zu.

Die Fahne. Flatterte im Wind. Der Wind … der Geist. *Spiritus. Ruach*, der hebräische Geist … Der weht, wo er will.

Er wehte in mein Hirn hinein.

Ich fuhr noch mal zurück, die halbe Strecke hoch Richtung Alm.

Bog ab.

Zum Waltl-Bauer.

Gott hab ihn selig. Er hatte sich vor zwei Jahren aufgehängt. Weil seine Kühe reihenweise verendet waren.

Seine gebeugte Witwe führte noch den Rest von der Landwirtschaft weiter.

Ihre Rente langte nicht.

Die Tür zum Stall stand offen.

Neonlicht leuchtete finster und kalt.

»Grüaß di, Waltl-Bäuerin!«

Sie erschrak, mit ihrer Mistgabel in der Hand. Mistete für die paar Ziegen, die sie hatte.

Bio-Ziegen.

Machten Bio-Milch.

Damit die Bäuerin leben konnte.

Ich tat, als hätte ich vierzehn Tage Zeit und wäre nur zum Zeitvertreib da. Sagte: »So ein schöner Stall. Ich weiß noch, wie er voll war mit Kühen und Kälbern.«

»Ja, wie mein Mann noch g'lebt hat. Es war eine Mordsarbeit mit dem Stall und dem Vieh … Aber mir hätten's schon geschafft.«

»Die Milchpreise sind ja in den Keller gesaust.«

Sie nickte, mit feuchten Augen, sagte: »Mit jedem Liter Milch hat man einen Verlust gemacht … aber … das Herz hängt halt dran, an den Viechern.«

Aus der Nachbarschaft drang ein tierisches Brüllen herüber. Ein dunkles, mächtiges und ein helleres, schwächeres.

»Was ist denn das für ein Krach?«, fragte ich. »Wird da geschlachtet beim Mühl-Bauer?«

Sie schüttelte den Kopf. »Da ist grad der Viehwagen da. Die Kälber werden weggeschafft. Das macht man so bei den Milchkühen. Gleich nach dem Kalben werden die Kälber verfrachtet …«

»Damit die Mutterkühe sofort weitergemolken werden können?«

»Ja.«

»Ich hab's einmal gesehen, wie ich zu meiner Alm hinaufgegangen bin. Sie ham das Junge in einen Viehwagen gezerrt, mit aller Gewalt, es wollt nicht … und drinnen im Stall hat seine Mutter gemuht … so tierisch wie die Küh vom Mühl-Bauer jetzt grad. Ich hab's kaum mit anschauen können … Ein Kind von seiner Mutter wegnehmen … damit die Milchproduktion weitergeht. Und das soll dann eine ordentliche Milch geben? Man sauft die Angst mit, und den Schmerz …«

Sie nickte. »Blutmilch … Manche Milchküh, wenn man denen die Kälber wegnimmt, schreien stundenlang, manchmal tagelang. Man kann's kaum anhören.«

»Seelenmord ist das. Brutal. Schlimmer als Schlachten. Die Kinder von den Müttern wegnehmen …«

»Meine sind auch weg, der Bua in London und das Mädle in Amerika.«

»Aber die ham s' dir doch nicht weggenommen am nächsten Tag nach der Geburt?«

»Nein, die waren um die zwanzig, wie sie zum Studieren weg sind. Aber weh … weh hat's schon getan … tut's immer noch.«

»Ja, ich weiß, meiner ist damals auch so weit weggegangen. Bis nach Taiwan.«

Sie schnäuzte sich in ein verschnupftes Taschentuch. Sagte: »Und Rindviecher, das sind auch Menschen. Wie wir noch den Hof gehabt ham, ham wir ein- oder zweimal vierzehn Tag Urlaub gemacht. Ein Landwirtschaftshelfer von der Caritas hat sie versorgt … Aber das ham mir dann aufgegeben.«

»Warum? Zu teuer?«

»Nein, die Viecher sind krank geworden. Entzündungen am Euter, im Maul, im Darm … wir haben drei Wochen gebraucht, bis sie wieder gesund waren. Die Viecher sind anhänglicher als wie Kinder … Und mein Mann, Gott hab ihn selig, war drauf und dran und hat eine ›Elternzeit für Kühe‹ einführen wollen.«

Ich warf ein, als verstünde ich was davon: »Muttergebundene Kälberaufzucht?«

»Kennst du dich da aus?«

»Nein, aber ich hab so was gelesen. In Norddeutschland haben sie das auch gemacht. Sie lassen die Kälber gemeinsam mit den Milchkühen aufwachsen. Ein paar Wochen lang sind Kuh und Kalb beieinander, auch im Stall … man überlässt die Aufzucht einfach den Kühen. Sie ham in dem Artikel geschrieben, die Kälber trinken viel mehr und sie lernen von ihren Müttern ganz früh, wie man Gras oder Heu frisst. Nach drei Monaten mit ihren Müttern zusammen sind die Kälber durchschnittlich vierzig Kilo schwerer als wie die, wo man nach dem Kalben gleich auseinandertut. Und man muss den Viehdoktor weniger holen.«

Sie nickte heftig.

»Genau das hat mein Mann auch erzählt, und er hat angefangen mit der Elternzeit für Kühe … aber dann …« Sie stockte, kriegte wässrige Augen.

»Dann …?«

Sie fing sich wieder, sagte bitter: »Dann sind die Anfeindungen gekommen und der Neid, du weißt das ja, und dann noch der Schimmelpilz. Die meisten sind verreckt, und die anderen haben wir hergeben müssen, die Küh und die Kälber … Ich glaub, es hat meinen Mann zugrunde gerichtet. Nach außen war er ein Raubauz, aber ein gutes Herz hat er g'habt.«

»Ja, ich weiß … wie er gelitten hat …«

Mir fiel nichts mehr ein. Ich schaute verstohlen auf meine Armbanduhr.

Sie erwachte wie aus einer Erinnerungstrance, ihre Stimme wurde wieder hart, Ende der Romantik, sie erblickte meinen Blick auf die Uhr, sagte: »Pressiert's dir? Was willst du denn eigentlich noch überhaupt um die Zeit, Bär?«

»Ich wollt halt mal schauen, wie's dir geht.«

»Abends um halb neun. Ich bin alt, ich bin bucklig, ich bin verwitwet, aber blöd bin ich noch nicht. Also: Was willst?«

»Deinen Traktor.«

»Spinnst jetzt?«

»Ja. Ich glaub, jemand ist hinter mir her.«

»Das hat mei Ma auch g'sagt, bevor er sich aufg'hängt hat.«

Schöne Aussichten. Aber ich brauchte jetzt keine langen Reminiszenzen.

Ich griff in die Brusttasche von meinem karierten Bergbauernhemd, zog einen Hunderter raus, hielt ihn ihr hin, sagte: »Ich will ihn nicht haben, nicht kaufen, bloß leihen. Wie an Leihwagen. Bis morgen früh.«

Sie nahm den Hunderter, steckte ihn in ihre Bluse, wahrscheinlich in ihren BH, da war genügend Platz, sagte: »Bis morgen. Und vollgetankt!«

Ich schluckte. Dachte, ich brauch mir keine Sorgen mehr machen, wie sie überlebt.

Ich wollte mich schon umdrehen, sah an einem Nagel in der Wand einen Hut hängen und einen Stallmantel. Drunter ein Paar Gummistiefel. Alter Mist klebte noch dran. Kuhmist klebt wie der Teufel.

»Noch von deinem Mann?«, fragte ich.

Sie nickte.

»Kann ich das Gewand auch leihen, den Hut und den Stallmantel und die Stiefel?«

Sie sagte: »Leihen ja«, hielt ihre Hand auf.

Ich griff noch mal in meine Hemdbrust, legte ihr einen Fünfziger in die Hand, die Füllung für ihr anderes BH-Körbchen, sagte: »Ich bring den Hut und den Mantel morgen mit dem Bulldog zurück.«

Sie nickte, schaute mich kurz an, sagte: »Gereinigt!«

Ich sagte: »Wenn das so weitergeht, kann ich mir gleich einen neuen Traktor und ein neues Gewand kaufen.«

»Kannst es auch bleiben lassen.«

Konnte ich nicht.

Ich schlüpfte in die Stiefel, den Stallmantel, setzte den zerknautschten Hut vom ehemaligen Waltl-Bauer auf, sagte: »Wo ist denn der Traktor?«

»In der Hüttn, wo sonst. Der Schlüssel steckt.«

»Pfüadi!«

»Pfüadi.«

Ich machte mich auf zum Traktor, sie rief mir nach: »Getankt und gereinigt!«

Ich sagte: »Leck mich am Arsch!« So, dass sie es nicht hören konnte.

Die Mutterkuh schrie immer noch tierisch um ihr Kalb.

Ich wurde wütend. Damit ich den Kloß im Hals nicht spürte.

Ich drückte aufs Gas, fuhr durchs Dorf, Richtung Oberzollhaus. Der kürzeste und schnellste Weg nach Kempten. Volle Beleuchtung. Puls an der Obergrenze.

Ich ließ das Dorf hinter mir, Landstraße, es wurde dunkel.

Hinter einer kurvigen Kuppe ein Auto. Am Straßenrand.

Eine Person in Uniform winkte mit einer Kelle.

Mein Herz stand still.

Der Geist hatte mir also doch richtig ins Hirn geblasen.

Ich hielt an, der Traktor tuckerte im Leerlauf weiter, der Polizist kam auf mich zu, ich atmete durch, Gott sei Dank ein neuer, junger, der mich nicht kannte. Hoffte ich.

»Wohin denn so spät noch, Bauer?«

»Zu meinem Bua nach Oberzollhaus. Eine Kuh kalbt. Es pressiert!«

»Hast zufällig einen alten Golf Diesel gesehen mit KE-EB 666?«

»Die Nummer hab ich nicht gesehen, ist ja fast schon Nacht. Aber einen alten blauen Golf Diesel. Der ist gefahren wie der Teufel, und in Schlangenlinien, ich glaub, der Fahrer war voll wie eine Haubitzn. Ich hab grad noch ausweichen können, sonst wär er mir frontal draufgeknallt.«

»Welche Richtung?«

Ich deutete nach rückwärts. »Richtung Kranzegg oder Rettenberg.«

Der Polizist hechtete in seinen Dienstwagen, neben ihm eine Tussi mit Pferdeschwanz, und quietschte davon. Wie der Teufel. Richtung Kranzegg oder Rettenberg.

Aber der Teufel saß woanders.
Der verdammte.
Ich gab Vollgas, röhrte mit dreißig Stundenkilometern Richtung Kempten.

31 Bademantelneurose

»Wie schaust denn du aus?«
Ich nahm den Hut vom Waltl-Bauer ab, zur Begrüßung.
»Und riechen tust, als tätst grad ausm Ziegenstall kommen.«
Ich zog meine Stallstiefel aus, stellte sie neben die Haustür. Fragte: »Kann ich reinkommen?«
Vasthi war schon im Bademantel.
»Und nach Diesel stinkst auch. Dein alter Golf ...«
»Es ist nicht mein alter Golf. Es ist mein neuer Traktor.«
Sie schaute mich schräg an, sagte: »Ich glaub, ich bin im falschen Film. Außerdem hab ich morgen Frühschicht.«
Ich beruhigte sie: »Ich halt dich nicht lang auf.«
»Zieh das Zeug aus, ich tu's gleich in die Waschmaschine.«
Ich zog den Stallmantel aus, legte den Hut drauf.
»Nimm das gestinkerte Gewand und die Stiefel, wenn ich das anlang, versau ich mir meinen Bademantel ...«
Und wenn schon, sie hatte mindestens ein Dutzend davon, wahrscheinlich hatte sie eine Bademantelneurose.
Ich hielt den Mund. War nicht das Timing für Diagnosen.
Ich folgte ihr, sie machte das Rundfenster zur Waschmaschine auf, ich sagte: »Hinein damit! Die Stiefel auch?«
»Alles!«
Die Waltl-Bäuerin hatte doch recht. Sie bekam die Sachen gereinigt.
»Und du gehst in die Dusche. Den Gestank will ich nicht im Haus!«
Ich ging in die Dusche.
Heiß. Gut.
Am Schluss kalt. Noch besser. Zum Ausnüchtern.

Ich machte die Duschkabine auf.

Auf der Ablage am Waschbecken unterm Spiegel lag ein Einwegrasierer. Doppelklinge. Von Rossmann. Marke »Isana Men«. War amüsiert. Dachte immer, Frauen haben eigene Rasierer für ihre charmante Behaarung. Mehr dachte ich nicht. Noch nicht.

Ein Badehandtuch lag da.

Ein Bademantel.

Rosa.

»Was soll ich jetzt anziehen?«, schrie ich irgendwohin ins Haus.

»Zieh den Bademantel an!«

»Das ist aber ein Weiberbademantel.«

»Wird dich schon nicht umbringen.«

Ich erschien im rosa Bademantel im Wohnzimmer.

Sie kicherte.

»So hab ich dich ja noch nie gesehen!«

»Ich mich auch nicht. Jetzt fehlt nur noch die Strumpfhose.«

»Wieso?«

»Du weißt doch, wie ich hinter der Gesundbeterin her war, da hab ich auf Weib gemacht. Und das Wichtigste, wenn ein Mannsbild auf Weibsbild macht, ist die Strumpfhose.«

»Auch im Sommer?«

»Auch im Sommer. Es ist das Feeling … königlich! Weißt du, wie der spanische Hof so Ende 15., Anfang 16. Jahrhundert dem englischen König Heinrich VIII. eine große Freude machen wollte, schenkte er ihm kein Schwert und kein Pferd, sondern eine glänzende, hautenge Strumpfhose. Der Heinrich VIII. war vor Freude ganz ausm Häuschen. Er trug über der Strumpfhose natürlich nix, das war damals so Mode. Die Männer ham gedacht, sie sind das schöne und das protzende Geschlecht, legten sich eine sogenannte Schamkapsel um …«

»Wie die Balletttänzer?«

»Genau! Und zeigten Beine, Po und Geschlecht wie ein Pfau sein Rad.«

»Ist das wieder einer von deinen Scherzen?«

»Nein, blutiger Ernst. Wissenschaftlich erwiesen. Das hab

ich gelesen. In einem Buch von Barbara Vinken. Es heißt: ›Angezogen – Das Geheimnis der Mode‹.«

»Vielleicht hat es die erfunden. Aber den Mannsbildern ist alles zuzutrauen ... mit ihrem Geschlecht ... Das schöne Geschlecht, dass ich net lach! Protzend stimmt allerdings. Immer noch.«

Ich wollte nicht die hundertfünfundzwanzigste Gender-Diskussion. Nicht jetzt. Nicht im rosa Bademantel. Ich schwieg.

Sie bot mir eine Zigarette an. Marlboro Gold. Ich sagte: »Danke, ist nicht gerade meine Marke, aber in der Not frisst der Teufel Fliegen.«

Ich nahm meinen ersten Zug, den besten, sagte: »Apropos Teufel. Der ist hinter mir her.«

Sie schaute mich mit einem diagnostischen Blick an. Krankenhaus oder Irrenhaus? Sie sagte: »Hier, trink erst mal was. Ich hab noch einen Calvados, aus der Normandie, den wo du mir mitgebracht hast ... von deinem *Kongress*.«

Sie sagte »Kongress« so, als wäre es kursiv geschrieben. Schräg. War ja auch eine schräge Angelegenheit, in der Normandie.

Ich schwieg. Sicherheitshalber.

Wir tranken.

Ich sagte: »Da hat der ganze Zirkus angefangen. Mit dem Warren, der ja auch bei dir aufgetaucht ist. Der Kanadier ... der ist bei mir auf der Alm. Heut Nachmittag auf dem Grünten ist er mir schon an die Gurgel. Er hat den Teufel in sich.«

»Also ich glaub, du übertreibst. Er ist zwar nicht mein Fall, aber bisher war er doch ganz nett ... und hilfsbereit ... Hat so ein schönes Interview mit mir geschrieben. In der Allgäuer Rundschau.«

»Ich hab Schiss. Angst. Um mein Leben und um das Leben meiner Mutter und meiner Kinder und Kindeskinder ...«

»Was sind Kindeskinder?«

»Enkel.«

»Und warum sollte er dich und deine Mutter und deine Kindeskinder umbringen wollen?«

Ich erklärte ihr, warum.

Nach einer Stunde war ich mit meiner Erklärung fertig.

Der Calvados war leer.
Vasthi voll.
Schnarchte selig.

32 Freud'sche Fehlleistung

Ich zuckelte mit Waltls Traktor die verrottete Asphaltstraße hinauf von Tal zur Alm.

Ein schwarzer Audi A3 kam mir entgegengebrettert.

Eilig.

Einer von uns beiden musste weichen.

Ich hielt mich an die Regel: Wer abwärtsfahrt, weicht aus, wer bergauf fahrt, darf durchfahren.

Ich fuhr. Bergauf.

Der Audi donnerte mir entgegen.

Wich nicht.

Ich stieg auf die Bremse.

Der Audi auch, im letzten Augenblick.

Wir schlichen aneinander vorbei.

Kein Kuhschwanz passte zwischen meinen Bulldog und ihren A3.

Ich zog charmant meinen frisch gewaschenen Hut zum Gruße.

Die Augen meiner Nachbarin schauten mich entgeistert an.

Geweitet.

Mund offen.

Ich rangierte an ihr vorbei, setzte meinen Hut wieder auf.

Sah im Rückspiegel: Der Audi machte einen Satz. Blieb stehen.

Ruckelte wieder an.

Ich hörte einen Schlag.

Schaute noch mal.

Sie hatte einen Begrenzungspfahl umgenietet.

Kein Wunder, wenn man das Gespenst eines Toten Traktor fahren sieht.

Auf dem Traktor eines Toten.
Was so ein Hut und ein Stallmantel ausmachen!
Ich bog zum Anwesen der Waltl-Witwe ein.
Hupte, drehte den Zündschlüssel um.
Der Bulldog bellte zu Ende.
»Wie schaust denn du aus?«, fragte die Waltl-Bäuerin.
»Sauber schau ich aus. Ich hab dir doch versprochen, dass ich die Sachen gereinigt zurückbring.«
Zog meinen Hut runter, den Kittel aus, stieg aus den glänzenden Stiefeln, übergab das Gewand der Waltl-Bäuerin.
»Wie neu!«, sagte sie.
Ich sagte: »Waschen hilft.«
»Dann könntst dich auch amal waschen!«
Ich dachte, blöde Sau, g'schnappige, lachte jovial.
Sie sagte: »Und der Bulldog, der Tank ...«
»Voll!«
So voll wie Vasthi gestern Abend.
Ich sagte: »Bäuerin, ich dank dir sakrisch, aber ich muss jetzt weiter. Die Arbeit wartet.«
»Ich hab denkt, du bist in Rente.«
»Ja, eben. Wenn man in Rente ist, hat man Zeit, und wenn man Zeit hat, geht alles langsamer, drum hat man weniger Zeit.«
»Ha?«
»Ich erklär's dir ein anderes Mal. Keine Zeit jetzt.«
Ich stieg in meinen Golf, sie winkte mich zum Halten, ich ließ das Fenster runter, fragte: »Isch no was?«
Sie sagte: »Wennst den Bulldog und das Gewand wieder brauchst, kommst einfach vorbei. In der Nachbarschaft muss man sich helfen.«
Ich dachte: Ja, wenn die Hilfe gut bezahlt wird, sagte: »Machst wohl einen Kostümverleih auf?«
Gab Gas.
Fuhr auf die Alm zu.
Der Parkplatz war leer, abgesehen vom Unkraut. Die Disteln wuchsen zwischen den Pflastersteinen einen halben Meter hoch.
Meine Nachbarin Bärbel ermahnte mich jedes Mal: »Deinen Hof könntst auch einmal ordentlich herrichten. Eine Schand ist

das!« Ich sagte jedes Mal: »Das hat man jetzt so. *Gezielte Verwilderung.*«

An der Haustür pappte ein Zettel.

»Danke für die Gastfreundschaft. Musste dringend weiter. Geschäftlich. Melde mich wieder, wenn ich es erledigt habe. Gruß Warren«.

Meine Erleichterung war wie weggeblasen.

Wo wollte er hin? Welches Geschäft hatte er zu erledigen? Wen erledigen?

War er nach Tal gefahren? Mit dem Taxi? Mit einem Leihwagen vom Schiefele?

Nach Augsburg? Nach Bonn?

Oder irgendwo anders hin? Hoffentlich. Irgendwo.

In dem Zimmer, wo er geschlafen hatte, steckte der Schlüssel.

Von außen.

Ich ging rein.

Sogar das Bett hatte er gemacht.

Den Boden zusammengekehrt.

Den Papierkorb geleert.

Die Zeitungen lagen sauber gefaltet auf einem Stapel.

Allgäuer Rundschau.

Süddeutsche Zeitung.

Kölner Stadt-Anzeiger.

Augsburger Allgemeine.

Bonner General-Anzeiger.

Der Abfalleimer rein wie ein Tabernakel, sogar ein frischer Müllbeutel war drin.

Das Bad war gewischt, im Klo frischer Kloreiniger.

Das Handwaschbecken glänzte und roch nach Meister Proper.

Ich bin klein, mein Herz ist rein, darf niemand hinein als nur das liebe Jesulein.

Wahrscheinlich waren auch alle Fingerabdrücke abgewischt.

Ich trat gegen den Klappeimer neben der Kloschüssel.

Er fiel um.

»Sakrament!«

Ich stellte ihn wieder auf.

Was war das?

Papierfetzen.
Ein zerrissener Notizzettel.
Ich legte die Schnipsel auf den Tisch.
Handgeschriebenes mit Bleistift.
Ich puzzelte die Schnipsel zusammen.
Ich hasse Puzzle.
Nach fünf Minuten hatte ich ein paar Wörter zusammen.
Und zwei Buchstaben.
E.B.
Meine Finger wurden zittrig.
Dann sah ich mein Werk vor mir: eine Anschrift.
»Von-der-Reuterberg-Str. 20. Ostheim.«
Das Pflegeheim meiner Mutter. E.B. Emily Bär.
Warrens Freud'sche Fehlleistung.
Gelobt sei Sigmund Freud!
Ich rannte die Treppen runter, zwei Stufen auf einmal, mein Meniskus stach, auch wurscht, meine Mutter war mir wichtiger als mein Meniskus, ich stand im Freien, der Grünten strahlte, als ginge ihn das Ganze nichts an. Der See von Tal spiegelte den Grünten, ich hatte endlich Empfang auf meinem Handy: »Hallo, hier ist Dr. Bär. Wie geht's meiner Mutter?«
Der Stationsleiter vom Pflegeheim sagte: »Wie immer, warum?«
»Ich bin in einer guten Stunde bei Ihnen. Lassen Sie niemanden zu ihr. Keinen Besuch. Auf keinen Fall.«
»Warum?«
»Das erklär ich Ihnen später.«
»Aber wir können nicht jedes Zimmer bewachen. Wir haben hundertneunundsechzig Betten in unserem Heim.«
»Von mir aus ham sie fünfhundertneunundsechzig Betten. Schauen S', dass niemand ans Bett meiner Mutter kommt. Ich mach Sie verantwortlich … persönlich!«
»Für was?«
»Für alles!«
Ich drückte auf die rote Taste. Drehte mich um, Richtung Treppenhaus.
Zögerte.
Irgendwas stimmte nicht.

Fehlte.

Aber ich wusste nicht, was.

Es war nur so ein Gefühl. Wie wenn Salz in der Suppe fehlt.

Oder wie wenn man einen Schluck Bier trinken will und merkt, dass das Glas schon leer ist.

Schaute mich in meinem Schreibzimmer um.

PC.

Kofferradio.

Bücherregal.

Die Bibel. Sogar alle Geldscheine waren noch drin.

Kruzifix mit Rosenkranz.

Freuds Konterfei daneben.

Und dann sah ich, was ich nicht sehen konnte:

Zwei Eiserne Kreuze.

Sie fehlten.

Das von meinem Großvater.

Das von meinem Vater. Mit dem Hakenkreuz.

Ich schrie auf.

Wie ein angestochener Stier.

Ich spürte ein Reißen im Herz: als hätte der Teufel mir noch mal Vater und Großvater weggenommen.

Oder das Herz rausgerissen.

Genauso hat es gerissen, wie ich meinen Vater zum letzten Mal lebendig sah und wusste: Das war das letzte Mal.

Knallte die Tür zu.

»Ein Mann sieht rot«. Charles Bronson.

Ich sah noch viel röter.

33 Morphium

Es blitzte.

In Landsberg am Lech.

Aus heiterem Himmel.

Aber nicht von oben.

Von der Seite.

Polizei. Radarfalle.
Die Gauner.
Ich trat auf die Bremse.
Nützte nichts.
War schon voll durch.
Vierzig Kilometer pro Stunde drüber.
Anständige Rentner wie ich, hinter denen sind sie her. Und die Mörder laufen frei rum.
Mindestens einer.
Die nächste Radarfalle kannte ich. An der Schnellstraße von Landsberg, B 17, direkt vorm Ortsschild Augsburg.
Ich nahm sie mit fünfzig Kilometern pro Stunde drüber.
Geblitzt.
Auch wurscht. Vielleicht krieg ich Mengenrabatt.
Wenigstens ein lupenreines Alibi hatte ich.
Aber wozu?
Ich fuhr am Klinikum Augsburg vorbei.
Mein Vater war drin verstorben.
Hatte keine Zeit zum Denken. Noch weniger zum Fühlen.
In Ostheim war dreißig erlaubt.
Zum dritten Mal traf mich der Blitz.
Ich dachte, nächstes Mal nehm ich einen Lastwagen, den blitzen sie nicht. Den Amri in Berlin haben sie auch nicht geblitzt.
Der Parkplatz vorm Altersheim war voll.
Bis auf einen.
Feuerwehrzufahrt.
Mit Halteverbot.
Ich hielt, sprang aus dem dieselgurgelnden Golf, rannte gegen die gläserne Schiebetür am Eingang. Sie war auf das Tempo von Rollatoren geeicht.
Knallte gegen die Scheibe.
Griff mir an die Nase. Nase okay. Noch.
Keuchte durch den Gang.
Riss die Tür zum Zimmer meiner Mutter auf.
Da lag sie.
Wie immer.
Schlief.

Wie immer.
Dornröschen. Neunzig Jahre jung.
Ich atmete durch.
Zum ersten Mal seit der Alm.
Beugte mich über sie.
Sagte: »Wach auf. Ich bin's. Der Emil.«
Keine Reaktion.
Sie atmete röchelnd.
Hörte auf.
Fing wieder an.
Ich rüttelte sie.
Nix.
»Ich bin's, der Emil.«
Ich beugte mich über sie, wie sonst immer zum Abschied, das ist der todsichere Aufwecker, fuhr mit meinem Stoppelbart über ihre greise Wange, dann verzog sie immer ihr Gesicht zu etwas, was ich als Lächeln wertete.
Funktionierte nicht.
Sie war kühler als sonst.
Ich schaute sie an.
Sie war blässer als sonst.
Und die Nase … wächsern, spitz.
Es war eine Sterbenase.
Habe ich fünfundzwanzig Jahre lang gesehen. Sterbenasen. Im Krankenhaus.
»Nein!«
Seit sechs Jahren lag sie so.
Seit sechs Jahren wartete ich, bis sie sterben konnte.
Aber bitte nicht jetzt.
Und bitte nicht so, lieber Gott.
Der liebe Gott hatte wohl gerade was anderes zu tun.
Er rührte sich jedenfalls nicht.
Doch hinter der Tür rührte sich was.
Ich schrak zusammen.
Ein Gespenst!
Jedenfalls ein weißer Mantel.
Arztmantel.

Arzthandschuhe.
In der einen Hand eine Spritze.
In der anderen eine Knarre.
»Du?«
»Who else were you expecting ... you're a little bit too late, pal!«
»Hier wird deutsch gesprochen, du kanadisches Schwein. Du hast meine Mutter ...«
»*May she rest in peace.* Das ist doch kein Leben. Das Morphium wird ihr helfen ...«
»Du scheinheiliger Mistkerl, ich bring dich um!«
Er schwenkte seine Knarre, eine Walther PPK, Kaliber 7,65 Millimeter mit Schalldämpfer.
»Polizeipistole Kriminal«. Oder kurz: »Polizeipistole kurz«.
Bewährt. Der Mittagsmörder von Nürnberg erlegte in den sechziger Jahren sieben Menschen damit.
»Nein. Noch ein Schritt und ich erschieß dich!«
Mir war alles wurscht. Ich wollte nur eines: ihn umbringen.
Plärrte ihn an: »Dann bring mich doch um!«
»Noch nicht! Du bist noch nicht dran!«
»Wer ist denn vor mir noch dran?«
»Du bist doch bibelfest. Im Alten Testament kannst du es nachlesen: Wenn man einen besonders grausam bestrafen wollte, richtete man vor seinen Augen seine Familie hin. Unser Pfarrer erzählte uns in der Sonntagsschule immer von dem König Zedekia. Er war ganz geil auf die Geschichte ...«
»Der König Zedekia, der letzte König vor der Zerstörung von Jerusalem, der es immer mit den fremden Göttern hatte ... Im 2. Buch der Könige, Kapitel 25, meinst den?«
»Genau den. *Die Chaldäer nahmen ihn gefangen und seine Sippe, und sie erschlugen die Söhne Zedekias vor seinen Augen und blendeten Zedekia die Augen und legten ihn in Ketten.*«
Warrens Augen glühten fiebrig.
»Und du«, er deutete mit seiner PPK auf mich, *»wirst wahnsinnig werden bei dem, was deine Augen sehen.* 5. Mose 28,34.«
Ich sah:
Emily. Meine kleine Tochter.

Frederick. Meinen erwachsenen Sohn. Aus erster Ehe. Eine zweite gab es nicht.

Oimol neidappt langt. Allgäuer Volksweisheit. Man soll den gleichen Fehler nicht zweimal machen.

Fridolin. Meinen Enkel. Sechs Monate alt.

Meine Mutter. Im Koma, aber noch am Leben.

Mir wurde schwindlig.

Vor Wut.

Mein Herz stach.

Hinterwandinfarkt?

Quatsch. Alles psychosomatisch.

Ich sah doppelt.

Zwei Warren, zwei Arztkittel, huschten durch zwei Türen hinaus.

Wie ein Doppelgespenst.

Die zwei Türen fielen zu.

34 Einen Scheiß tu ich mich

Ich kam zu Sinnen.

Stürmte raus.

Kein Warren weit und breit.

Ich rannte durch den Gang.

Riss die Tür zum Stationszimmer auf.

»Wie konntet ihr den Typen nur reinlassen? Zu meiner Mutter!«

»Aber –«

»Nix aber. Er hat sie umgebracht!«

Ein Ruck ging durch die Pfleger und Schwestern.

»Das war doch der Arzt! Der Hausarzt ist in Urlaub, und er sagte, er ist die Vertretung.«

»Und ihr Idioten glaubt das? Er hat meine Mutter –«

»Beruhigen Sie sich, Herr Dr. Bär.«

»Einen Scheiß tu ich mich!«

»Wir verstehen, dass Sie aufgeregt sind …«

»Sie sieht aus wie der Tod … die spitzige Wachsnase … habt ihr denn Tomaten auf den Augen?«

»Herr Bär, wir wissen, wie es um Ihre Mutter steht. Sie waren doch selber hier, und wir haben besprochen, dass wir die Ernährung einstellen … nur noch palliativ.«

Ja, ich erinnerte mich.

Nicht gern.

An dem runden Tisch im Altersheim. Heimleiter. Pflegedienstleiterin. Stationsleiter. Dr. Schürle, Leiter der Palliativversorgung.

Ein Haufen Leitern.

Und ich.

Kam mir vor wie der Angeklagte, der seine Mutter um die Ecke bringen will.

Es wurde ermittelt.

Der mutmaßliche Wille meiner Mutter.

Reden konnte sie nicht mehr. Seit sechs Jahren.

Schreiben auch nicht.

Schlucken auch nicht.

Stammganglienblutung mit Ventrikeleinbruch war die Diagnose. Dazu Demenz. Dazu arterielle Hypertonie, und dann kam noch ein Mamma-Ca. Brustkrebs. Nach außen wachsend.

»Warum wollen Sie die Sonde gerade jetzt rausnehmen lassen?«

Ich sagte: »Weil es nur noch eine Quälerei ist.«

Sie schauten mich an.

Ich dachte, die denken: Ja, für Sie.

»Aber Ihre Mutter scheint keine Schmerzen zu haben. Warum sollte sie dann ihr Leben beenden wollen?«

Ich sagte: »Sie will nix beenden. Sie wird beendet. Sie hat diesen Krebs, der nach außen wächst und blutet wie …« Wie die Sau, lag mir auf der Zunge.

»Das könnte man konservativ behandeln.«

Ich hatte alle Hände voll zu tun, dass mir der Gaul nicht durchging.

Sagte: »Auf Deutsch gesagt: Sie verfault von innen raus. Und die Wunde stinkt schon.«

Die Stationsleiterin nickte.

Dr. Schürle sagte: »Auch das könnte man gut beheben.«

Ich dachte, ja, mit Raumspray oder 4711.

Es langte mir, ich schaute in die Runde, jedem Einzelnen in die Augen, der Reihe nach, bebte innen, sagte, als wäre ich eiskalt: »Was wär denn Ihr mutmaßlicher Wille, wenn Sie gelähmt wären, vierundzwanzig Stunden am Tag, sieben Tage die Woche, zweiundfünfzig Wochen im Jahr, sechs Jahr lang daliegen und die Decke anschauen und verfaulen von innen raus am lebendigen Leib und stinken das Zimmer voll ...?«

Betretenes Schweigen.

»Wir verstehen Sie, Herr Bär ...«

»Ob Sie mich verstehen oder nicht, ist mir sch...egal. Es geht darum, ob Sie verstehen, dass meine Mutter am lebendigen Leib verreckt ... Keinem Tier tät man so was zumuten.«

Bevor der Dr. Schürle Luft holen konnte, sagte ich: »Ich verstehe Sie auch, Herr Dr. Schürle. Ich verstehe, dass Sie lieber heilen als hinrichten. Ich verstehe, dass Sie drauf achten müssen, dass die gesetzlichen Vorgaben eingehalten werden. Und ich verstehe sogar, dass Sie sicherstellen müssen, dass ich meine Mutter nicht wegen schwacher Nerven oder Erbschleicherei um die Ecke bringen lasse.«

Das Beben in meiner Stimme wurde hörbar.

Noch ein Satz, ich würde losheulen, losplärren oder losschlagen. Oder alles auf einmal.

Zehn ... neun ... acht ...

Runterkommen, befahl ich mir.

Zur Verstärkung wechselte ich ins Englische:

Seven ... six ... five ...

Steigerung:

Quatre ... trois ... deux ...

Mit leiser Stimme sagte die Rangniedrigste am Runden Tisch, die am meisten mit meiner Mutter zu tun hatte, tagaus, tagein: »Wir verbinden die Wunde zweimal täglich ... und wir machen das auch gern ... aber sie hat Schmerzen dabei ... verzieht das Gesicht ... und alle, die sie pflegen ... alle auf der Station ... meinen, es wäre ein Segen, wenn sie ... dahingehen dürfte.«

Ich war kurz vorm Losheulen. Zwischen triumphieren und verzweifeln.

Alle nickten.
Außer Dr. Schürle.
Er nahm ein Formular, kreuzelte herum, sagte: »Dann sind wir ja einstimmig der Meinung ...«
Er schob mir das Formular hin: »Als gesetzlich bestimmter Betreuer müssen Sie auch unterschreiben. So hat es das Gericht angeordnet. Sie und ich.«
Ich unterschrieb.
Das Todesurteil für meine Mutter.
Auf einmal wurde es belebt, alle atmeten auf, Dr. Schürle sagte: »Dann gehen wir in das Zimmer Ihrer Mutter und stellen die Sonde ab. Aber Sie müssen wissen, es kann zwischen drei Tagen und drei Wochen dauern, bis ...«
Wusste ich. War ja nicht das erste Mal, dass ich bei so was dabei war. Über zwanzig Jahre war ich bei so was dabei, als Seelsorger.
Aber noch nie bei meiner eigenen Mutter.
Als erwachsener Sohn.
Als Sohn.
Als Bub.
Als Säugling.
»Wenn Sie möchten, können Sie mitgehen ans Krankenbett ...«
Sterbebett, dachte ich.
»... aber Sie müssen nicht, Sie können auch –«
»Ich geh mit.«
Wir pilgerten im Gänsemarsch ins Krankensterbezimmer.
Dr. Schürle sagte ein paar freundliche Worte zu meiner Mutter. Sie schaute wie immer an die Decke.
Es fiel ihm nicht leicht, dem Dr. Schürle.
Mir auch nicht.
Die anderen rieben sich die Augen, schnäuzten in Tempos.
Der Arzt schaltete ab. Sagte zu mir: »Wir gehen jetzt, Sie können noch bleiben, sich von Ihrer Mutter verabschieden.«
Sie gingen.
Ich blieb.

Ich erwachte aus meiner Erinnerung. Sagte zu den Pflegern: »Ja, ich erinnere mich. Leider zu gut. Ja, ich weiß, sie wird bald sterben. Aber ... Sakrament noch mal, wenn einer sie umbringt, dann ich! Nicht ein fremder Sadist. Und nicht so schnell ... Er hat sie umgebracht! Und ihr –«

»Ist sie schon tot?«

Erschrocken rumpelten sie auf.

Wir stürzten ins Zimmer.

Meine Mutter lag da, schlief, die Nase wieder ohne Wachs.

Ein Pfleger rüttelte sie.

Sie schlug die Augen auf, ihr Blick traf meinen.

Sie lächelte, bewegte ihre Lippen, ich las: Emil, du!

Die Pfleger und Krankenschwestern schauten sich an.

Schauten mich an.

Der Stationsleiter sagte: »Herr Dr. Bär, wir hätten da gleich am Ort einen guten Nervenarzt ...«

Ich stürmte auf und davon, plärrte: »Euren Nervenarzt könnt ihr euch sonst wohin stecken!«

Und draußen war ich.

Ich drehte den Zündschlüssel um.

Mein Golf machte einen Satz nach vorn, das Halteverbotsschild knickte um.

Ich auch. Innen.

Hatten sie vielleicht doch recht? War ich reif für die Anstalt?

35 Sag zum Abschied leise Servus

Mein Golf fuhr mich zum Friedhof.

Das Grab war verkommen, verwachsen, verwildert. *Ungezielte Verwilderung.*

Ich sah die spitze Wachsnase meiner Mutter vor mir.

Sie konnte nicht mehr sprechen. Seit sechs Jahren.

Sprachzentrum im Hirn zerstört.

Ich hörte sie trotzdem. In meinem Kopf.

Beleidigt. Vorwurfsvoll.

»Wie kannst du nur ...!«

»Ist das der Dank ...?«

»Was sollen die Leute sagen?«
»Und Oma und Opa ...«
Meine Großeltern. Die lagen auch drin.
Ich: Niemals.
Ich hatte keine Ahnung, wo ich liegen würde.
Von mir aus auf dem Mond.
Oder in der Nordsee.
Nein. Zu kalt. Ich bin wasserscheu.
Dann eben auf dem Schuttberg.
Ich verkniff mir, meiner Mutter zu antworten:
Dass ich meine Friedhofspflichten schon abgebüßt hatte.
Als Bub.
Rumrennen im Friedhof. Hinfallen. Knie aufgeschlagen, an der Wand stehen.
Gott verzeiht.
Ich nie.
Jedenfalls das nicht. Das mit dem Friedhof. Für aufgeschlagene Knie, die Kieselsteine steckten noch in der Kniescheibe, an die Wand gestellt werden. Mit dem Gesicht zur Wand. Was kann man in einer deutschen Soldatenfamilie anderes erwarten?
Ich schob das Efeu von dem kleinen Stein vor dem großen Grabstein weg.
Mein Vater schaute mich an. Streng.
In Uniform.
Dicke schwarze Hornbrille.
Ein Foto aus seinen jungen Jahren schob sich über das Friedhofsbild.
Als Siebzehnjähriger.
Musste ich jetzt für ihn den Kopf hinhalten?
Weil er im Krieg verheizt wurde? Oder verheizt hatte?
Die Väter haben saure Trauben gegessen, und den Söhnen sind die Zähne stumpf geworden. Hesekiel 18,2.
Ich hatte schon fast keine mehr. Zähne.
Dafür Parodontose.
Und eine Zahnprothese, die mir bei jedem Biss wehtat. Auch ohne Biss.
Drum gab es so oft Chili con Carne.

Spaghetti Bolognese.
Kaiserschmarrn.
Kürbissuppe.
Streichkäse.
Alles, was man nicht beißen muss.
Ich griff an meine Brusttasche.
Ja, sie war noch da, meine Prothese.
Wenn ich allein bin, stecke ich sie immer in meine Brusttasche.
Wenn ich öffentlich bin, stecke ich sie mir ins Maul. Sie drückt.
Wenn ich nicht allein im Bett bin, drückt sie auch. Die Prothese.
Dann warte ich, bis sie eingeschlafen ist. Die bessere Hälfte.
Dann kommt sie ins Glas.
Die Prothese.
Mit Kukident.
Das Glas kommt unters Bett. Heimlich.
In der Früh greif ich unters Bett ins Glas, steck mir das Gebiss rein und strahle meine bessere Hälfte an.
So hieß die Prothese, wie ich noch Kind war: Gebiss.
Wenn's so weiterging, tat mir sowieso bald kein Zahn mehr weh.
Ich sagte in Richtung von dem Foto von meinem uniformierten Vater: »Servus ... und dank dir, dass du mir das Fahrradfahren beigebracht hast ... und das Bügeln ... und mich aufs Gymnasium geschickt ... und wie ich klein war, immer mit mir gerauft hast im Bett am Sonntagfrüh, bis die Mama gesagt hat: Schluss mit der Rauferei am Sonntagvormittag! ... und das Autofahren. Schwarz ... Servus ...«
Sag zum Abschied leise Servus ...
Ging zum Auto, wischte mir die Tränen aus den Augen,
zündete mir eine Gauloises an,
nahm mein neues Smartphone, wählte.
Eine nette Stimme meldete sich: »Gärtnerei Loible.«
»Kann ich den Chef sprechen?«
»Mein Mann kommt grad rein ... Ich geb ihn Ihnen.«
Sie gab mir ihren Mann.
Ein entfernter Cousin von mir.
Als ich klein war, war er noch kleiner als ich.

Er mochte seine »Tante Emily«. Meine Mutter.

Alle mochten sie. Jedenfalls die bessere Seite von ihr.

Die andere war nur mir bekannt. Und meinem Vater. Da half ihm auch seine Uniform nichts.

Sie war eine Seele von Mensch. Immer nett.

Fast immer.

Zu meiner Frau, ihrer Schwiegertochter, war sie nicht immer nett. Sie konnte ihr nie verzeihen, dass sie ihr ihren Sohn weggenommen hatte.

Mich.

Sie hat ihr nicht verziehen.

Nie.

Und viel Zeit hatte sie jetzt nicht mehr. Zum Verzeihen.

Ich sagte: »Hallo, Josef, ich bin's, der Bua von der Emily!«

»Die Tante Emily!« Er freute sich. »Wie geht's ihr denn?«

»Sie wird's nimmer lang machen.«

»Oh!«

»Und deshalb ruf ich dich an. Das Grab ist ziemlich runtergekommen.«

»Ja, ich weiß.«

Scheiße.

»Und wenn's so weit ist ... weißt schon ... dann sollt's halt hergerichtet sein ... und ich hab denkt, wenn's schon sein muss, soll das G'schäft in der Verwandtschaft bleiben. Also wenn du demnächst vorbeikommen könntst ...«

»Das mach ich gern ... Bloß, das hat einen Haken. Ich darf auf eurem Friedhof nicht arbeiten.«

»Hast Berufsverbot in Augsburg?«

»Ja, es heißt nicht so, aber es läuft drauf hinaus.«

»Hast was angestellt?«

Er lachte. »Ja, ich wohn auf der falschen Seite vom Lech.«

Er wohnte in Friedberg. Der Lech ist die Grenze. Zwischen Schwaben und Bayern. In Augsburg sprechen sie schwäbisch. In Friedberg bayerisch.

»In die Augsburger Friedhöf dürfen nur die Augsburger Friedhofsgärtner. Das ist so ein deppertes Gesetz.«

Ich sagte, spitz: »Freie Marktwirtschaft ... die Deppen.«

»Aber das kriegen wir schon hin. Ich kenn da einen, und der stellt mich für einen Vormittag ein oder so …«

»Das wär toll, dank dir! Dann sehn wir uns bald.«

Er sagte: »Spätestens zur Beerdigung.«

36 Dr. Teufel

Ich hatte eine Idee.

Ich blieb vor dem Friedhof im Auto sitzen.

Wählte die Nummer vom Hausarzt meiner Mutter. Wir schrieben uns regelmäßig.

Er mir Rechnungen.

Ich ihm Überweisungen.

Eine kurz angebundene Sprechstundenhilfe nahm ab.

»Praxis Dr. Teufel. Ja?«

»Ja?« hieß: Aber plötzlich, bitt schön!

Ich sagte: »Hier ist Dr. Bär. Ich müsste den Kollegen Dr. Teufel sprechen.«

»Oh, Herr Dr. Bär …«

Die Stimme wurde sanftmütiger.

»Der Dr. Teufel ist zurzeit leider nicht in der Praxis. Er ist krank. Sie wissen ja, die Sommergrippe …«

Und ich glaubte immer noch, Ärzte würden nicht krank.

»… aber seine Vertretung ist da, soll ich Sie verbinden?«

Ich zögerte einen Augenblick. Sollte ich oder sollte ich nicht?

»Ja, bitte.«

Im Telefon quäkte Mozarts »Kleine Nachtmusik«.

Grad als ich mich in die Melodie hineingeträumt hatte, unterbrach eine Stimme das Georgel.

»Praxis Dr. Teufel.«

Ich legte mein Taschentuch über mein Smartphone, wie ich es im »Tatort« gesehen hatte, hielt mir die Nase zu, sagte: »Herr Kollege, ich bräuchte dringend Ihre Hilfe … Mein Vater ist im Pflegeheim, und es geht ihm schlecht … Ich befürchte das Schlimmste. Könnten Sie mal vorbeischauen?«

»Sorry, geht nicht. Ich hab ein volles Sprechzimmer. Ich komm grad vom Pflegeheim, ich kann jetzt nicht schon wieder weg. Wenn der Kollege Teufel wieder im Dienst ist, sag ich ihm Bescheid … Wie war doch gleich Ihr Name?«

Ich legte auf.

Wischte mir den Schweiß von der Stirn.

War er's oder nicht?

War ich verrückt oder nicht?

Ich fuhr wieder zurück, über die B 17, Landsberg am Lech, Buchloe Ost, Marktoberdorf … Das Auto wusste den Weg von selber.

Rauchte.

Warf die Kippen zum Fenster raus.

Nach dem Blick in den Rückspiegel. Wegen der Polizei.

Die wollen inzwischen fünfzig Euro für eine rausgeworfene Kippe.

Dafür könnten sie sich sieben Schachteln ungerauchter Zigaretten leisten.

Ein Straßenschild wies den Weg nach Kaufbeuren.

Kaufbeuren mit der Psychiatrie.

Irrenanstalt.

Sollte ich …?

Ich kannte den Chefarzt.

Prof. Dr. Guggemoos.

Noch von früher. Wie er Assistent von der Dr. Tilly Turner war.

Und seine Doktorarbeit schrieb.

Er war mir noch einen Gefallen schuldig.

Ich hatte ihm geholfen. Bei seiner Doktorarbeit.

Über den Ödipuskomplex.

Ich überlegte.

Merkte, dass ich schon in Richtung Kaufbeuren unterwegs war.

Diesmal nicht als Patient.

Noch nicht.

Ich wusste nicht, ob ich schon reif dafür war.

Die Psychiatrie in Kaufbeuren schaut aus wie eine Kaserne vorm Ersten Weltkrieg. Oder ein Gefängnis. Natürlich aufgehübscht. Gelb angemalt. Daneben moderne Betonbunker. Das Bezirkskrankenhaus.

Aber verrückt bleibt verrückt. Da hilft weder Gelb noch Beton.

Der Kommandostand sah aus wie eine Hotelrezeption.

Eine junge Dame schaute mich von oben bis unten an, sagte: »Was suchen Sie denn? Vielleicht die Geriatrie?«

Ich war angesäuert. Lächelte gütig.

»Ich möchte den Chefarzt Professor Guggemoos sprechen. Ich bin ein Kollege. Bär. Emil Bär. Dr. Emil Bär.«

Sie schaute mich mit hochgezogenen Augenbrauen an, misstrauisch. Ich sagte: »Nein, keine Angst. Ich bin kein Fall von Pseudologia Phantastica.«

Sie schaute unsicher, wusste wohl nicht, was Pseudologia Phantastica war, ich klärte sie auf: »Die Krankheit, zu lügen. Um es genau zu sagen: Ich bin nicht nur ein Kollege, sondern ein Freund vom Chefarzt.«

»Er ist in einer Besprechung.«

»Alle Chefärzte sind ständig in einer Besprechung. Aber es ist dringend. Sagen Sie ihm, es geht um seinen Sohn.«

Ich wusste, dass er einen Sohn hatte, er musste inzwischen vier oder fünf oder sechs Jahre alt sein, er war vor drei Jahren sterbenskrank, nach einem Unfall, Vasthi Graf vom Klinikum Kempten rettete ihn, ich kriegte es mit, weil ich damals in Zwangsverwahrung unter der speziellen Fürsorge von Guggemoos war.

Ich hatte ihn quasi gezwungen, mich in der Geschlossenen unterzubringen, aus Sicherheitsgründen.

»Um seinen Sohn? Ist ihm was passiert?«

Ich sagte nichts, nickte bedeutsam. Pause.

»Es geht um Leben und Tod!«

Um mein Leben, genauer gesagt. Aber sie musste ja nicht alles wissen.

»Nehmen Sie Platz«, sagte sie.

Hielt mich wohl für einen Dackel. Aber was konnte man im Irrenhaus schon anderes erwarten?

Ich blieb stehen.
Eine halbe Minute.
In der Tür erschien Prof. Dr. Guggemoos.
Außer Puste.
»Sie!«
Er schaute mich entgeistert an.
Ich schaute ihn entgeistert an.
Alt war er geworden.
»Prof. Dr. Guggemoos« stand auf seinem Kragenschildchen.
Wahrscheinlich dachte er das Gleiche von mir: Alt ist er geworden.
»Was ist los mit meinem Sohn?«
Die Sekretärin hatte Ohren wie ein Osterhase.
Tat, als tippte sie in den PC was rein.
Ich blickte in Richtung Sekretärin, legte meinen Finger an die Lippen, er kapierte, sagte: »Kommen Sie!«
Er schloss die Tür seiner Chefarztsuite.
Ich sagte: »Keine Angst. Ihrem Sohn geht's gut. Keine Panik.«
»Und warum –«
»Mir geht's nicht gut. Einer ist hinter mir her. Ich bin in Lebensgefahr! Und die Geschichte mit Ihrem Sohn war der einzige Weg, schnell zu Ihnen durchzudringen.«
»Sie ...!«
Mehr fiel ihm nicht dazu ein. Dann: »Sie sind dauernd in Lebensgefahr, wenn Sie zu mir kommen!«
»Und Sie haben mir immer den Arsch gerettet ... Gruß von der Vasthi, übrigens.«
»Danke. Also, um was geht's?«
»Ich weiß nicht, ob ich verrückt bin.«
»Das weiß ich auch nicht, aber überrascht wär ich nicht.«
»Können Sie mich untersuchen?«
»Wegen was?«
»Paranoide Schizophrenie zum Beispiel. Verfolgungswahn.«
»Hören Sie Stimmen?«
»Ja, wenn die Leute reden. Aber nimmer so gut wie früher. Das Alter ...«

»Bitte?«

»Altersschwerhörigkeit. Schauen S', bei Ihnen fangt's auch schon an …«

»Schmarrn. Also, Stimmen. Ausm Radio?«

»Wenn das Radio läuft, ja.«

»Was sagen Ihnen die Stimmen?«

»Heut früh zum Beispiel: ›Hier ist Bayern 5, der Nachrichtensender des Bayerischen Rundfunks. Der Bayerische Rundfunk ist eine Körperschaft des öffentlichen Rechts. Intendant Ulrich Wilhelm … Es ist Montag, der soundsovielte Soundso, das Team des Bayerischen Rundfunks wünscht einen Guten Morgen. Es ist sechs Uhr. Die Nachrichten …‹«

»Sind Nachrichten für Sie dabei?«

»Ja, manchmal. Die Staumeldungen für die A 7. Grenztunnel Füssen, Blockabfertigung. Oder dass der CIA inzwischen vom Fernseher aus abhören kann.«

»Von Ihrem Fernseher?«

»Ich hab keinen.«

Er rollte die Augen.

»So kommen wir nicht weiter. Aber Sie ham Glück, wir haben gerade einen Experten da, einen Paranoia-Experten. Top-Mann aus dem Ausland. Deshalb war ich grad in der Besprechung. Er stellt seine neuesten Forschungen vor. Ich frag ihn mal, ob er Sie anschauen kann. Aber wegen Ihrer Pseudologie kann der auch nichts machen, die ist unheilbar.«

»Pseudologie?«

»Der Zwang zu lügen. Die Geschichte mit meinem Sohn. Noch einmal, dann …«

»Nie mehr!«

»Schauen S'! Schon wieder. Das glaub ich Ihnen nicht!«

Ich lachte. Sagte: »Ich hab gar nicht gewusst, dass Sie unter pathologischer Agnostik leiden.«

»Was soll denn das sein?«

»Wenn einer nix glaubt.«

»Schluss jetzt. Warten S' einfach hier, die Besprechung muss gleich aus sein.«

Ich wartete.

Schaute mich in seinem Bücherschrank um. Arme am Rücken verschränkt. Damit ich nicht noch auf Kleptomanie untersucht wurde.

Ich wollte grad zu einem Band greifen mit dem Titel: »Wird nur über Sex geredet? Siebenundzwanzig neugierige Fragen an die Psychoanalyse«. Von einem gewissen Wiedemann. No-Name.

Die Tür öffnete sich, Dr. Guggemoos schwebte herein, verkündete: »Hier, unser Experte … Professor Doktor …«

Hinter ihm erschien ein älterer Mann, weißer Arztkittel, er lächelte süffisant.

Ich kriegte keine Luft mehr, wollte sagen: Wa… Wa…, schnappte lautlos wie ein Fisch auf dem Trockenen.

Tauchte ab.

Richtung Teppichboden.

37 Verrückt?

»Wo bin ich?«

Die Dame in Weiß sagte: »Stroke Unit.«

»Ist das in Kanada?«

»Nein. Kempten. Klinikum.«

Danke! Jeder zweite Deutsche stirbt im Krankenhaus. Hoffentlich war ich nicht jeder Zweite.

Ich schloss meine Augen wieder. Die Stimme klang nach Vasthi. Sicherheit.

Warum war ich im Stroke Unit?

Warum sprachen sie englisch in Kempten?

Warum war ich an x Kabel angeschlossen?

Warum piepste es, wenn ich meine Finger bewegte?

Dann kam sie wieder.

Die mir Angst machte.

Die Frage: Bin ich verrückt?

Oder träume ich? Wann wache ich auf?

Ich machte meine Augen auf.
Träumte von einem blonden Engel.
In Weiß.
Mit Halskette.
Sagte: »Hast eine neue Halskette? Steht dir gut!«
»Das ist mein Stethoskop«, sagte Vasthi.
Ich sagte: »Ich glaub, ich hab an Schlag!«
»Du bist auch mit Verdacht auf Apoplex hier eingeliefert worden.«
»Und?«
»Einen Schlaganfall hast du nicht, aber ich glaub schon, dass du einen Schlag hast.«
»Ich hab Angst … dass ich verrückt bin … und vor einem Typen aus Kanada, der hinter mir her ist.«
»Der Warren? Du spinnst. Ich mag ihn zwar nicht, aber der tut keiner Fliege was zuleide.«
Stimmte nicht. Doch ich hatte keine Zeit für Haarspaltereien zwischen wörtlich und symbolisch.
»Das fürcht ich ja. Leute, die keiner Fliege was zuleide tun, können andere umbringen.«
»Und warum sollte der dich umbringen?«
»Ich hab's dir schon mal erklärt, aber da bist eingeschlummert dabei. Also noch mal, diesmal ohne Calvados: Er will sich rächen!«
»Für was?«
»Er glaubt, mein Vater hat seinen Vater umgebracht. Bei der Invasion in der Normandie. Am Strand von Courseulles. Juno Beach.«
»Der spinnt.«
»Und jetzt will er mich umbringen. Und meine Mutter und meinen Sohn und meine Tochter und Schwiegertochter und meinen Enkel. Den ganzen Stamm.«
»Du spinnst!«
»Deshalb war ich auch in Kaufbeuren. Beim Guggemoos. Und da hab ich den Warren gesehen.«
»Vielleicht hast geträumt?«
»Am helllichten Tag? Frag den Guggemoos.«

Sie holte ihr Smartphone raus, ging zum Fenster, drückte an dem Gerät herum.

Ich hörte: »... Bär ... Warren Trudeau ... bei dir? ... Also doch. Was machen wir jetzt mit ihm? ... Ja, das ist wahrscheinlich das Beste.«

Sie kam wieder an mein Bett, sagte: »Beim Guggemoos war kein Warren Trudeau. Er hat schon einen Fachmann als Referenten dagehabt heut Vormittag, aber das war ein Franzose.«

»Woher? Paris?«

»Nein, ich glaub, er hat gesagt Caen.«

Mir trat schon wieder der Schweiß auf die Stirn. Caen. Eine halbe Autostunde von Courseulles weg. Die Schlacht von Caen Juni bis August 1944. Alliierte Truppen gegen Wehrmacht und SS. Vierzehn Jahre brauchten sie, um die Stadt und die umliegenden Dörfer wiederaufzubauen.

»Der Guggemoos glaubt, du bist verrückt. Oder hast einen Schlag. Du bist bei ihm zusammengefallen, und er hat dich gleich zu mir weiterverfrachtet.«

»Ja, ich bin verrückt. Vor Angst. Angst macht verrückt ... Und was macht ihr jetzt mit mir?«

»Nix!«

»Wie, nix?«

»Gar nix. Wir entlassen dich.«

»Wohin?«

»Heim.«

»Ins Altersheim?«

»Nein, zu dir nach Hause.«

»Wirklich? Zu dir nach Haus?«

»Zu dir!«

»Auf die Alm?«

Sie schaute auf ihre Armbanduhr. »Ich muss weiter. Visite.«

»Vasthi!«

Sie, ganz dienstlich, schon im Umdrehen: »Ja?«

»Ich hab Schiss ... zum Verrücktwerden ... Kann ich für ein paar Tage bei dir unterkommen?«

»Natürlich, warum fragst denn nicht gleich?«

»Wie geht's Ihnen, Herr Bär?«

Die Krankenschwester.
Ich machte den Mund auf, schnappte. Lautlos.
»Mein Gott, ist es doch ein Apoplex?«
Ich schüttelte den Kopf.
Ich hatte keinen Schlag.
Ich konnte vor Erleichterung nicht reden.
Weil ich bei Vasthi schlafen durfte.

Vasthi kam zurück. »Aber«, sagte sie, »zur Sicherheit müssen wir dich eine Nacht oder zwei hierbehalten. Falls es doch ein Schlaganfall war. Oder der Anfang davon.«

»Muss das sein?«

»Ja. Oder gehst lieber heim auf deine Biselalm, warten, bis dich der Warren besucht?«

»Das ist Erpressung!«

»Egal, was es ist, du bleibst hier. Morgen oder übermorgen, nach den Untersuchungen, kannst dann mit mir heimfahren.«

Ein letzter Versuch: »Aber ich hab keinen Schlafanzug dabei.«

»Brauchst itta. Die Unterhos tut's auch.«

»Aber die ist nimmer so arg frisch …«

»Glaubst du, du bist hier das erste Mannsbild mit einer verschissenen Unterhos?«

Ich gab auf.

38 TIA Maria

Sie rollten mich auf meinem Luxusbett durch die Gänge.
»Aber ich kann doch selber laufen …«
Der Pfleger und die Schwester waren schwerhörig.
Oder taub.
Null Reaktion.
»Ich bin doch nicht fußkrank!«
Ich wurde erbarmungslos durch die Gänge geschoben.
Millimeterarbeit.
Die Kanten der Ecken an den Wänden waren abgeschrammt.
Ich auch.

Man unterhielt sich über mich.
»Was fehlt ihm denn?«
»Die Chefin tippt auf TIA.«
»Man hat ihn auf dem Boden von der Anstalt in Kaufbeuren aufgeklaubt. Warum die ihn nicht gleich behalten ham …«
Aha, so ist das also, wenn sich über einen unterhalten wird.
Ich kam mir vor wie Luft.
TIA!
Klingt wie Katze.
TIA Maria.
Nein. Ein Kaffeelikör aus Kuba.
Vielleicht denken sie, ich bin besoffen?
TIA … und dann kam sie mir in den Kopf, die Melodie.
Ich summte die Melodie von Shawn Fernandes: »Tia Maria, tia Maria … lalalalalala … Tia Maria, tia Maria … lalalalalala …«
Mehr Text konnte ich nicht. Hatte mein Portugiesisch vergessen.
Die Schwester und der Pfleger stockten einen Augenblick, schauten sich an, schauten mich an, als wär ich verrückt.
Er sagte: »Wahrscheinlich wirklich eine TIA. Er singt falsch.«
Ich sagte: »Ich sing immer falsch. Nur wenn ich besoffen bin, sing ich richtig.«
Sie nickten sich wissend zu.
Ich gab auf.
Alles, was ich sagte und nicht sagte, machte und nicht machte, konnte gegen mich verwendet werden.
Gut, dann bockte ich eben!
Wir landeten in einem Maschinenraum.
Eine weiße junge blonde Frau mit Fielmann-Brille trat an meine Bettstatt.
Eine Praktikantin.
Oder eine Realschülerin auf Berufsfindungsschnupperkurs.
Sie sagte: »Ich bin die Fachärztin für Neurologie. Wir müssen Sie untersuchen. Sie sind ohnmächtig geworden in der Psychiatrie in Kaufbeuren …«
»Da täten Sie auch ohnmächtig werden. Wenn Sie in der Psychiatrie ein Gespenst sehen …«

»Für Gespenster sind wir nicht zuständig. Neurologie. Ob Ihr Hirn noch funktioniert, darum geht's uns.«

»Es funktioniert zu gut … ich denk zu viel … zu viel Scheiß!«

Sie schüttelte ihren blonden Kopf, fragte: »Sprechen Sie immer so undeutlich?«

»Ich hab schon immer gern genuschelt. Aber wenn ich meine Prothese drin hab …«, ich deutete auf mein Gebiss, »… und flach lieg, nuschel ich noch mehr. Das tät Ihnen auch so gehen … Wollen S' mal probieren?«

Ich griff an meine Zahnprothese.

Sie hupfte einen halben Schritt zurück. »Aber … nein … danke.«

War ganz verdattert von meiner Offerte.

Hatte sie etwa auch eine TIA?

Ich nahm meine Hand wieder aus dem Gebiss.

Sie näherte sich. Vorsichtig.

»Wie heißen Sie?«

»Welcher Tag ist heute?«

»Wo sind Sie?«

Ich sagte ihr: »Bis vorhin war ich noch der Emil Bär, den Tag hab ich im Augenblick vergessen, aber es ist nicht Freitag, weil am Freitag hat der ›Schwarze Adler‹ Ruhetag, und ich glaub, ich bin im Irrenhaus.«

Sie schaute indigniert.

Die Schwester und der Pfleger kicherten. Zustimmend. Über das Irrenhaus.

Die junge Neurologin schaute sehr streng.

Sie sagte: »Das ist nichts zum Lachen. Das ist eine ernste Sache. Es besteht der begründete Verdacht, dass Sie eine TIA erlitten haben. Wissen Sie, was eine TIA ist?«

Ich sagte: »Ich weiß nur, dass es eine Tia Maria gibt, das ist ein kubanischer Kaffeelikör. Aber ich hab keinen Tropfen davon getrunken. Ehrlich! Und dann gibt's noch dieses Lied von Shawn Fernandes … Soll ich's Ihnen vorsingen?«

»Herr, Bär, wir sind hier nicht in einem Seniorengesangsverein mit Wunschkonzert. Eine TIA ist eine transitorische ischämische Attacke.«

»Ja, so komm ich mir vor: Attackiert, wie in einem Alptraum, und schämen tu ich mich auch …«, ich deutete auf meine Unterhose, »… weil ich nicht ordentlich angezogen bin.«

Der Pfleger raunte: »Demenz?«

Die Ärztin zuckte ratlos mit den Schultern.

Sie hob den Zeigefinger, sagte: »Eine transitorische ischämische Attacke ist eine Durchblutungsstörung im Gehirn und wird volkstümlich als …«

»… a Schlägle?«

»So sagt man wohl hierzulande.«

Ausländerin war sie also auch noch. Wahrscheinlich aus Hannover, Hamburg oder Buxtehude. Sie fuhr zeigefingermäßig fort: »Und wenn die Ausfallerscheinungen länger andauern, bis zu sieben Tagen, sprechen wir von einem PRIND.«

»Welchem Rind?«

Sie schnaufte genervt durch: »Ein PRIND ist ein prolongiertes reversibles ischämisches neurologisches Defizit.«

»Ein kleiner Schlag …«

»Genau!«

»Und dann kommt der richtige Schlag. So wie meine Mutter … Totalausfall.«

»So weit muss es bei Ihnen nicht kommen, wir schauen jetzt mal, welche Art von Schlag Sie haben, das heißt, welche Ausfallerscheinungen, und dann geht's zur CT.«

Bei CT verstummte ich. Computertomografie. Jetzt wurde es ernst.

Ich wurde brav.

Gehorchte allen Befehlen, die mir gegeben wurden. Damit sie sahen, ob ich einen Schlag weghatte.

»Linkes Bein gestreckt hoch. Hoch lassen!«

Mein in die Luft gestrecktes linkes Bein begann zu zittern. Ihre Stirnrunzeln sagten: Bedenklich!

Ich wollte sagen: Wenn Sie Ihr Bein mehr als eine halbe Minute gestreckt in die Luft halten, fängt es auch an zu zittern, sofern Sie es überhaupt hochbringen.

Ich hielt den Mund.

Rechtes Bein. Zitterte.

Die Neurologin meinte: Aber weniger wie das linke.

Nächste Übung: Sie bat mich, mit ausgestreckten Händen Klavier zu spielen.

Tat ich.

»Ist die linke Hand immer so langsam?«

Ich versuchte es schneller. Fand meine Hand schnell genug.

»Das liegt daran, dass ich Akkordeon gelernt hab, und da spielt man die Bässe mit links, umtata umtata, und das geht langsamer als die Melodie mit rechts.«

Sagte ich nicht. Na gut, wenn sie meinten, war ich halt links langsamer.

Weiter: »Schließen Sie Ihre Augen, strecken Sie Ihren Arm aus und berühren Sie in einem weiten Bogen mit Ihrem Zeigefinger die Nase.«

Rechts.

Links.

Noch mal.

Es tat mir leid: Meine Zeigefinger fanden von links wie von rechts meine Nase. Zugegeben, sie ist ziemlich breit, das erleichtert die Landung.

Und dann die Ballettübung.

»Legen Sie Ihre linke Ferse auf Ihr rechtes Knie und fahren Sie damit das Schienbein entlang bis zur großen Zehe.«

Ich brauchte eine Weile, bis ich checkte, was sie meinte.

Mein erster Versuch in dieser Disziplin – überhaupt! – ging etwas wackelig, aber meine linke Ferse erreichte schließlich doch meine rechte Zehe.

Und umgekehrt.

Das Ganze dreimal, mit der Zeit kam ich auf den Dreh.

Sie diktierte in ihr Smartphone: »Linksseitig retardierte Reaktionen.«

Fand ich nicht.

Wir Allgäuer zappeln halt nicht so hektisch rum wie die von da oben an der Nordsee.

Sie leuchtete mir mit einer Taschenlampe in die Pupillen, fand offensichtlich nichts Bemerkenswertes, obwohl ich schon oft für die Schönheit meiner Augen und Blicke bewundert worden bin.

Sagte dann: »So, jetzt in die CT!«

CT belebte meine Sprechgeschwindigkeit auf einen Schlag: »Muss ich da in die Röhre?«

Die Krankenschwester lachte.

»Nein, das ist nur so ein Bogen über Ihrem Kopf. Keine MRT.«

Mein Blutdruck fiel im freien Fall wieder von zweihundertzwanzig auf hundertsechzig oder so.

Ich hatte mal in einer Röhre eine Panikattacke gekriegt. Mit Herzinfarkt.

Sie sagte: »Wir müssen nur noch Kontrastmittel spritzen.« Sie stöpselte an meinem Port in der linken Armbeuge herum, sagte: »Wenn das Kontrastmittel einfließt, wird's Ihnen a bissle warm.«

Ich wartete auf die versprochenen heißen Wallungen. Sie kamen. Es muss Glühwein oder Grog gewesen sein, so glühend warm wurde mir davon, am wärmsten unten, ich hatte einen Augenblick Sorge, ich hätte mir in die Hose gemacht.

Sie ließen mich allein, verschwanden, als hätten sie Angst vor irgendwas. Strahlung vielleicht. Oder war TIA ansteckend?

Der Regenbogen ohne Farben über mir gab summende Töne von sich, weit weniger als die Düsenjägergeräusche vor ein paar Jahren beim Kernspin, wo mein Meniskus fotografiert worden war. Mit Panikattacke.

Zeit zum Denken.

Mir war, als wäre ich in einem Film, in dem ich mitspielen durfte. Musste.

Am Abend landete ich schließlich auf der Beobachtungsstation der Neurologie und kam mir vor wie eine ans Bett gefesselte Litfaßsäule: Armbanduhr.

Plastikarmband mit Barcodes,

Fallnummer. Wegen der Abrechnung.

Name. Ohne Titel. Geburtsdatum: zehn Jahre jünger. Tippfehler.

In der linken Armbeuge zwickte ein Port, mein Oberkörper war gepflastert mit runden Aufklebern, die mit einem Philips-Monitor hinter mir verkabelt waren, der ständig aufgeregte Linien und bunte Zahlen zeigte:

Blutdruck,
Herzfrequenz,
Atemfrequenz und dergleichen mehr. Mein Innenleben im TV.
Um den Hals ein Langzeit-EKG.
Um den Oberarm eine Manschette, die sich alle zwanzig Minuten aufpumpte, und ich erschrak und dachte, ein Hund beißt mich in den Bizeps.
Ich nahm alles cool, wie in einem Film, skurriles Kino, in dem ich mir selber zuschaute.
Mein Zeigefinger wurde mit einer Art großem Fingerhut bestückt, der Sendungen vom Herz zum Monitor schickte und meine rechte Hand so gut wie unbrauchbar machte. Als ich den Fingerhut auf den linken Zeigefinger steckte, maulte der Monitor, und eine Schwester erschien, um meine Fesseln zu checken.
Ich war allein im Zimmer. Das Bett gegenüber war leer, die Betten durch weiße Vorhänge abgetrennt.
Sie wedelten, wenn die Tür auf- oder zuging.
Ich ließ das Licht an.
Meine Aufregung ging.
Meine Angst kam.
Ich beschloss, nicht einzuschlafen.
Wach bleiben.
Die Stimmen des Personals draußen vom Gang beruhigten mich.
Ein wenig.
Sie wurden leiser.
Weniger beruhigend.
Wachet und betet, damit ihr nicht in Anfechtung fallet. Matthäus 21,46.
Die Anfechtung machte mir kein Kopfzerbrechen.
Jedenfalls nicht die biblische. Die Anfechtung, vor der mir graute, hieß Warren.
Die Tür ging auf, ich schreckte aus meiner Halbwachheit auf.
Die Schwester.
»Alles in Ordnung?«

»Alles in Ordnung!«
Nichts war in Ordnung.
Ich döste vor mich hin. Zählte die quadratischen Platten an der Decke.
Zählte, zählte, zählte ...
Dann stand er vor mir.
Scheiße, ich war doch eingeschlafen!
Warren. Der den Fliegen die Flügel ausriss.
Sein Gesicht eine Fratze. Teufelsfratze.
Ich schrie.
Es kam kein Ton raus.
Doch Schlaganfall? Sprechzentrum zerstört? Wie bei meiner Mutter.
Ich zerrte mit Händen und Füßen.
Er hatte mich fixiert. Im Schlaf fixiert. Arme nach oben. Beine auseinander. Angebunden an den Ecken des Bettes.
Ich lag da. Nackt.
Bis auf meine Unterhose.
Warren stand vor dem Bettende.
Näherte sich. Lächelte diabolisch.
Und dann sah ich, was er in der Hand hielt.
Einen Flex-Winkelschleifer. Rot. Mit runder Schleifscheibe. Zweihundertdreißig Millimeter. Zweitausend Watt. Kann man Stahl damit schneiden.
Die Flex summte. Das Schleifblatt mit voller Drehzahl. Elftausend Umdrehungen pro Minute.
Warren schob sich auf die Seite des Bettes, beugte sich über meine Oberschenkel.
Zielte mit seiner Flex direkt zwischen meine Beine.
Es fehlten noch gefühlte zehn Zentimeter, bevor die Schlachtung einsetzte, der Schmerz mich umbrachte ...
»Was ist denn los mit Ihnen?«
Die Stimme der Nachtschwester.
»Sie sind ja patschnass ... und die Werte, schauen Sie!« Sie deutete auf meinen Monitor. »Bei uns ist der Alarm angegangen. Puls zweihundertsechzig. Blutdruck zweihundertvierzig. Atem hundertzwanzig ...«

»Wo ist er?«
»Wer?«
»Der Teufel! Binden Sie mich los!«
»Ich seh keinen Teufel, und Sie sind nicht angebunden.«
»Bin ich verrückt? Hab ich meinen Verstand verloren?«
»Herr Bär, Sie haben geträumt. Sie haben schlimm geträumt. Ein Alptraum!«
Ich atmete durch. Kam wieder zurück.
»Schlafen Sie jetzt. Wir sind ja hier.«
»Und wenn er zurückkommt?«
»Der Alptraum kommt nicht zurück.« Sie drehte sich um, winkte, sagte: »Schlafen S' jetzt.«
Ich kriegte die Panik. Bat: »Lassen S' mich nicht allein bitte … bbbb-bibibi-itte …«
Ich fing vor Angst an zu stottern.
Sie begriff.
Kam zurück.
Holte aus einem Schrank ein Fläschchen.
Und Würfelzucker.
Sagte: »Mittel zur Beruhigung!«
Sie ließ das Mittel auf den Würfelzucker tropfen.
Ich sah, was es für Tropfen waren: Hoffmannstropfen.
Das Allheilmittel meiner Oma.
Ich lutschte den Würfelzucker mit Hoffmannstropfen, nahm meine Oma und meinen Opa in mich auf, bei denen konnte mir nichts passieren, nie … und als sich die schwarzhaarige Krankenschwester mit den Mandelaugen aufs Bett setzte, mir mit ihrer Hand über den Kopf strich und sagte: »Keine Angst, ich bleib bei Ihnen … bis zum Morgen« – da löste ich mich auf in literweise Tränen, und meine Angst löste sich auf, und ich hörte sie sagen: »Alles wird gut!«, und alles wurde gut …
Am Morgen saß eine junge Krankenschwester an meinem Bett.
Sie sah türkisch aus.
Sah meinen Blick, sagte: »Ja, ich bin türkisch. Hier aufgewachsen. Sie haben schwer geträumt.«
»Ja, sauschwer!«

»Ihre Werte sind wieder ganz normal.« Sie deutete auf den Monitor hinter mir.

Ich kriegte schon wieder feuchte Augen.

Wollte Danke sagen. Danke fürs An-meinem-Bett-Sitzen-und-auf-mich-Aufpassen … und für die Hoffmannstropfen und überhaupt …

Sagte: *»Teşekkür.«*

Sie kriegte feuchte Augen.

Sagte: »Ich stöpsele Sie jetzt ab. Sie werden abgeholt.«

Ich sagte: »Von wem?«

Sie drehte den Kopf, sagte: »Da kommt sie schon!«

In der Tür erschien Vasthi.

Sagte: »Zieh dich an, wir fahren heim.«

»Heim?«

»Zu mir.«

Ich sagte nichts. Weil ich nichts sagen konnte.

Vor Erlösung.

39 Geisterfahrer

Denken konnte ich nicht.

Ich hockte im Wohnzimmer von Vasthis Wohnung.

Mein Handy schellte.

»Sag mal, was ist denn mit dir los? Du rührst dich ja gar nicht mehr! Alles okay?«

Stanzi.

»Ja, alles okay. Tut mir leid. Ich war bei meiner Mutter in Augsburg. Der geht's nicht so gut …«

Von Warren erwähnte ich nichts. Wollte sie nicht beunruhigen.

»Tut mir leid. Aber eine WhatsApp hättest mir wenigstens schicken können.«

»Ja, sorry.«

»Übrigens, ich muss für ein paar Tage auf Dienstreise.«

»Oh … wohin?«

»Nach Paris.«

»Oh, là, là … Pigalle … Place Blanche … Champs-Élysées … Bois de Boulogne … Louvre …«

»Schön wär's. Ich fahr in die Vororte, die Problemzonen der Einwanderer, speziell nach Montreuil …«

»In das Glasscherbenviertel mit den vielen Ausländern?«

»Ja. Die Franzosen haben mehr Erfahrungen mit Ausländern wie wir. Mit Algeriern, Marokkanern, Tunesiern und denen aus Tahiti, Mauritius, Guayana, Mali, und da muss ich mich mal vor Ort erkundigen, wie die Forschungslage ist … In einer Woche bin ich wieder zurück.«

»Schreibst mir halt eine WhatsApp oder rufst an … und pass auf dich auf, in Montreuil!«

»Ja, klar … Ich muss mich beeilen. Muss noch packen, morgen früh geht's los.«

Ich sagte, lahm: »Dann wünsch ich dir viel Spaß!«

»Dir auch, Süßer!«

Sie schmatzte einen Kuss ins Telefon, ich schmatzte zurück.

Zündete mir eine Gauloises an.

Saß da. Wie sitzen gelassen.

Schaute den Grünten an.

Ehe denn die Berge wurden und die Erde und die Welt geschaffen wurden, bist du, Gott, von Ewigkeit zu Ewigkeit. Psalm 90,2.

Gefährliches Zeichen.

Wenn ich Schiss habe, werde ich religiös.

Was hatte der Grünten nicht schon alles erlebt?

Die Steinzeit, die Eiszeit, die Nachkriegszeit, die Brotzeit, die Mountainbiker, die Schifahrer, die Sandalenbergsteiger, die Gebirgsjäger, den Ersten Weltkrieg, den Zweiten Weltkrieg …

Aber ich war nicht der Grünten.

Ich war ein Rentner.

Auf der Flucht.

Vielleicht verrückt.

Ich schaltete das Radio ein.

Vielleicht hatte es eine Botschaft. Trost.

Hatte es. Nachrichten. Über:

Trump.

Erdogan.
Kim.
Farage.
Wilders.
Orban …
Ich war nicht allein.
Es gab noch mehr Verrückte.

Die Stimme im Radio änderte sich. Ein Sprecher, Alarm in der Stimme: »*Eine Meldung aus Nordrhein-Westfalen. Ein Geisterfahrer verursachte in den frühen Morgenstunden auf der A 555 zwischen Köln und Bonn einen schweren Verkehrsunfall mit drei Todesopfern. In einem VW Golf Kombi wurde ein Ehepaar mit seinem sechs Monate alten Kind von dem Geisterfahrer frontal erfasst. Das Paar und sein Kind starben an der Unfallstelle. Die Autobahn ist für den einsetzenden Berufsverkehr noch mehrere Stunden gesperrt. Bitte umfahren Sie das Gebiet weiträumig.*«

Die Zigarette fiel mir aus dem Mund, auf den Teppichboden.
Nein.
Nein!
Ich griff mit zittrigen Fingern zu meinem Smartphone.
Konnte die Nummer nicht eintippen. Vor lauter Zittern.
Starrte auf mein zittriges Display.
»Sagen Sie ›okay Google‹.«
Die Sprachsteuerung.
Scheiß-Technik. Gott segne sie.
Ich sagte: »Okay Google. Telefon Bonn …«
Mir fiel die Nummer nicht ein.

Ich blätterte meinen Kalender auf, noch mal von vorn: »Telefon Bonn 022875801621.«

Die Nummer von Frederick.
Mein Sohn.
Es tütete. Hörte nicht auf zu tüten.

Dann eine Stimme, weiblich: »Der Teilnehmer ist zurzeit nicht erreichbar. Bitte rufen Sie später an.«

Nächster Versuch: »Okay Google. Verkehrspolizei Köln-Bonn.«

»Juten Tach. Wie kann ich Ihnen helfen?«

»Heut Nacht, dieser Geisterfahrer-Unfall auf der A 555 … mit der toten Familie. Vater, Mutter, Baby … Die Namen, können Sie mir die Namen sagen?«

»Tut mir leid. Datenschutz.«

»Scheiß-Datenschutz, das gibt's doch nicht … Wenn Sie nicht gleich …«

Ich wollte es nicht, aber ich fing an zu schluchzen, brachte kein Wort mehr raus, wurde von einem Heulkrampf geschüttelt wie im Fieber, die Zähne klapperten, das Handy fiel mir aus der Hand, ich hob es wieder auf … drückte es ans Ohr, hörte: »Wat is denn los … Jeht's Ihnen nit jut?«

»Mein Sohn, seine Frau, mein Enkel, sechs Monate …«

»Die waren bei dem Unfall dabei?«

»Sagen S' mir wenigstens die Autonummer, oder ist die auch unter Datenschutz?«

»Eigentlich ja, aber … Es handelt sich um einen VW Golf Kombi mit einer Autonummer aus … ich glaube Köln … nein, fängt mit K an, aber ist KE … für …«

Ich drückte auf die Taste mit dem roten Telefon.

KE ist Kempten.

Auf mich zugelassen. Gefahren von Frederick.

Es stank.

Die Zigarette brannte ein Loch in den Teppich.

Ich trat sie aus.

Der Grünten stand wolkenverhangen in der Dämmerung.

Ich schaute auf meine Armbanduhr.

Zehn Uhr Vormittag.

Es wurde schnell Nacht.

Um mich.

40 Schrott

Eine schneidende Stimme brachte mich zurück ins Leben.

Aber in welches!

»Du Grand-Depp! Du brennst mir noch die Bude ab! Alles

stinkt nach Rauch und verbranntem Teppich. Da ist ja die Anna noch g'scheiter als wie du!«

»Die raucht ja auch net!«

Anna war ihre Tochter, fünf Jahre alt, mein Patenkind. Zurzeit bei ihrem Vater, dem Chefredakteur Magnus Augstein von der Allgäuer Rundschau.

»Und auch noch so saudumm daherreden. Nächstes Mal steck ich dich in die Geriatrie!«

»Aber der Frederick –«

»Nix mit Aber.«

»Ich zahl dir ja einen neuen Teppich …«

»Du denkst wohl, alles kann man mit Geld machen. Kauf dir lieber ein neues Hirn!«

»Wo?«

»Von mir aus aufm Schlacht- und Viehhof. Das Hirn von einem Rindvieh wiegt sowieso noch mehr als wie das von einem Mannsbild.«

Ich dachte: Du Wachtel, du hysterische. Sagte: nichts.

Der Klügere gibt nach.

Aus meinem Handy quäkte Mozarts »Kleine Nachtmusik«.

Sie nahm es, drückte Grün, horchte, sagte: »Ja, der ist hier. Brennt grad mein Haus ab. Ich geb ihn dir.«

»Ja?«

»Hallo, Papa.«

»Fred…« Meine Stimme blieb weg.

Der Teppichboden drehte sich schon wieder.

»Papa, setz dich hin!«

Ich lieg schon, wollte ich sagen, aber meine Stimme war noch immer weg, ich weiß nicht, wo.

»Ich ruf dich an wegen meinem … ah, deinem Auto. Es hat einen Schaden. Einen größeren … Also eigentlich Totalschaden. Ich hab es einem Freund, dem Willi, geliehen, und die wollten nach Köln fahren, er und seine Frau und ihr Baby …«

Seine Stimme wurde dünn, zerbrechlich.

»Und dann kam ein Geisterfahrer … und hat sie zusammengefahren, alle drei. Und das Auto. Schrott.«

»Gott sei Dank!« Meine Stimme meldete sich wieder. »Ich

mein, Gott sei Dank seid nicht ihr dringesessen. Ich hab schon gedacht …«

Schon wieder Stimmbruch.

Auf der anderen Seite war Schweigen.

Stille.

Totenstille.

Ich beendete sie, sagte: »Vergiss das Scheiß-Auto.«

»Aber –«

»Jetzt komm erst wieder mal zu dir. Wir reden später.«

Das Handy fiel mir aus der Hand, ein Schüttelfrost überfiel mich.

Vasthi schaute, sagte: »Was ist denn los, du bist ja käsweiß!«

Ich sagte durch meine klapprigen Zähne: »Sie leben.«

Krämpfe schüttelten mich, ich biss in den Teppich, schrie ich weiß nicht, was, einfach rausschreien.

Vasthi hatte Erfahrung mit so was. Sie arbeitete mal in einer Schreiambulanz.

Sie scheuerte mir eine.

Packte mich in eine Decke, brachte mich ins Bett, brachte mir einen Schnaps.

Setzte sich ans Bett. Flößte mir den Enzian ein. Hielt mich.

Mit milder Stimme sagte sie: »Alles wird gut …«

Oh Gott, es musste schlimm um mich stehen!

41 Tatsachenmärchen

Ich drückte auf den Klingelknopf.

Drunter der Name: Tommer.

Eine Villa. Schicke Laube.

Gehobenes Kemptener Viertel. Ludwigshöhe.

Drinnen in der Villa fröhliches Kindertreiben.

Zwei kleine Bälger kreischten.

In der Tür erschien ein Mann, Anfang fünfzig oder so.

Ich hatte seinen Geburtstag vergessen.

War auch schon eine Weile her.

Nicht nur sein Geburtstag.

Nein, dass ich ihn gesehen hatte.

Ein paar Jahre hatte er auf meiner Couch gelegen.

Psychoanalyse.

Dann war er gesund und Polizeipräsident geworden. Von Schwaben Süd/West. In Kempten.

Tom Tommer. Mein Ex-Patient.

Er hatte mir schon ein paarmal einen Gefallen getan. Bei meinen Fällen.

Ich hatte ihn vor ein paar Jahren wegen einer Heißluftballongeschichte gesehen.

Da war er gerade Opa geworden.

Zuletzt arbeiteten wir zusammen, weil die Kriminalitätsrate in Kempten aus unerklärlichen Gründen fiel und fanatische religiöse Mädchengeheimbünde ihr Unwesen trieben …

Er hatte ein Baby auf dem Arm und ein Kleinkind an der Hand.

Er schaute, traute seinen Augen nicht, schaute so, als dächte er: Nicht schon wieder Sie, Dr. Bär!

Ich kam ihm zuvor, sagte: »Herr Tommer, ja, schon wieder ich. Ich steck ziemlich in …«

»… der Scheiße?«

»Ja, genau da.«

Seine psychoanalytische Genesung hatte offensichtlich weiter Fortschritte gemacht. Als er noch in Behandlung war, entschuldigte er sich für jedes Wort aus der Umgangssprache.

»Aber … ich bin allein mit meinen zwei Enkeln. Meine Tochter ist auf Tagung in San Francisco …«

»Die in Cambridge ihren Doktor gemacht hat?«

Sein Gesicht erhellte sich.

»Ja, die. Die ist erst vor Kurzem Professorin geworden. In Konstanz.«

»Glückwunsch!«

»Und meine Frau ist heut Abend im Kirchenchor.«

»Schön. Wo man singt, da lass dich nieder …«

»Und ich bin der Babysitter.«

Das kleine Mädchen trat ihm auf die Zehen, quengelte: »Opa, spiel mit mir. Lass den blöden Mann nicht rein.«

»Au, Selina! Hör auf mit dem Treten, sonst tret ich zurück. Das ist ein ganz lieber Mann. Aber wenn du nicht brav bist, dann musst du zu ihm in die Psychoanalyse.«

Sie schaute mich an.

Schaute ihren Opa an. Der sagte: »Ich war nämlich auch schon bei dem Mann in Psychoanalyse.«

»Weil du böse warst?«

»Nein, das verstehst du nicht.«

»Opa, was ist Psüüüüüüüüü…?«

»Das ist so was wie Kita für Erwachsene.«

Sie dachte, lutschte ihren Daumen.

Der Kleine auf dem Arm von Tommer schrie. Im Crescendo.

Tommer sagte: »Er kriegt Zähne.«

Ich sagte: »Ich hab meine schon rausgekriegt. Der Arme …«

Tommer sagte: »Es ist schwierig … gerade jetzt … Morgen bin ich wieder im Präsidium …«

Ich sagte: »Ich nehm den Kleinen, geben S' ihn mir her.«

Er gab mir den kleinen Zahnterroristen.

Erleichtert.

Nahm seine tretende Enkelin auf den Arm, sagte: »Wenn du brav bist, darfst du noch eine halbe Stunde Fernsehen schauen. Aber nix der Mama sagen.«

Er hockte die Kleine vor die Glotze.

Wir setzten uns an den Esstisch.

Ich, den Schreihals auf dem Arm, sagte: »Ich bin nämlich auch Opa geworden!«

»Glückwunsch. Ist das nicht das Schönste, was es gibt?«

Der Kleine auf meinem Arm hörte auf zu schreien, rülpste, kotzte mir aufs Hemd.

Tommer sagte, verlegen: »Oh, tut mir leid … Aber das macht er nur bei Leuten, die er mag!«

Ich atmete durch den Mund, um von dem Geruch nach saurer Lunge nichts zu erwischen, sagte: »Lieber Kerl … Ich versteh ihn, mir ist nämlich auch zum Kotzen.«

»Wieso?«

»Ich sag Ihnen nur die Kurzfassung. Sie müssen mir glauben, auch wenn Sie's nicht verstehen.«

»Okay, das hab ich von Ihnen gelernt.«

»Wieso?«

»In der Analyse, da haben Sie auch immer Sachen gesagt, die ich nicht verstanden hab ... Aber es hat geholfen!«

»Das ist die Hauptsach. Also, ich werd verfolgt. Man will mich ausrotten. Mich und meine ganze Sippe ...«

Ich sah, dass Tommer weder verstand noch glaubte.

»Er wird alle umbringen. Meine Mutter hat er schon fast, meinen Sohn, meine kleine Tochter, meine Schwiegertochter, meinen Enkel ... und am Schluss mich!«

»Nein!«

»Probiert hat er's. Hat sie einfach zusammengefahren, meinen Sohn und seine Familie. Auf der Autobahn. Geisterfahrer.«

»Tut mir leid ...«

»Es war das falsche Auto. Mein Sohn hat es verliehen. An Freunde. Die sind hin.«

»Und der Fahrer?«

»Keine Ahnung, das ist der Punkt, wo ich an Sie gedacht hab.«

»Versteh ich nicht.«

»Nicht nötig. Ich bitte Sie, dass Sie sich mit dem Polizeipräsidium in Bonn oder Köln in Verbindung setzen. Sie können ja sagen, Sie haben einen Zeugen.«

»Aber –«

Ich ließ ihn nicht ausreden.

»Und das Wichtigste: Die Polizei darf nicht die Identität der Opfer bekannt geben!«

»Warum nicht?«

»Dann ist mein Sohn und seine Familie geschützt. Der Täter glaubt, die sind tot, und macht weiter. Wahrscheinlich ist er schon unterwegs nach Augsburg, meine Mutter im Pflegeheim erwürgen oder so was, einmal hat er's schon probiert, und dann hierher nach Kempten, meine kleine Tochter, die Emily ...«

»Warum?«

»Im Grunde will er mich umbringen, aber erst am Ende. Er hat die Idee, erst meine Sippschaft umzulegen, dann mich ... damit ich das alles noch erleben muss ... Er ist ein Sadist.«

»Pervers?«

»Ja, er hat eine Gaudi am Quälen.«

»Und das Motiv?«

»Rache.«

»Wofür?«

»Das erzähl ich Ihnen später, falls ich überleben sollte.«

»Ich weiß nicht …«

Es war still in der Wohnung.

Totenstill. Der kleine Kotzbrocken schaute mich mit großen Augen an, donnerte in seine Windeln.

Der Fernseher gab keinen Ton, die Kleine schaute mich mit großen Augen an, sagte: »Geil!«

Tommer bellte erschrocken: »Du sollst doch fernsehen!«

»Das ist so langweilig. Bist du auch ein Sadist?«

»Schnauze!«

Ich sagte: »Schauen S', die Kinder begreifen, dass das alles echt ist, was ich sag. Kinder haben einen siebten Sinn dafür. Das haben die von ihrem Opa geerbt … kein Wunder. Vom Opapo.«

Er lachte kurz auf. Ich erinnerte mich, wie er mir einst erzählt hatte: Die ersten Worte seines Enkels waren Opapo. Tommer hatte sie so verstanden: »Opa ist Polizeipräsident.«

Ich behielt für mich, was ich damals gedacht hatte: »Opa ist ein Arsch!«

Tommer zögerte.

Ich sagte: »Jede Minute ist lebenswichtig. Können S' nicht g'schwind anrufen? Ich pass solang auf die Kinder auf.«

Die Kleine krächzte: »Ja, bitte, Onkel, erzähl noch eine Geschichte!«

Tommer sagte: »Dann geh ich mal in mein Arbeitszimmer. Telefonieren.«

Ich sagte: »Danke. Sie retten grad mein Leben und das von meiner Familie.«

Er winkte ab: »Übertreiben Sie's nicht. Sie ham mir auch schon mal meinen Arsch gerettet …«

Ich sagte: *»Manus manum lavat.«*

»Bitte?«

»Ein Arsch rettet den anderen. Allgäuer Bauernweisheit.«

Er verschwand.

Die beiden Kleinen hockten auf meinen Schenkeln und lauschten.

Tatsachenmärchen von Opa Bär.

42 Verhör

Sie fanden die Geschichte von der Gesundbeterin hinreißend.

Besonders wie ich mich als Frau verkleidet hatte.

Und die Schießerei mit Curare-Pfeilen aus dem Luftgewehr.

Und die Prügelei auf dem Allgäu Airport in Memmingen.

Kinder verstehen so was. Sie spüren Spannung.

Erinnerte mich an meine Zeiten als junger Vater.

Als ich den kleinen Frederick Samstagabend immer badete.

Er langweilte sich. Ich langweilte mich.

Bis ich einen Einfall hatte.

»Frederick, soll ich dir meine Sonntagspredigt vorlesen?«

Saudumme Idee. Ich war damals Pfarrer. Jeden Sonntag predigen. Frederick sagte begeistert: »Ja, Pedik!«

Er wusste noch nicht, was eine Predigt ist.

Langeweile ohne Baden.

Er planschte in der Wanne. Ich hockte mich auf den Rand, hängte die Füße ins warme Wasser, trug ihm meine Predigt vor.

Und beobachtete:

An den Stellen, die Sinn machten, lauschte er.

An den Stellen, die keinen Sinn machten, haute er ins Wasser.

Ich dachte: Er ist halt noch zu klein.

Am nächsten Morgen Gottesdienst.

Ich predigte, ohne Füße im Wasser, und siehe da:

An den Stellen, die Sinn machten, waren die Leute mucksmäuschenstill, ließen mich nicht aus den Augen, hingen an meinen Lippen.

An den Stellen, bei denen Frederick ins Wasser geklatscht hatte, schauten die Leute aus dem Fenster, ins Gesangbuch, auf die Spitzen ihrer Schuhe, auf die Uhr, ins Leere und kriegten Hustenanfälle.

Ich sah auf die Uhr.

Was tat Tommer so lange in seinem Arbeitszimmer? Sprach er mit der Polizei in Köln? Oder mit der Psychiatrie in Kaufbeuren? Oder mit der Telefonseelsorge?

»Weiter, Onkel Bär!«

»Himmelherrgottsakrament!«, sagte ich und fing eine neue Geschichte an. Wie ein Heißluftballon in den See von Tal stürzte.

Tommer stürzte aus seinem Zimmer.

Die Kinder quäkten.

»Onkel Bär, erzählen!«

Tommer übernahm das Erzählen.

»Sie haben Glück gehabt, Dr. Bär. Ich hab die Verkehrsleitstelle in Köln erreicht. Den Chef. Ich war mit ihm zusammen auf der Polizeiakademie in Lübeck.«

»Und?«

»Es stimmt, da war ein Unfall zwischen Köln und Bonn. Geisterfahrer. Drei Tote in einem VW Golf Kombi mit einem Kemptener Kennzeichen.«

»Das hab ich Ihnen doch auch schon gesagt. Ham Sie mir nicht geglaubt?«

Er errötete, sagte: »Ehrlich gesagt …«

»Schon gut. Und der Geisterfahrer?«

»Wahrscheinlich so ein besoffener Achtzehnjähriger oder ein dementer Achtzigjähriger. Das Seltsame ist nur, er fuhr ein gepanzertes Fahrzeug von der Bundeswehr. Einen Zweitonner. Mercedes-Benz Unimog. Als Sanitätsfahrzeug ausgestattet. Mit Rotkreuz und so. Mit einem extrastarken Front-Bumper aus Stahl und Rammschutz … Damit kann man einen Eisenbahnwaggon wegschieben.«

»So eine Art Superstoßstange?«

»Ja, genau. Der VW Kombi ist Totalschaden, der Unimog hat nur einen verbogenen Bumper …«

»Und der Fahrer?«

»Verschwunden. Hat sich in Luft aufgelöst.«

»Drum heißt's ja auch Geisterfahrer …«

Die Kinder lachten.

Tommer hatte seinen Humor im Arbeitszimmer gelassen, lachte nicht.

Ich sagte: »Und wem gehört er, der Unimog? Hat er kein Kennzeichen?«

»Hat er. Von der Bundeswehr. Aber nützt nix. Der Geisterfahrer hat ihn geklaut. Sie ermitteln gerade, ob bei der Bundeswehr in der Gegend ein Sanitätsauto vermisst wird …«

Schweigen. Tommer druckste herum, sagte: »Ich muss Sie vernehmen. Sie ham doch gesagt, Sie haben sachdienliche Hinweise.«

»Gern.«

Ich schaukelte die Kinder auf meinem Schoß.

Tommer sagte: »Ich muss die Kinder ins Bett bringen! Das ist nix für Kinder. Die sind so ruhig. Hoffentlich stehen sie nicht unter Schock. Die waren noch nie so ruhig. Nicht mal beim ›Tatort‹.«

»Schauen die ›Tatort‹?«

Tommer wurde schon wieder rötlich.

»Nur wenn meine Frau im Kirchenchor ist. Aber dann bin ich ja auch bei ihnen.«

»Jetzt sind Sie ja auch bei ihnen, und ich auch. Polizei und Seelsorge. Die Kinder sind sicher wie in Abrahams Schoß.«

»Aber beim ›Tatort‹ geben sie keine Ruhe.«

»Tät ich auch nicht.«

»Warum?«

»›Tatort‹ ist so langweilig … Meine Geschichte ist spannend, sie ist nicht erfunden, sondern echt passiert, das merken die Kinder. Wenigstens Ihre Enkel. Die sind nämlich intelligent!«

Ein stolzes Lächeln huschte über sein Opapo-Gesicht.

Er brachte seine beiden kleinen Genies ins Bett. Sie wollten nicht.

Ich sagte: »Wenn ihr jetzt ins Bett geht, erzähl ich euch morgen wieder eine tolle Geschichte. Von einem Heißluftballon, der …«

Sie wollten.

Tom Tommer kam zurück, mit einer Flasche in der Hand.

»Enzian«, sagte er, füllte zwei Schnapsgläser.

»Reine Medizin«, sagte ich, wollte ihn aber nicht weiter ablenken mit der Geschichte von meinem Meniskus und der Wunderheilung durch Enzian.

Er schaute mich gespannt an, sagte: »Na gut. Was wissen Sie vom Geisterfahrer?«

»Er ist hinter mir her. Meiner Mutter, meinem Sohn ... Die Nächste ist meine kleine Tochter in Tal am See ... bevor ich drankomm.«

»Sagen Sie mir alles, was Sie von dem Typ wissen!«

Ich sagte ihm alles, was ich über Warren Trudeau wusste.

Ich sagte dazu auch alles, was ich nicht wusste, aber vermutete.

»Wenn das stimmt«, sagte Tommer, »dann haben wir einen ganz großen Fisch am Haken ...«

»Und Sie kommen in der ›Tagesschau‹ ... und werden dann Präsident der Bayerischen Polizei in München oder der Bundespolizei in Potsdam.«

Seine Augen wurden feucht, er sagte: »Nürnberg wär schöner ... da, wo ich angefangen hab ...«

»Ham S' immer noch Heimweh nach Franken?«

Er nickte. »Walberla. Schäuferla. Zwaa im Weckla ...«

Ich nickte auch. »Kultur pur. Schauen S', so ist es mir gegangen, wie ich in Franken war. Ich hab dauernd Heimweh nach dem Allgäu gehabt ... Kässpatzen, Engelbräu, grüne Buckel, Rindviecher ...«

Ein metallisches Geräusch schreckte uns auf.

Ein Schlüssel drehte sich im Schloss.

43 Die Staatsanwältin und ihr Gott

»Meine Frau!«

Tommer verstaute geschwind den Enzian und die Schnapsgläser in der Spielkiste von den Kindern.

Eine bildhübsche Frau im besten Alter, so wie ich sie mir als Tochter gewünscht hätte, schwebte herein, eine Melodie auf den Lippen. »Gott soll allein mein Herze haben«. Bachkantate.

Tommer sagte: »Schatzi, schön, dass du zurück bist, stell dir vor, wer da ist … Der Dr. Bär, von dem ich dir so viel erzählt hab.«

Sie stoppte die Bachmelodie aus Bach-Werke-Verzeichnis hundertneunundsechzig. Ihr kritischer Blick wurde freundlicher, sie schaute mich an, sagte: »Ja, wir haben uns leider bisher nur kurz und dienstlich getroffen. Aber mein Mann hat immer in den höchsten Tönen von Ihnen gesprochen. Ich freu mich, dass wir nun ganz privat in unserem Haus zusammenkommen. Ach, ich denk oft an Sie … Wir haben Ihnen so viel zu verdanken!«

Sie zwinkerte. Blau. Die Augen.

Ich sagte: »Ganz meinerseits, Frau Staatsanwältin, man tut, was man kann.«

Ziemlich lahm.

Tommer war als junger Polizist zu mir gekommen. Er wollte sich das Leben nehmen. Am Ende der Therapie hatte er einer Tochter das Leben gegeben.

Sie schaute mich schräg an, als würde sie mich abmessen, sagte: »Allerdings … Ich hab mir Sie größer vorgestellt.«

Tommer warf ein: »Meine Frau meint länger.«

»Mein Mann hat immer in den höchsten Tönen von Ihnen gesprochen!«

»Hauptsach, es hat geholfen …, und Sie haben mir ja auch geholfen, vor ein paar Jahr …«

Sie hatte mich aus der Irrenanstalt rausgepaukt.

Ich sagte: »Ich will Sie jetzt aber nicht weiter aufhalten, ich musste nur unbedingt Ihren Mann sprechen.«

Der fiel ein: »Ein Irrer ist hinter ihm her, und seinem Sohn, Enkel, Tochter, Mutter.«

»Oh …«

Ich sagte: »Aber ich geh jetzt und will Ihnen nicht den Abend verderben, wo Sie doch Bachs Kantate ›Gott soll allein mein Herze haben‹ gesungen haben!«

»Ja, ein wunderbares Stück, so erotisch … Ich übe für meinen ersten Soloauftritt. Aber woher wissen Sie, dass ich Bachs …?«

»Sie haben grad die Melodie gesummt, wie Sie reingekommen sind.«

Ich summte die Melodie nach, sie fiel summend ein, Tommer schaute wie ein Kind, das die Eltern zum ersten Mal im Bett erwischt.

Wir ließen die Melodie verebben, sie sagte: »Jetzt bleiben Sie doch noch einen Augenblick, kann ich Ihnen was anbieten? Mein Mann ist in der Hinsicht immer so unaufmerksam.«

Er hustete, ich auch, zwei Enzianfahnen wehten durch die Nacht. Ich sagte: »Er hat mir seine ungeteilte Aufmerksamkeit geschenkt ... Es war lebenswichtig für mich.«

Tommer sagte: »Und die Enkel haben wir zusammen ins Bett gebracht.«

Ich ließ einfließen: »Ich bin nämlich auch erst Opa geworden!«

»Süß!«

»Aber ich muss jetzt wirklich gehen.«

Sie fragte: »Wohin?«

»Das weiß ich noch nicht so genau ... Wo ich sicher bin.«

Tommer erklärte, aufgeregt: »Ich hab dir doch gesagt: Ein Irrer ist hinter ihm her. Und wir wissen nicht, wie's weitergeht. Er hat versucht, Dr. Bärs Sohn, Schwiegertochter und Kind zusammenzufahren, aber er hat die Falschen erwischt, Freunde von ihnen. Ich hab Aufschub von der Kölner Polizei erwirkt, die halten die Identitäten der Opfer noch zurück, das gibt uns Luft, aber nur für zwei Tage.«

Ich sagte: »Ich bin nämlich in der Zwickmühle. Der Typ muss glauben, dass alle schon tot sind, dann komm ich dran. Aber ich muss verhindern, dass er alle umbringt, vielleicht schlag ich ihm vor, er kann mich haben, wenn er die anderen in Ruhe lässt.«

Tommer sagte: »Wir wissen nicht, was wir machen sollen. Wir stehen da ...«

»... wie der Ochs am Berg.« Ergänzte ich.

Die Frau Staatsanwältin wurde ungeduldig.

»Also, das gibt's doch nicht. Zwei ausgewachsene Mannsbilder und nicht wissen ... Also erzählt mal, von Anfang an.«

Sie ließ sich häuslich nieder, stellte ein Glas Chardonnay vor mich hin, ich reichte ihr Feuer für ihre Marlboro Gold, extralang, ließ mich auch wieder halbhäuslich nieder.

Sie hörte uns beiden zu, gelassen, konzentriert, bis wir fertig waren.

Blies den Rauch aus.

Sagte: »Da brauch ich was zum Klardenken. Tom, wo ist der Enzian?«

Er errötete, sagte: »In der Spielzeugkiste.«

»Was sucht er denn da?«

»Ahh ... ähh ...«

Ich kam ihm zu Hilfe, sagte: »Wir haben mit Ihren Enkeln Ostereiersuchen gespielt.«

»Mit einer Flasche Enzian?«

Tommer: »Ja mei, wir haben die Ostereier nicht gefunden!«

Sie: »Sind ja auch keine im Haus.« Dann lachte sie: »Wie die Buben ... Eure Fahnen riecht man doch bis vor die Haustür. Aber die Geschichte ist gut!«

»Ich bitte um Milde.«

Tom schenkte seiner Frau einen Enzian ein. Reichlich.

Sie zog ihn sich rein wie eine Kuh Frischwasser im Hochsommer.

Zündete sich noch eine Marlboro an, blies den Rauch meditativ in die Atmosphäre, sagte: »Ich hätte da eine Idee!«

Sie hatte eine Idee.

Eine, die nur eine Staatsanwältin erfinden kann.

44 Chefredaktion

»Nein danke, wir brauchen keine Kolumne über Gott und die Welt. Geh lieber zum Bistumsblatt. Oder schreib für die paar evangelischen Gemeindebriefe in Kempten.«

»Aber sie sind doch gelesen worden, meine Artikel«, sagte ich.

»Ja, und dann haben die Leser die Allgäuer Rundschau abbestellt. Bei aller Freundschaft ...«

»Aber ihr habts doch dauernd das ›Wort der Woche‹ drin, da schlafen einem die Füß dabei ein.«

»Das ist nicht meine Schuld. Das ›Wort der Woche‹ kommt von den Kirchen. Alles, was ich dran verändern kann, sind die Kommas.«

»Und dauernd schreiben s', dass man Kindern die Bibel vorlesen soll. Neulich habts ihr einen dicken Artikel drin g'habt, da hat ein Leo Hiemer die Bibel ins Allgäuerische übersetzt. ›Dia Hoileg Schrift‹. Gibt's sogar als Hörbuch. Allerlei biblische Geschichten für Kinder. Und die anderen, die nicht jugendfreien Geschichten, lasst er die wohl aus? Das wär dann auch wieder verlogen. Wie zum Beispiel ein Papa seinen Bua abschlachten will, weil der so fromm ist, der Papa. Der Abraham den Isaak. Oder wie der David die Alte von seinem General Uriah vernascht hat, den hat er dann umbringen lassen, damit er sie heiraten kann. Oder wie Herodias, die Frau vom Herodes, sich den Kopf vom Johannes dem Täufer auf dem Silbertablett servieren hat lassen ...«

Magnus Augstein schaute ungläubig. Ich sagte: »Ich hab die Bibel von A bis O gelesen. Das brutalste und versauteste Buch, das ich je in der Hand gehabt hab. Ich les der Anna auf jeden Fall nix draus vor. Höchstens die Weihnachtsgeschichte ... Aber da kommt gleich drauf auch ein Massenmord vor – an Kindern! Dadrüber solltest einmal einen Artikel veröffentlichen, ich könnt ihn dir gern schreiben ...«

Magnus Augstein schüttelte den Kopf, sagte: »Ich bin doch nicht blöd!« Er drehte seinen Drehsessel von Lidl wieder vor den Bildschirm. Der Chefredakteur. Der Ex von Vasthi Graf. Der Papa von Anna, meinem Patenkind.

Der zweite Schreibtisch war leer.

Ich sagte: »Deine Sekretärin ist wohl krank?«

Er raunzte: »Schön wär's. Die ist nicht krank, die ist auf Teilzeit. Weil gespart werden muss. Kürzungen, Zusammenlegungen, Einsparungen, besonders in den Lokalredaktionen.«

»Dann musst bald alles selber machen ... eine Zumutung ...«

»Da wird immer von Klimawandel geschwafft. Es gibt auch einen publizistischen Wandel. Der Journalismus zieht sich aus dem Land zurück, alles wird auf Augsburg konzentriert. Als hätten die in Augsburg eine Ahnung, was hier alles los ist ...

Wenn's so weitergeht, muss ich bald die Redaktionsräume selber putzen.«

»Welche Räume?«

»Na, halt unser Großraumbüro hier«, er deutete mit einer ausladenden Bewegung in den Zwanzig-Quadratmeter-Raum, »und das Klo.«

»Luxus pur ... Aber ich hab denkt, ich könnt dir helfen. Ich schick dir meine Artikel über Gott und die Welt druckreif.«

Er schnaufte genervt durch, sagte: »Kümmer dich lieber um dein Patenkind!«

»Das mach ich, und um ihre Mutter auch ...«

»Aber mit der Mutter, da übertreibst du's. Die Anna redet immer von ihrem neuen Papa, wenn sie dich meint ... Und überhaupt, in deinem Alter. Die Vasthi könnt deine Tochter sein. Schämen tät ich mich.«

»Dann tu's doch ... Das ist alles Schmarrn. Deine Phantasie geht mit dir durch. Aber die Anna erzählt, dass sie eine neue Mama hat, wenn sie bei dir ist.«

»Ich bin ja auch noch jünger!«

»A Depp bist du.«

»Ach, leck mich doch am Arsch! Was willst denn überhaupt hier in meiner Chefredaktion?«

»Ich schlag dir ein G'schäft vor ...«

Er sagte zu seinem Bildschirm: »Ein G'schäft? Was soll das für ein G'schäft sein?«

Ich sagte zu seinem Rücken: »Ich bin nämlich hinter einer sauguten G'schicht her ...«

»G'schichten kann ich selber schreiben.«

»Aber es ist eine wahre Geschichte ... Sie fängt nämlich in der Normandie an ...«

»Da, wo du erst mit der Vasthi warst?«

»Ich war nicht mit der Vasthi ... Ich hab ihr nur was mitgebracht und erzählt von einem Typen, der riesig Dreck am Stecken hat. Mehrfache Morde ...«

»Und das soll ich glauben?«

»Da brauchst nichts glauben, das ist wahr. Der Typ ist deshalb hinter mir her. Er hat mein Auto schon zu Schrott gefahren, wollt mich kaltmachen … Die Vasthi kennt ihn auch, er ist schon in ihrem Krankenhaus aufgetaucht … Und ich hab mir denkt, wenn du das G'schäft, wo ich dir vorschlag, mitmachst, dann kriegst du von mir die Exklusivrechte an der ganzen Sache. Polizei ist auch schon eingeschaltet, das volle Programm …«

Er zögerte. Sagte dann: »Da müsst ich erst die ganze Geschichte wissen.«

»Das geht nicht. Ich weiß sie nämlich noch selber nicht … Aber ich bin dicht auf der Spur. Und mein Vorschlag wär: Ich geb dir Informationen, als Erstem, aus erster Hand, und du musst sie veröffentlichen. Dann hast immer die neuesten Nachrichten, vor der Bild-Zeitung und der Süddeutschen … und der Augsburger Allgemeinen.«

Er wackelte mit dem Kopf.

Ich legte nach: »Du hast überhaupt keinen Nachteil. Erst die neuesten Nachrichten und dann die ganze Story. Exklusiv.«

»Und warum hab grad ich die Ehre?«

»Weil du der Chef von der Allgäuer Rundschau bist … und der Papa von der Anna … und überhaupt kann die Geschichte ein Buch werden von dir, wahrscheinlich ein Bestseller …«

Ich wusste, dass er ein Buch geschrieben hatte, über Kirchen im Allgäu, aber das war kein Bestseller.

»Und was glaubst, wie stolz die Anna sein wird auf ihren Papa, wenn er ein Bestsellerautor ist.«

»Hm. Wo ist der Pferdefuß? Wo ist dein Vorteil?«

»Ich kann überleben, wenn das so geht, wie es geplant ist. Und überleben ist ein gewisser Vorteil. Selbst in meinem Alter.«

»Und ich gerat da in nix rein?«

»Nein, das ist alles mit der Polizei abgesprochen. An höchster Stelle. Mit Quellenschutz und so.«

Er schwankte noch. Ich sagte: »Übrigens: Wennst einen Babysitter brauchst, ich nehm die Anna gern … hab Erfahrung im Babysitten. Und wennst einen Bestseller schreibst, brauchst ja auch das eine oder andere Wochenende zum Schreiben.«

Seine Züge wurden milder. Er dachte. Wahrscheinlich weniger ans Schreiben als an ein paar versaute Wochenenden mit seiner neuen Flamme.

»Also …«

»Ich hab's doch gleich g'wusst, dass man mit dir ein G'schäft machen kann.«

Ich hielt ihm meine Rechte hin, er schlug ein, mehr aus Reflex denn aus Überzeugung. Ich sagte: »Ich hätt auch schon einen Titel für deinen Bestseller …«

Er schaute mich an wie ein Fragezeichen.

Ich sagte: »›Gipfelkreuz‹! Pfüadi!«

45 Italienurlaub

Die Stahltür fiel ins Schloss. Der Schlüssel drehte sich.

Ich war im Knast.

Insasse.

Schutzhaft. Ich wurde geschützt.

Einzelzelle.

Luxus pur.

Einzelhaft.

Alles zu meiner Sicherheit.

Zum Abendessen: Pizza.

Pizza Napoletana. Mit Anchovis und schwarzen Oliven. Entkernt.

Fett. Salzig. Superb!

Der Wärter stellte mir eine Alukanne dazu.

»Tee?«, fragte ich.

»Ist mir wurscht. Befehl von oben.«

Er verschwand.

Tee erinnert mich an meine Studentenzeit im Predigerseminar.

Er schmeckte immer nach Pferdebrunze, und wir Studenten waren überzeugt: Da war Hängolin drin.

Damit unsere Hormone im Zaum blieben.

Ich goss das Zeug in den Blechhumpen.

Rot.

Kühl.

Ich roch.

Ich roch den lieblichen Geruch.
Soluna. Sangiovese Puglia.
Aus Italien. Rotwein.
Mit dem klassischen Frucht-Würze-Spiel im Aromenbild: Kirschsaft, Lakritz und Schokolade sind erkennbar. Eine Spur von Bitternis am Gaumen macht diesen Wein besonders interessant. Dazu kommt eine angenehme Restsüße.
Schmeckte trotzdem.
Fühlte mich fast wie im Italienurlaub.
Die Frau Staatsanwältin meinte es gut mit mir.
Tommer hatte mir Tavor angeboten.
Für meine Nerven.
»Nein danke, von Tavor wird man impotent«, hatte ich höflich abgelehnt.
Frau Staatsanwältin hatte wohlwollend gelächelt.
Nach einer Kanne Soluna war ich sicher: Der Plan wird aufgehen.
In der Früh war ich nicht mehr so sicher.
Mit dem Frühstück kam die Allgäuer Rundschau.
Der Kaffee war irdisch.
Auf der Titelseite die Schlagzeile:

Jagd auf Kölner Geisterfahrer – Spur führt nach Kempten
Kempten/Allgäu. Wie berichtet, hatte die Fahrt eines Geisterfahrers auf der A 555 zwischen Köln und Bonn drei Todesopfer gefordert. Der Geisterfahrer blieb unauffindbar. Aus gut unterrichteten Kreisen erfuhr die Allgäuer Rundschau, dass es sich um vorsätzlichen Mord gehandelt haben könnte und der Fahrer des Unfallautos, eines Unimogs, auf der Flucht sei. Inzwischen tauchte ein angeblicher Komplize auf, der die Identität des Geisterfahrers, dem mehrere Verbrechen zur Last gelegt werden, kennen will. Die Staatsanwaltschaft nahm den Mann an einem nicht näher benannten Ort in Schutzhaft. Im Falle einer Aussage wird laut Staatsanwaltschaft die Kronzeugenregelung angewandt.

Und noch eine kleine Notiz, ein Fünfzeiler:

Tragischer Unfall
In Tal am See kam es zu einem tragischen Badeunfall. Die dreijährige E. war plötzlich beim Baden am See verschwunden. Die örtliche Wasserwacht konnte das Kind nur noch tot bergen. Die Mutter des Kindes wurde mit schwerem Schock ins Klinikum Kempten eingeliefert. Der Vater konnte noch nicht kontaktiert werden. Von ihm fehlt jede Spur.

Das Schlimmste war das Warten.
Zum Nichtstun verurteilt.
Außer Grübeln.
Gegen Mittag die Erlösung.
Teilerlösung.
Die Augsburger Allgemeine wurde mir in meine Zelle gereicht.
Ich schlug sofort die Todesanzeigen auf.
Las:

»Der Herr hat's gegeben, der Herr hat's genommen, gelobt sei der Herr.«
Nach langer, schwerer Krankheit verstarb
Emily Bär
** 1926 † 2018*
Die Beisetzung fand im engsten Familienkreis statt.

Weiter warten.
Würde er in die Falle gehen?
Er musste.
Weil er keine andere Wahl hatte.
Um sein Lebenswerk zu vollenden.
Und ich meines.

46 Tierquälerei

Tom Tommer, der Polizeipräsident, saß im Knast.

Mit mir.

Auf der Pritsche.

Zu Besuch.

»Grüße von meiner Frau«, sagte er.

»Danke, wie geht's ihr?«

»Sie singt. Sie singt in einer Tour. Den Bach. Sobald sie vom Dienst daheim ist, singt sie. Bis sie ins Bett geht. Dann weiter. Bis sie einschläft. Wenn sie aufwacht, singt sie wieder.«

»Klingt nach Tierquälerei!«

Tommer lachte. »Sie sagen die Sachen immer so überdeutlich. Schon damals, als ich auf Ihrer Couch lag ... Es geht mir tatsächlich tierisch auf die Nerven. Kunst hin oder her. Ich bin froh, wenn ich in den Dienst geh.«

»Gibt's Neuigkeiten? Uns rennt die Zeit davon!«

»Die Polizei in NRW hält dicht. Bis jetzt. Lang geht das nimmer. Die Annoncen sind geschaltet. Im Radio suchen sie immer noch den Komplizen vom Geisterfahrer. Und den Geisterfahrer.«

»Noch keine Spur?«

»Vom Komplizen schon, aber davon wissen nur Sie, meine Frau und ich.«

»Und die Zeitung.«

»Hoffentlich liest der Warren Trudeau die auch ... Sonst geht der ganze Plan nicht auf.«

Wir schwiegen. Ich sagte: »Ich mach mir Sorgen um die kleine Emily in Tal.«

»Keine Sorge, wir haben Personenschutz organisiert.«

»Wie?«

»An St. Marien wurde ein Aushilfsmessner eingestellt. Einer von unseren Leuten.«

Ich atmete aus. »Pfiffige Idee. Und meine Mutter in Augsburg? Wenn er sich überzeugen will, ob sie auch wirklich verstorben ist? Er ist ja nicht doof.«

»Dieselbe Story. Im Pflegeheim wurde ein Aushilfspfleger eingestellt. Auch einer von uns.«

»Habt ihr denn so viel Leut übrig?«

»Übrig nicht. Wir haben sie von der Verkehrspolizei abgezogen. Das merkt keiner. Wenn man nicht erwischt wird auf der Straß, dann merkt man das ja nicht.«

»Ihr habt ja auch die automatischen Blitzer, an jeder zweiten Straßenkreuzung in Kempten. Wenn ich da mit meinem Spezial-Navi durchfahr, tutet es in einer Tour.«

Tommer hob die Augenbrauen, entspannte wieder, grinste, sagte: »Können Sie schweigen?«

Ich sagte: »Wie ein Grab!«

»Dann verrat ich Ihnen ein Geheimnis: Die Blitzer gehen zurzeit nicht. Programmierfehler.«

»Dann blitzen sie gar nicht …?«

»Doch, blitzen tun sie schon, aber sie machen keine Fotos. Nutzlos. Alles Show.«

Wir schwiegen.

»Glauben Sie, er kommt?«

»Ich hoffe. Aber noch ist nix passiert. Der übliche Kram auf der Wache, ein paar Unfälle, ein paar Schlägereien, ein paar Besoffene, ein paar Frauen, die ihre Männer verprügeln.«

»Sie meinen wohl, die Männer verprügeln ihre Frauen …«

»Nein, es kommt immer öfter vor, dass die Mannsbilder von ihren Weibern windelweich geschlagen werden. Es gibt sogar schon eine Selbsthilfegruppe für geschlagene Männer.«

»Ja, die Allgäuerinnen sind schon immer gestandene Frauen gewesen!«

»Und daneben eine Menge Bürokratie. Eine Inspektion ist angekündigt. Buchprüfung. Die schnüffeln in alles hinein, was mit Polizei zu tun hat. Das Präsidium, die Außenstellen, die Justizvollzugsanstalten …«

Wir schwiegen. Schon wieder.

Plötzlich riss es mich. »Die Justizvollzugsanstalten … welche Justizvollzugsanstalten?«

»Gefängnisse.«

»Ist das turnusmäßig, regelmäßig?«

»Nein, nach dem Zufallsprinzip. Damit man die Bücher nicht frisieren kann.«

»Wie eine Ex in der Schule?«

»Genau so. Extemporale. Scheiß-Schule. Der Dauerterror mit den Exen.«

Ich nickte. »Man wusste nie, wann eine kommt. Jeden Tag … Vielleicht gibt's deshalb so viel Terroristen …«

Tommer zog die Augenbrauen hoch.

»Wie? Versteh ich nicht.«

»Man hat festgestellt, dass Kinder, die verprügelt werden, zu Eltern werden, die ihre Kinder verprügeln. Sie geben das einfach weiter, unbewusst.«

»Und wer terrorisiert wird, wird zum Terroristen? Da müssten Sie und ich ja auch Terroristen geworden sein.«

»Sind wir auch. Aber auf der richtigen Seite. Verbeamtet.«

Er lachte.

Ich sagte: »Im Ernst, dann kommt so eine Visitation auch hier rein?«

»Ja.«

Ich sprang auf.

»Das kann ein Trick sein von ihm. Er ist gut in solchen Sachen. Wann soll denn die Visitation sein?«

»Heut!«

»Hier?«

»Ja, heut, hier. Vor einer halben Stunde hab ich es erfahren.«

»Das ist er. Er kommt!«

Tommer schaute mich an, ich sagte: »Nein, ich bin nicht paranoid. Der schleicht sich wirklich überall ein!«

Tommer stand auf.

»Vielleicht ham S' recht. Dann müssen wir handeln! Ich sprech gleich mal mit dem Direktor. Ein Spezi von mir, wir haben im Gymnasium miteinander eine Ehrenrunde gedreht.«

47 Der Teufel und sein Henker

Tommer brachte mir eine Uniform. So eine, wie sie der trug, der immer auf- und zusperrte. Der Vollzugsbeamte.

Eine Stunde später ging ich in Uniform und mit einem Bund Schlüssel in der Hand an der Seite von Tommer in den Verwaltungstrakt.

»Alles klar?«, fragte Tommer in die Runde.

»Jawoll. Alles klar. Alle Bücher liegen bereit zum Nachschauen.«

Der Beamte schlug die Hacken zusammen. Sein rechter Arm zuckte.

Er bellte: »Hei…«, biss sich auf die Zunge. Stotterte: »Heit ist ein Scheißtag. Buchprüfung. Wo bei uns sowieso alles in Ordnung ist.«

Auf dem Gang Stimmen. Die Tür ging auf.

Eine Gang von drei Uniformierten schob sich in den Raum.

Der Gefängnisdirektor sagte jovial: »Aha, die Buchprüfungskommission. Willkommen! Leider kommen Sie umsonst. Bei uns ist alles in Ordnung. Bei uns finden Sie nix.«

Der Anführer sagte, ohne einen Hauch von Humor: »Wir finden immer was!«

Ich checkte die Gesichter.

Glaubte nicht, was ich sah.

Checkte noch mal.

Keine Spur von Warren.

Ich griff mir an den Kopf.

Schaute Tommer an. Schüttelte den Kopf.

Er schaute mich an. Seine Augen sagten: Para…?

Ich sagte: »…noia.«

Der Oberprüfer sagte: »Wie bitte?«

Tommer beruhigte, zeigte auf mich: »Er hat einen Migrationshintergrund.«

»Ah so. Sind die jetzt auch schon bei der Polizei?«

Tommer: »Ja mei, man muss nehmen, was man kriegt.«

Schnaubende Empörung vom Oberprüfer: »So weit simmer schon gekommen!«

Tommer raunzte mich an: »Abtreten. Schwing dich!«

Ich stand noch unter Schockstarre.

»*Arrivederci*, pfüadi, *goodbye*, *güle güle*«, kam es von Tommer.

Wusste gar nicht, dass er mehrsprachig war.

Ich stand stramm, sagte: »*Sì!* Jawoll. *Evet, baskanin.*« Jawoll, mein Präsident.

Verschwand.

In meine Zelle.

Eine halbe Stunde später drehte sich der Schlüssel.

Tommer kam rein, der Beamte schloss hinter ihm ab.

Tommer drehte den Wasserhahn auf, hockte sich neben mich auf die Pritsche.

»Was soll das?«, fragte ich. »Wenn ich das Wasser laufen hör, muss ich gleich bieseln.«

»Vorsichtsmaßnahme«, flüsterte er. »Die Zellen können abgehört werden. Wir haben natürlich nicht genug Personal, dauernd zu horchen, aber sicher ist sicher.«

Er hielt sich die Hand vor den Mund. Raunte: »Damit man nicht Lippenlesen kann!«

Ich dachte: Ist er nun paranoid geworden?

Besser er als ich.

»Es geht um den Geisterfahrer. Unsere Experten haben gemeint, es war vielleicht Zufall. Es ist nämlich sehr schwer, ein bestimmtes Auto schnell zu erkennen und dann hineinzuknallen. Aber die Profis in Köln haben den Schrott von dem VW Kombi untersucht.«

»Von meinem schönen VW Kombi, meinem Silberpfeil … Und?«

»Sie haben einen Sender gefunden. Hinterm Nummernschild befestigt.«

»Dann hat der Geisterfahrer sein Opfer quasi markiert und hat über sein Smartphone meinen Golf genau orten können – und peng!«

»Genau!«

»Teuflisch. Das traue ich nur einem zu.«

»Ihm?«

»Ihm, dem leibhaftigen Teufel!«

»Jetzt müssen wir nur noch beweisen, dass er es auch wirklich war.«

»Ich weiß es!«

»Da ist drauf g'schissen, vor Gericht!«
»Nicht vor meinem ...«
»Warum zittern Sie denn so?«
»Vor Wut. Ich werde mich rächen ... so was von rächen! Blutwurst mach ich aus dem! ›Rache ist Blutwurst‹, Erich Maria Remarque, ›Im Westen nichts Neues‹.«
Tommer zuckte zurück, aufgerissene Augen, als säße er neben dem Teufel persönlich. Sagte: »Ich weiß zwar nicht, wer dieser Erich Maria ist, aber in der Bibel steht: *Mein ist die Rache, spricht der Herr.*«
»Und ich bin sein Henker. Der Henker vom Herrn.«
»Bär, Sie werden doch nicht ...!«
Der Schlüssel drehte sich im Schloss.
Der Vollzugsbeamte sagte: »Alles in Ordnung, Herr Präsident?«
»Alles in Ordnung. Bloß der Wasserhahn läuft.«
»Soll ich die Wartung rufen?«
Tommer drehte den Hahn ab.
Lachte: »Ich hab die Richtung verwechselt. Alles okay.«
Der Wärter stand mit offenem Mund da.
Schüttelte den Kopf.
Ich sagte: »Und ich werd ihm den Kragen abdrehen!«
Tommer, ernst: »Dann muss ich Sie in Schutzhaft lassen.«
Ich tat so, als lachte ich.
»War nur ein Scherz!«
»Bär, Sie und Ihre Scherze!«

48 Abgestellt

Ich parkte meinen verbeulten marineblauen Golf vor der Arztpraxis von Tal.
Neben dem blütenweißen Auto von Dr. August Aichhorn.
Ein neuer VW Amarok. Mit Festbeleuchtung auf dem Dach.
Für die nächtlichen Hausbesuche. Vermutete ich.
Im Altersheim.

Im Krankenhaus.
Im Freudenhaus.
Drei weitere Autos füllten den Parkplatz.
Die Praxis boomte.
Ganz anders als noch vor zwei Jahren.
Da war ich der Einzige im Wartezimmer.
Heute saß ein halbes Dutzend Leute drin.
Husteten, schnäuzten, gähnten.
Auch nicht der beste Platz zum Gesundwerden. Billionen von Bazillen.
So vermehrten sich die Patienten von selber.
So konnte sich Dr. Aichhorn einen neuen VW Amarok leisten.
Johanna thronte an der Rezeption.
Sie war vom selben Schreiner gezimmert wie die Theke vom »Schwarzen Adler«.
Die Rezeption.
Man sah es.
Rustikal. Hätte auch für einen Kuhstall gepasst.
Johanna hatte verheulte Augen und wirkte auf ihrem Thron wie ein Häuflein Elend.
Sie erblickte mich. Verwandelte sich augenblicklich zur Furie.
»Du!«
Ich sagte: »Grüaß di! Wie geht's der Emily?«
Die Leute schauten, horchten.
Johanna schubste mich in ein kleines Nebenzimmer.
Pritsche. Papierrollen zum Drauflegen. Ultraschallgerät.
Sie schloss die Tür, keifte: »Lass mich in Ruh. Dauernd kommen die Leut zum Beileid-Wünschen. Das halt ich nicht aus. Du steckst wieder einmal deine Nas in Sachen nei, die wo dich nix angehen, und die Kleine und ich müssen es ausbaden!«
Ich sagte, lahm: »Es ist bald vorbei. Die Polizei sorgt schon dafür, dass ihr nichts passiert. Wo ist sie denn, die Emily?«
»Bei der Toni.«
Toni war Antonie, die Geliebte von der Johanna.
Johanna sagte: »Und nach mir fragst nicht, wie's mir geht.«
»Wie geht's dir?«
»Frag mi net!«

Sie schwieg. Wütend.

Aber dann musste es doch raus: »Das kann sich so ein saudummes Mannsbild wie du nicht vorstellen, wie es einer Mutter geht, die tun muss, als wär ihr Kind ersoffen. Und das Beileid ... Und dann denk ich: Wenn man so was macht, passiert's wirklich.«

»Was?«

»Dass sie ...«

Johanna bekam feuchte Augen.

»Dass sie stirbt?«

»Ja, weil das eine Sünd ist.«

»Das ist Aberglaube. Es war wichtig. Damit sie außer Gefahr ist.«

»Versteh ich nicht.«

»Ich erklär's dir später.«

Johanna sagte: »Ich muss jetzt wieder raus. So viel Leut ...«

Ich sagte hinter ihr her: »Kannst mich beim Doktor anmelden ... wegen meinem Knie. Es wird immer schlimmer. Und sag ihm: Ich bin privat versichert.«

Sie sagte: »Dann wart im Wartezimmer!«

Ich wartete im Wartezimmer.

Das konnte dauern. Trotz Privatkasse.

Die Leute, die nicht gerade schnupften, husteten oder gähnten, wischten auf ihren Smartphones rum.

War immerhin noch hygienischer, als in den abgegriffenen Ausgaben von Apotheken Umschau, Bunte, Funkuhr, Auf einen Blick, Meins, Die 2, Freizeitwoche, Stern, My Way, Landlust, Happinez, Gala, Laura, Brigitte, Bella, Barbara, Bild der Frau, Frau im Spiegel, Frau Aktuell zu blättern. Aus den anderen intellektuellen Titeln wie Kicker, BW Agrar, Acker plus, AFZ Der Wald, Agrartechnik, Der Almbauer schloss ich, dass es auch noch lesefähige Männer unter der Klientel von Dr. Aichhorn geben musste.

Ich nahm mein neues Buch aus der Tasche. Mit einem fetten roten Kreuz auf dem Cover.

Die anderen schauten, als hätte ich ein Pornomagazin in den Pfoten.

Ich lächelte, so freundlich ich konnte, sagte: »Gutes Buch! ›Fragen Sie weder Arzt noch Apotheker‹. Bestseller. Von zwei Doktoren geschrieben ... einem Doktorehepaar.«

Ich vertiefte mich in die Lektüre.

Mein Nachbar las mit.

Zum Glück hustete, schnäuzte, gähnte er nicht.

Dem Geruch nach litt er an einer Knoblauchvergiftung.

Ich sagte: »Gut, gell ...«

»Saugut!«

Einer mit einer Gesichtsfarbe wie Allgäuer Weichkäse schaute von seinem Smartphone auf, sagte: »Was stot no do drin?«

Ich sagte: »Dass man net gleich zum Doktor rennen braucht wegen jedem Dreck. Das meiste heilt nämlich von selber. Warum Abwarten oft die beste Medizin ist. Das meint ja unser Doktor«, ich deutete auf das Behandlungszimmer, »auch. Jedenfalls vor zwei Jahr hat er's noch gemeint.«

Johanna streckte ihren Kopf mit ihren verheulten Augen ins Wartezimmer, sagte: »Der Herr Bär bitte!«

Die anderen schauten giftig. Einer sagte: »Aber mir waret früher do!«

Johanna sagte: »Notfall!«

Ich legte schnell mein Buch auf den kleinen Tisch in der Mitte, sagte: »Ihr könnts gern drin lesen!«

Johanna schob mich schnell ins Behandlungszimmer.

Dr. Aichhorn wies mich auf den Stuhl vor seinem Schreibtisch, sagte: »Schon lang nimmer gesehen! Wo fehlt's denn? Wieder der Meniskus?«

»Der auch.«

»Da muss was gemacht werden. Ich verschreib Ihnen eine MRT. Magnetresonanztomographie.«

Ich sagte entsetzt: »Ist das, wo man in eine Röhre hineingeschoben wird? Also ich glaub, ich nehm einfach mehr Enzian zum Einreiben ...«

»Mit diesen Naturmethoden kommt man nicht weiter.«

»Aber vor zwei Jahren haben Sie doch gesagt –«

»Die Medizin hat inzwischen enorme Fortschritte gemacht ... besonders, was das Knie betrifft.«

»Ich weiß nicht recht … Was ich eigentlich bräucht, ist etwas zur Beruhigung. Ich hab's in letzter Zeit mit den Nerven. Ich fürcht mich, und weiß nicht, vor was, hab Angst … und ich glaub, ich werd verfolgt … Und ausm Bett komm ich auch nicht raus in der Früh, weil ich erst immer umra fünfe rum einschlafen kann … Und die Libido ist auch nimmer, was sie früher einmal war …«

Dr. Aichhorn wiegte den Kopf.

»Schaut nach Depression aus. Paranoide Depression mit Angststörung.«

»Können S' mir net was dagegen verschreiben?«

»Bevor ich Ihnen Psychopharmaka verschreibe, müssen wir den somatischen Bereich gründlich abklären. Große Blutanalyse, alle Werte, besonders die Leberwerte, aber auch Natrium, Calcium, Glukose, Cholesterin, Harnsäure, immunologischer Stuhltest, Darmspiegelung … Prostata … Herz … Nieren … Knochendichte … und so weiter. Am Ende ham S' einen Hirntumor, und da helfen keine Psychopharmaka, im Gegenteil.«

Eines hatte ich sicher: Schweißtropfen auf der Stirn.

»Ich nehm Ihnen jetzt mal Blut ab, und in ein paar Tag, wenn die Werte da sind, dann fangen wir richtig an …«

Ich ließ mich anstechen, schaute weg, ich kann kein Blut sehen, am wenigsten mein eigenes, schaute herum, sah:

Einen Stapel der Zeitschrift Nature, noch verpackt in Cellophan, lag in einer Ecke.

Ebenso unberührte und ungeöffnete Stapel von
The Lancet,
British Medical Journal,
Allergo Journal,
Deutsches Ärzteblatt,
MMW Fortschritte der Medizin.

Vor zwei Jahren hatte er noch Nature und The Lancet gelesen. Weil er kaum Patienten hatte.

Ich sagte: »Zum Lesen kommen S' wohl auch nimmer viel?«

Er sagte: »Die Leut rennen mir die Bude ein!«

Er drückte mir eine Mullbinde auf die Einstichstelle.

»Machen S' mit meiner Sprechstundenhilfe einen Termin aus. Zeitnah!«

Und schon tippte er etwas in seinen Laptop.
Vermutlich die Rechnung.
Ich ging ins Wartezimmer, mein Buch holen.
Es lag auf dem kleinen Tisch in der Mitte.
Über der Tür surrte das beleuchtete Kästchen: »Der Nächste bitte.«
Er war kein Nächster mehr da.
Der Doktor kam herein: »Johanna, wo sind denn die Leut?«
Johann sagte, verschüchtert: »Weg …«
»Wie weg?«
»Einer nach dem anderen ist gegangen …«
»Warum?«
Johanna sagte nichts, deutete auf mein Buch.
Dr. Aichhorn nahm es in die Hand, las den Titel, sagte: »Was ist denn das für ein Schmarrn … Das ist ja kriminell!«
Ich sagte: »Sie sollten es lesen. Ich hab gehört, es soll gut sein. Bestseller … Und jetzt ham S' ja Zeit zum Lesen. Sie lesen doch so gern, wenn ich mich recht erinnere.«
Er schaute mich an, als wollte er mir das Buch um die Ohren hauen, haute ab in seine Ordination, schlug die Tür hinter sich zu.
Ich sagte zu Johanna: »Ich bin völlig fertig von dem Blutverlust, ich muss eine rauchen. Kommst mit?«
Wir traten vor die Tür auf den verlassenen Parkplatz.
Johanna nahm mit zittrigen Fingern eine Gauloises, ich hielt ihr das Feuer hin, sagte: »Scheiße!«
Mein Smartphone brummte.
Ich wischte es an, sagte: »Ja?«
Dann sagte ich: »Nein!« Schrie: »Nein!«
Johanna erschrak, sagte: »Was ist denn mir dir los, du bist ja käsweiß … und zitterst am ganzen Leib …«
Ich stammelte: »Meine Mutter!«
»Was ist mit deiner Mutter?«
»Tot.«
»Hat sie es endlich geschafft … Das war doch kein Leben mehr, im Bett liegen und die Decke anschauen. Jahrelang. Und dann auch noch der Krebs … Du hast doch selber gesagt, dass

sie von innen her verfault an ihrem Krebs … Schau, das ist doch eine Erlösung für sie.«

»Ja. Hast recht.«

Was ich ihr nicht sagte: dass meine Mutter auch unter Polizeischutz stand. Gestanden hatte.

So wie ich.

So wie Emily.

Johanna vergaß ihre Wut, drückte mich an sich.

Genau das, was ich jetzt nicht brauchen konnte.

Ich sagte: »Sie war ja schon über neunzig. Das Leben geht weiter.«

»Hast du denn gar keine Gefühle?«

Hatte ich.

Abgestellt.

Ich musste die Tragödie zu Ende spielen.

49 Bluatsauerei!

Auf der Alm erblickte ich von Ferne Leute. In der Sonne. Sie sahen aus wie Feriengäste.

Ein junges Paar. Beide knapp dreißig.

Kinderlos.

Jedenfalls sah ich keine Kinder.

Beide hatten Hawaiihemden an.

Und Bergsteigerhosen.

Mit viel Platz.

Auf der rechten Seite mit ausgebeulten Taschen.

Hatten wohl ihre Brotzeit schon eingesteckt.

Ich näherte mich vom Taler Hörnle her, nicht von der offiziellen Straße, wo immer der Milchwagen rauf und runter fuhr.

Vorsichtsmaßnahme.

Ich hatte einen guten Blick von oben, fast wie vom ersten Rang im Stadttheater Kempten.

Er, der Ferienonkel, legte seinen Arm um sie.

Sie schmiegte sich an ihn.

Ich wartete, bis er eine Arie sang.
Wirklich wie im Stadttheater.
Vom Tal strampelte ein Mountainbiker die Serpentinen hoch.
Mühsam.
Langsam.
Er hatte einen Fahrradhelm auf.
Einen Rucksack auf dem Buckel.
Das Ferienpaar verschwand eng umschlungen im Haus.
Sah aus, als hätten sie sich zu einem Hupferl entschieden.
Der Radfahrer näherte sich langsam.
Aus der Haustür trat eine Gestalt.
Sah aus wie die Waltl-Bäuerin, nur einen Kopf größer.
Aber gebeugt, gebückt.
Kopftuch auf.
Stallgewand an.
Gut eingepackt.
Für das Sommerwetter.
Alte Leute frieren leichter.
Sie nahm einen Besen und kehrte den Hof.
In Zeitlupe.
Hockte sich auf die Bank.
Die Hände in die Schürze vergraben.
Der Radfahrer näherte sich, stieg ab, kramte in seinem Rucksack.
Sagte etwas zu der Bäuerin.
Sie sagte etwas zurück.
Hören konnte ich es nicht auf die Entfernung.
Ein schwarzer Audi A3 kam aus dem Nachbarhof, fuhr an der kleinen Marienkapelle vorbei, bremste ab, blieb stehen.
Meine Nachbarin.
Sie winkte der alten Bäuerin zu.
Dachte wohl, ich hätte wieder einen von meinen verrückten Auftritten in Frauenverkleidung. Wie damals, als ich die Gesundbeterin aufspürte.
Die Bäuerin winkte zurück.
Ihr Winken wirkte wie ein Startschuss.
Mit einem Schlag war der Teufel los.

Der Radfahrer hielt seinen kleinen Rucksack in Richtung Bäuerin.

Es machte plopp, wie wenn eine Tür zuschlägt.

Die Bäuerin sackte in sich zusammen, rutschte von der Bank, fiel auf den Steinboden, Gesicht nach unten.

Der Radler drehte seinen Rucksack in Richtung Audi.

Plopp.

Eine Autoscheibe splitterte.

Reifen quietschten.

Der Audi schoss talwärts, wie von der Tarantel gestochen.

Der Radler schritt zur Bäuerin.

Sie lag auf dem Bauch, auf dem Gesicht, die Blutlache unter ihr wurde größer.

Glänzte in der Sonne.

Eine Tür knallte.

Schon wieder.

Der Radler hielt sich die Schulter.

Noch eine Tür knallte.

Er ging in die Knie.

Zwei Hawaiihemden stürmten aus dem Haus.

Hatten was in der Hand.

Sah von der Entfernung aus wie Pistolen. Walther PPK Kaliber neun Millimeter.

Das Hawaiihemd mit dem Pferdeschwanz trat dem Radler auf den Knien in den Rücken, sein Gesicht schlug auf dem Steinboden auf.

Dumpf.

Der andere Hawaiihemd-Träger schlug wie ein Fußballspieler den Rucksack vom Radler zwanzig Meter in die Wiese hinein, schrie laut auf: »Au. Sakrament noch amal«, hielt sich den Fuß.

Kühe galoppierten davon.

Hatten wohl eine Panikattacke.

Der Hawaiihemd-Mann kniete auf dem Radler, seine Freundin fesselte dessen Arme auf den Rücken.

Die Handschellen glitzerten in der Sonne.

Dann das große Finale: Martinshörner, Blaulicht, Polizeiautos, Sanitätswagen, Notarzt. Das volle Programm.

Ich joggte von meinem Erster-Rang-Aussichtsplatz rüber zur Alm.

Vergaß die Stiche im Meniskus.

Kam keuchend an.

Sie schoben den Radfahrer auf der Trage in das Sanitätsauto.

Er hing an einem Tropf.

Bleiches Gesicht. Wächserne Nase.

Erinnerte mich an den letzten Anblick meiner Mutter.

Die Bäuerin rappelte sich von ihrer Blutlache auf, fluchte: »Himmelherrgottsakrament, ist das eine Bluatsauerei!«

Ich kannte die Stimme.

Tom Tommer. Der Polizeipräsident höchstpersönlich.

Er legte einen Strip hin: Schälte sich aus dem alten Bauerngewand, schnallte seine schusssicheren Teile von Brust, Rücken, Bauch, schimpfte: »Alles pappt, stinkt nach Ketchup ...«

Das Ketchup glänzte hellblutrot in der Sonne.

Die Blutlache des Radlers glänzte dunkelrot in der Sonne, die Ränder trockneten bereits ein, braunrot.

Ich sagte: »Und Ihr Kopf, der war wohl ungeschützt?«

Er knotete das Kopftuch auf, drunter kam eine helmähnliche Mütze zum Vorschein.

»Das Gesicht hab ich schließlich zum Schauen gebraucht ... sogar meine schöne Dienstpistole ist durch das Ketchup versaut.«

Er tat, als wäre ihm gerade ein Schönheitswettbewerb vermasselt worden.

»Aber jetzt haben wir ihn.« Er deutete auf den Sanka hin.

Ich ging darauf zu, die Notärztin war noch mit der Infusion beschäftigt, ich sagte: »Lass sie doch gleich verrecken, die elendige Loas!« Das elende Schwein.

Sie würdigte mich nicht einmal eines Blickes, raunzte: »Wir müssen jede Loas behandeln, jede elendige!«

Ich fragte: »Kommt der durch?«

»Mir wurscht. Ich tu nur meine Pflicht.«

Die Augen des Radlers zuckten, er versuchte sich aufzurichten, stöhnte, es klang nach: »Fertig!«

Er spuckte Blut und Galle, röchelte.

Sackte wieder zurück.

Wurde fixiert.

Die Ärztin hantierte etwas an der Infusion.

Dem Angeschossenen verschwamm der Blick, die Augen fielen ihm zu, ich sagte: »Hallo, Warren, ich hab noch eine Überraschung für dich!«

Er hörte es nicht mehr.

Der Sanka rollte mit Tatütata und Blaulicht den Weg hinab nach Tal, Richtung Klinikum Kempten.

Die Kolonne von Polizeiautos rollte hinterher.

Tom Tommer und ich standen vor der Alm.

Die beiden Hawaiihemden verabschiedeten sich.

»Super Arbeit!«, sagte Tommer zu ihnen. »Beförderung wird nicht lang auf sich warten lassen.«

Ich fragte ihn: »Werden Sie denn nicht auch befördert?«

Er schaute an sich runter, sagte: »So, wie ich ausschau!«

»Wie eine Blutwurst! Sie können ja bei mir oben duschen … Aber sagen S' mir noch vorher: Warum haben Sie sich denn persönlich als Zielscheibe zur Verfügung gestellt?«

Er druckste rum.

»Weil … ah … weil … Also ich wollt keinen der jungen Kollegen aufs Spiel setzen. Die haben alle noch Familie, kleine Kinder …«

»Und Sie haben noch kleine Enkel …«

Er kriegte feuchte Augen, wollte was sagen, ging nicht, seine Zähne fingen an zu klappern, seine Hände zu zittern, er musste sich setzen.

Ich sagte, fachkundig: »Das ist der Schock … wenn der Schreck nachlasst.«

Er nickte, zitterte und klapperte weiter.

Ich sagte: »Das werden wir gleich haben.«

Ich rannte hinab, treppab in meine Kellerbar, treppauf zurück, hielt ihm eine Flasche Cola hin, sagte: »Trinken S'. Das hilft.«

Er konnte die Flasche auch mit zwei Händen nicht halten, ich half ihm, er fing an zu schlucken … und hörte nimmer auf.

»Sie ziehen's ja rein wie ein Ochs!«

Er wurde wieder ruhiger, schnaufte tief aus, sagte: »So ein gutes Cola hab ich noch nie getrunken. Das weckt Tote auf!«

»Ist ja auch ein besonderes Cola. Allgäu-Cola.«
»Noch nie gehört.«
»Ist ein Geheimtipp. Die Kenner nennen es Enzian-Cola.«
»Doch nicht mit Alkohol! Ich bin im Dienst.«
»Mit was sonst? Sind S' froh, dass Sie am Leben sind. Aber jetzt ab in die Dusche!«
»Ja, die Sauerei abwaschen. Außerdem wartet mein Chauffeur.«
»Und Ihre Frau ...«
»Ja, die wartet auch. Die muss nämlich wieder in den Kirchenchor heut Abend. Generalprobe. Für das Bach-Zeug.«
Aus der Dusche hörte ich Geplätscher.
Dann Töne, staunte:
Gott soll allein mein Herze haben.
Zwar merk ich an der Welt,
Die ihren Kot unschätzbar hält,
Weil sie so freundlich mit mir tut,
Sie wollte gern allein
Das Liebste meiner Seele sein.
Doch nein; Gott soll allein mein Herze haben ...

Als er aus der Dusche kam, war er ein neuer Mensch. Uniformiert – sein Chauffeur hatte ihm die Uniform gebracht – und in voller Fassung. Das Handy schon wieder vor der Waffel: »Die vorbereiteten Pressemitteilungen müssen raus ... aber schnell ... Ja, an dpa, Reuters, Kölner Stadt-Anzeiger, Allgäuer Rundschau ... das ganze Programm.«
Ich ergänzte: »Apotheken Umschau. Lesen, was gesund macht.«
Er schaute irritiert, reichte mir die Hand, sagte: »Ich hab jetzt keine Zeit für Ihre Witz! Mir pressiert's, wegen dem Kirchenchor ... Die Enkel kommen wieder ...«
»Gruß an Ihre Frau. Und Glückwunsch. Ihr Plan ist aufgegangen. Sie wird sicher bald befördert. Oberstaatsanwältin.«
»Des wär ja noch schöner! Sie macht die Pläne, ich die Drecksarbeit.«
Ich sagte: »Jedem, wie er's verdient.«

Er lachte nicht.
Wandte sich um.
Ich sagte: »Ich hab noch eine Rechnung offen mit dem Warren Trudeau.«
»Sie werden doch nicht …«
»Keine Angst. Ein ganz zivilisiertes Gespräch am Krankenbett. Ohne Knarre.«
»Wir tun ihn ins Klinikum Kempten. Er wird strengstens bewacht. Da kommt keiner durch.«
»Auch ich nicht?«
»Tut mir leid, auch Sie nicht … Sie am allerwenigsten!«

50 Sensationell

Dr. Graf saß hinter ihrem Chefinnenschreibtisch.
Schrieb.
Immer das Gleiche.
Ihre Unterschrift.
Ich hielt ihr die Allgäuer Rundschau vors Gesicht.
»He, was soll das, ich bin beim Arbeiten.«
Ich sagte: »Ich auch. Da schau.«
Sie nahm die Zeitung, las:

Kölner Geisterfahrer in Kempten festgenommen
Kempten/Köln. – Der Kemptener Polizei gelang ein sensationeller Fahndungserfolg. Der Geisterfahrer, der auf der A 555 zwischen Köln und Bonn den Tod eines jungen Elternpaares mit seinem Kleinkind verursacht hatte (wir berichteten), wurde gestern im Raum Kempten nach einem kurzen Schusswechsel gefasst. Wie aus gut unterrichteten Kreisen verlautet, ist er verletzt, aber vernehmungsfähig. Dem Täter werden noch weitere Straftaten vorgeworfen. Die Staatsanwaltschaft Kempten ermittelt wegen mehrfachen Mordes und versuchten Mordes in mehreren Fällen. Über das Motiv kann zurzeit nur spekuliert werden. Ein

terroristischer Hintergrund wird allerdings ausgeschlossen. Ausschlaggebend für die Verbrechen dürfte ein komplexes Beziehungsdrama gewesen sein, möglich ist auch eine psychische Erkrankung des Täters. Polizeipräsident Tommer vom Polizeipräsidium Schwaben Süd/West erklärte, die Ermittlungen liefen unter Hochdruck in alle Richtungen weiter.

»Warum hat er das getan?«, fragte Dr. Graf in ihrem weißen Arztkittel. Und schaute mich an.

Ich stand vor ihrem Schreibtisch. Wollte mir eine Gauloises anzünden.

»Nicht hier! Du weißt doch …«

Ich steckte die Zigarette in die Schachtel zurück.

War froh, dass ich nicht Chefarzt geworden war. Ich konnte in meinen Räumen rauchen, wann ich wollte.

Ich sagte: »Ich muss ihn noch mal sprechen. Den Warren.«

»Das geht nicht. Er wird bewacht wie in einem Hochsicherheitstrakt.«

»Kommt er durch?«

»Ja, er hat zwei Schusswunden, im Bauch und in der Schulter. Eine Menge Blutverlust, aber … Ich bin froh, wenn ich ihn los bin.«

»Was passiert weiter mit ihm?«

»Er bleibt hier, auf Intensiv, bis er auf einer Normalstation behandelt werden kann.«

»Er kommt frei?«

»Nein, er kommt in die Forensik. Geschlossene Abteilung. Psychiatrische Untersuchungen und so weiter. Kaufbeuren.«

»Da war ich auch schon.«

»Ich weiß.«

»Ich muss ihn trotzdem noch mal sprechen. Ich hab noch eine Rechnung mit ihm offen.«

Sie schaute entsetzt: »Du wirst ihn doch nicht …«

»Nein, keine Angst. Ich werde ihm kein Haar krümmen. Obwohl ich Lust drauf hätte. Er hat meine Mutter auf dem Gewissen …«

»Die sowieso bald gestorben wäre. War ja schon in Palliativversorgung.«

»Ich will wissen, wie er sie um die Ecke bringen wollte … Und er hat eine junge Familie auf dem Gewissen … die Freunde von Frederick … die von ihm das Auto geliehen haben … Und der Warren hat mich halb umgebracht vor Schreck, ich hab deinen Teppich verbrannt …«

Dass er mir das Eiserne Kreuz von meinem Großvater und das von meinen Vater geklaut hatte, erwähnte ich nicht. Ich wollte sachlich bleiben. Nur nicht persönlich werden!

»Und was willst du tun?«

»Ich will keine Rache. Ich will nur das eine oder andere noch wissen. Warum er das alles angestellt hat, weiß ich.«

»Aus Rache?«

»Ja, aus Rache. Solange ich noch lebe, wird er nicht aufgeben. Er ist verrückt.«

»Können wir nicht so tun, als wärst du tot? Neue Identität, bei Agenten machen sie es auch so, im Geheimdienst … Hab ich gelesen.«

»Du glaubst doch nicht, ich verstecke mich den Rest meines Lebens vor dem Schwein?«

»Aber dann gibt's doch keinen Ausweg. Er oder du. Nur einer von euch beiden kann überleben.«

»Ich werde ihn nicht mal berühren. Geschweige denn umbringen und den Rest meines Lebens im Knast zubringen. Nur damit er tot ist.«

»Und was dann?«

»Ich hab etwas, was ihn umbringen wird.«

»Gift? Zyankali? Natriumnitrit? Hypnose?«

Ich lachte, ergänzte: »Uranverstrahlung. Üble Nachrede. Schlechter Mundgeruch, E 605 …«

»Verarsch mich nicht!«

»Im Ernst, ich hab folgenden Plan …«

Ich schloss die Tür zum Vorzimmer, die Sekretärin dachte sicher, ich will rauchen, drehte Vasthis Radio auf Überzimmerlautstärke, riss das Fenster auf, erklärte: »Damit wir nicht abgehört werden.«

Wir lehnten uns aus dem Fenster, rauchten, ich erklärte ihr meinen Plan. Fing an: »Die Grundidee von meinem Plan kommt aus dem Neuen Testament. Römerbrief 12,20: *Wenn deinen Feind hungert, gib ihm zu essen; dürstet ihn, gib ihm zu trinken. Wenn du das tust, so wirst du feurige Kohlen auf sein Haupt sammeln.*«

»Willst ihn vergiften, ersäufen oder verbrennen?«

»Nein, das ist symbolisch gemeint. Wenn man einen angreift, wehrt er sich, wenn man ihn aber anlacht, wird er wehrlos.«

»Willst ihn etwa totlachen?«

»Schmarrn. Manchmal haut uns das Gute mehr um als das Schlimme.«

Sie, ungeduldig: »Hör auf mit dem philosophischen Krempel, was hast denn wirklich vor?«

Ich erklärte ihr, was ich wirklich vorhatte.

Wir schlossen das Fenster wieder, schalteten Bayern 5 ab, das nur Staus meldete, einen auf der A7 zwischen Kempten und Reutte.

»Oh Gott«, sagte Vasthi, »da kommt wieder Arbeit rein, wir müssen schnell machen ...«

Sie senkte die Stimme: »Versprichst du mir, dass du nichts anderes tust, als was du grad gesagt hast? Nix Kriminelles?«

»Ich versprech's dir.«

Sie atmete erleichtert auf, sagte: »Dann sag ich dir meinen Plan!«

51 Stimmbanderotik

Die Kirche St. Mang in Kempten war rappelvoll.

Ich hatte schwitzige Hände. Volle Kirchen war nicht, was ich gewohnt war. Nicht mehr.

Ich saß in der ersten Reihe.

Lieber wär ich in der letzten Reihe gehockt. Am Rand der Bank. Nahe am Ausgang.

Neben mir saß Tom Tommer, der Polizeipräsident von Kempten. In Zivil.

»Blasmusik im Bierzelt wär mir jetzt lieber«, raunte er mir zu.

Man hatte ihn in einen neuen Anzug geklemmt. Wäre er noch Konfirmand gewesen, hätte ihm der Anzug super gepasst.

Ich sagte: »Was tut man nicht alles für seine bessere Hälfte.«

Noch war seine bessere Hälfte unsichtbar. Irgendwo in der Sakristei.

Einsingen.

Oder Fingernägel kauen.

Die Staatsanwältin.

Mit der goldenen Stimme und dem geilen Plan, der aufgegangen war.

Der Pfarrer der Kirche, ein Retro-Lutheraner, man erkannte ihn am Hundekragen, in seinen Kreisen »Kollar« genannt, ging ans Mikro.

Erzählte was über Johann Sebastian Bach und die Kantate »Gott soll allein mein Herze haben«, Bach-Werke-Verzeichnis Nummer hundertneunundsechzig, entstanden im Jahr … Er las von seinem Spickzettel ab, ich vermutete: ein Ausdruck aus Wikipedia. Die Audienz rutschte in eine Trance.

Ich flüsterte Tommer ins Ohr: »Echt geile Vorstellung.«

Er flüsterte zurück: »Mich haut's gleich vom Sockel!«

Ich raunte: »Hat der Warren Trudeau schon gesungen?«

»Nein. Sie haben ihn in ein künstliches Koma versetzt. Pumpen ihn mit neuem Blut voll. Damit er schneller singen kann.«

»Aber wir haben doch Indizien. Und mich als Zeugen.«

»Auf beides ist g'schissen … sagt meine Frau.«

»Sind S' deshalb so depri?«

Er schüttelte den Kopf. Sagte mit einer Stimme, als wäre er auf einer Beerdigung: »Sie wollen mich befördern!«

»Wohin?«

»Nach Potsdam …«

»Glückwunsch!«

»Sagen S' lieber Beileid …«

»Wieso denn?«

Er, trotzig wie sein eigener Enkel, mit einem Touch von weinerlich: »Aber ich will nicht nach Potsdam.«

»Ja, wohin dann?«

»Nach Nürnberg. Fürth ging auch noch …«

»Heimweh?«

Er nickte, wischte sich die Augen.

»Dann gibt's nur eines: Sie müssen was ausfressen, dann werden S' degradiert und kommen nach Fürth. Die sicherste Stadt Bayerns. Kriminaltechnisch.«

»Soll ich etwa den Warren laufen lassen?«

»Dann landen S' bei der Verkehrspolizei in Zwiesel. Bayerischer Wald.«

»Ich weiß, wo Zwiesel liegt. Da hab ich angefangen. Grundausbildung.«

»Dann ist unsere Freundschaft aber zu Ende. Wenn Sie den Warren laufen lassen, haben S' bei Ihrer Frau verschissen bis in die Steinzeit, und ich bin auch am Ende. Wenn der frei kommt, bin ich so gut wie tot … und Sie so gut wie geschieden.«

Unser Geflüster hatte ein jähes Ende.

Frau Staatsanwalt erschien im Altarraum.

Die Audienz war mit einem Schlag quicklebendig und sprachlos.

Sie trug ihre schwarzen Haare schulterlang, geschminkt wie die Callas, gehüllt in ein knallrotes Kleid, das ihre Formen ins beste Licht setzte. Ich verstand nicht, wie Tommer da jemals Flaute im Bett gehabt haben konnte, aber vielleicht trug sie im Bett nicht das knallrote Kleid, sondern ihren schwarzen Staatsanwalt-Talar.

Kleider machen Leute.

Die Orgel setzte ein, und dann erfüllte die glockenklare, volle Stimme der Staatsanwältin den Kirchenraum, als sie anfing: *Gott soll allein mein Herze haben.*

Ihr Herz wogte knallrot, ich wäre gern Gott gewesen.

Ich lauschte, wider Willen immer hingebungsvoller.

Ein Kribbeln kribbelte in meinen Lenden, ich schlug die Beine übereinander.

Tommer schlug die Beine übereinander.

Wir waren nicht die Einzigen.

Die Stimmbänder sehen auf Nahaufnahmen ganz ähnlich aus

wie das Innere einer Vagina. Erinnerte mich an den Fall einer Patientin, mit der ich Therapie gemacht hatte. Wegen sexueller Störungen. Wir unterhielten uns drei Jahre lang übers Singen. Sie entdeckte ihre Lust am Singen wieder. Sang am Ende wie ein Zeiserl. Störungen beim Vögeln waren nach drei Jahren kein Thema mehr.

Ob ich das dem Tommer auch erzählen sollte?

Nein, das brächte ihn nur durcheinander. Am Ende würde er künftig immer an die Muschi seiner Frau denken, wenn er ihre Stimme hörte. Klassische Konditionierung.

Sie sang das *Gott soll allein mein Herze haben* rauf und runter, bis zum bitteren Ende:

Stirb in mir,
Welt und alle deine Liebe,
Dass die Brust
Sich auf Erden für und für
In der Liebe Gottes übe;
Stirb in mir,
Hoffart, Reichtum, Augenlust,
Ihr verworfnen Fleischestriebe.

Stille. Heilige Stille. Alle tief ergriffen. Feuchte Augen. Offene Münder.

Die Menschen erhoben sich.

Klatschten.

Tobten.

Pfiffe.

»Bravo!«, »Bravo!«, »Bravo!«, Kirche hin oder her.

Ich schaute mich um und sah den Chefredakteur der Allgäuer Rundschau in seinen Notizblock klatschen. Magnus Augstein, der Ex von Vasthi, der meine Gott-und-die-Welt-Artikel verschmähte, der Feigling.

Ich dachte, morgen steht bestimmt in der Zeitung: »Traumpaar: Staatsanwältin singt wie Callas, Polizeipräsident macht Karrieresprung«.

Am nächsten Tag stand in der Allgäuer Rundschau: »Traumpaar: Staatsanwältin singt wie Callas, Polizeipräsident macht Karrieresprung«.

Die Veranstaltung endete mit einem Schlückchen Sekt, Jubel, Hurra.

Tommer und seine Frau luden mich noch auf einen Absacker in ihr schmuckes Häusle ein.

Sie sagte: »Jetzt brauch ich noch einen Schnaps.«

Sie ließ sich auf das Sofa fallen. Tommer schmiss sein Konfirmandenjackett in die Ecke, sagte: »Jetzt kommt der gemütliche Teil.«

Sie sagte: »Falls du den Schnaps suchst, er ist im Kühlschrank, nicht in der Spielkiste.«

Tommer und ich lachten, anstandshalber.

Nach sechs, acht bis zwölf Schnäpsen sagte ich: »Jetzt muss nur noch der Warren verknackt werden, dann sind wir alle happy. Von mir aus könnt er auch im Koma bleiben ... für immer. Nur einer von uns beiden kann leben. Er oder ich ... Es wäre das Beste für uns alle ... Andererseits: Ich hab mit ihm noch ein Hühnchen zu rupfen.«

Frau Staatsanwalt sagte: »Ich will den Fall lückenlos aufklären und ihn verknacken. Lebenslänglich. Ich brauch ihn lebendig!«

Tommer ließ den Kopf hängen: »... und ich will nicht nach Potsdam.«

52 Schleuse, Schleuser, Intensiv

Visite.

Chefärztin Dr. Vasthi Graf. Zwei Oberärzte. Die Stationsleitung. Zwei Krankenschwestern.

Und ich.

Auf Intensiv.

Im abgetrennten Raum.

Eine Polizistin und ein Polizist kontrollierten.

Dr. Graf gab der Polizistin eine weiße Plastiktüte der Klinik-Apotheke mit einem roten Apotheken-A in die Hand, sagte: »Frische Mullbinden, können S' die bitte halten, bis wir durch die Kontrolle sind?«

Die Polizistin lächelte. »Natürlich, Frau Chefarzt!«

Es ging zu wie auf dem Allgäu Airport in Memmingen.

Eheringe, Gürtel, Kleingeld, Handy, Schmuck in eine Nierenschale aus rostfreiem Stahl.

Schleuse.

Abfummeln.

Dr. Graf sagte zu den beiden Polizisten: »Wir haben heute einen Spezialisten mit dabei. Für Bakteriologie und Desinfektion. Keim-Sicherheitscheck.«

Sie deutete auf mich.

Ich sah genauso aus wie alle anderen: unerkennbar.

Grüne OP-Haube.

Weißer Mundschutz.

Grüner Unisex-Kittel. Sah mehr aus wie ein Sack für Gartenabfälle.

Dazu meine Brille. Dicke Hornbrille. Neueste Mode der sechziger Jahre. Erbteil von meinem Vater.

Ich schritt als Letzter durch die Schleuse.

Es piepste.

Ich schwitzte.

Der Polizist sagte: »Haben Sie vielleicht Goldzähne?«

Ich sagte: »Kann ich mir nicht leisten. Aber vielleicht ist es das Kleingeld in meiner Hosentasche.«

Ich musste das Kleingeld aus meiner Hosentasche in die Nierenschale deponieren. Die Münzen klingelten wie im Klingelbeutel bei der Messe.

Zweiter Anlauf durch die Schleuse.

Dr. Graf schaute auf ihre Armbanduhr, merkte, dass sie keine anhatte. Wegen der Schleuse.

Die Schleuse piepste.

Dr. Graf rollte die Augen zum Himmel.

Mir rollten die Schweißtropfen in den Mundschutz.

»Haben Sie vielleicht irgendeinen Schmuck an, Fingerring, Ohrringe, Piercings?«

Ich sagte: »Ja, jetzt, wo Sie's sagen, fällt's mir ein: Meinen Talisman hab ich um den Hals, aber ich kann ihn Ihnen nicht zeigen, weil ich bin schon desinfiziert.«

Zeigte ihm meine OP-Handschuhe. Nicht nur Latex, sondern rein: OP-Handschuhe sind sterilisiert, Latex nicht.

Ich sagte durch meinen Mundschutz hindurch: »Langen S' doch einfach selber hin, um meinen Hals, die schmale Kette mit dem Silberschmuck. Erinnerungsstück von meiner Mama.«

Der Polizist fingerte an meinem Hals herum, befingerte das Objekt, sagte: »Okay. Sie können durchgehen.«

Ich atmete auf, begann zu summen: *Tut mir auf die schöne Pforte, führt in Gottes Haus mich ein …* Evangelisches Kirchengesangbuch 166, Vers 1.

Die anderen schauten sich an, als wären wir in Kaufbeuren. In der Irrenanstalt.

Hinter der Schleuse sagte Dr. Graf zu mir, ganz nebenbei: »Herr Kollege, können S' die Tüte mit dem Verbandsmaterial mal kurz für mich halten?«

Ich nickte.

Hielt.

53 Totenbeichte

Warren Trudeau war gerade am Kommen.

Sie stellten ihm ein paar blöde Fragen:

»Wie heißen Sie?«

»Wann sind Sie geboren?«

»Welche Staatsangehörigkeit haben Sie?«

Warren zögerte nach jeder Frage, antwortete langsam und richtig. Oder log. Langsam und richtig.

Nickte dann wieder weg.

Wurde untersucht.

Kam wieder zu sich.

»Wundheilung zufriedenstellend«, sagte der Chirurg. »Wir lassen die Wunden für eine Weile unverbunden, dann heilen sie schneller.«

»Lungenfunktion so weit in Ordnung«, sagte der Internist.

»Keine Anzeichen von Demenz«, sagte die Psychiaterin.

»Stuhlgang regelmäßig«, sagte die Stationsleiterin.

Dr. Graf fasste zusammen, ganz formal, wie mit einem Unbekannten: »Herr Trudeau, Ihre Genesung schreitet zufriedenstellend voran, unser Kollege Dr. Reiner wird jetzt noch überprüfen, dass die Umgebung absolut steril ist, damit keine Keime in Ihre Wunden gelangen können.«

Die Karawane verließ den Raum.

Ich zog meinen Beißkorb von der Schnauze.

Luft. Endlich. Von dem körpereigenen CO_2 kriegt man Gasvergiftung.

Warren Trudeau machte die Augen auf.

Weit.

Ich dachte: Gleich fallen sie ihm raus. Oder hat er plötzlich Morbus Basedow?

Ich stand am Fußende des Hightech-Bettes.

Er sagte: »DU?«

Ich sagte: »Ja, ich, wer sonst.«

»Aber ... ich hab dich doch ... auf der Alm ... auf der Bank ... in deiner Altweiberverkleidung ...«

»Das war nicht ich. Das war ein anderer. Trotzdem versuchter Mord.«

»Aber deine Nachbarin hat dir doch zugewunken, wie sie vorbeigefahren ist.«

»Sie hat sich getäuscht. Sie kennt mich in der Maskerade. Und die war so gut, dass sie dachte, ich wär's!«

Er sackte in sich zusammen, richtete sich dann wieder auf.

»Dann ist meine Mission noch nicht erfüllt.«

Ich sagte: »Meine auch noch nicht.«

Er fragte: »Willst du mich hier im Bett abknallen?«

»Du bist hier so sicher wie in Abrahams Schoß. Polizeibewachung rund um die Uhr. Sicherheitsvorkehrungen wie auf Alcatraz. Nicht einmal einen Reißnagel kann man hier reinbringen. Die wollen dich lebend, nicht tot. Die machen dir den Prozess. X-mal lebenslänglich. Dann kannst in einem bayerischen Zuchthaus verrecken.«

Er lachte.

Keine Ahnung, warum.

Ich sah den Witz nicht. Sagte: »Du hast dein Versprechen wahr gemacht: meine Familie ausrotten, und ich hab zuschauen müssen wie damals der König Zedekia: Sohn, Schwiegertochter, Enkel, Mutter, Tochter … Wie hast du denn meine Mutter erledigt?«

»Keine Kunst. Ein paar Tröpfchen mehr Morphium.«

Am liebsten hätt ich ihn in Morphium ersäuft. Aber ich hatte Besseres vor.

Ich sagte: »Sie hat deinen Anschlag überlebt. Mit ein bisschen Morphium ist meine Mama nicht totzukriegen. Da kennst du sie schlecht!«

»Aber die Todesanzeige?«

»Papier ist geduldig.«

Ein Gerät piepste. Sein Puls beschleunigte.

Ich sagte: »Wenn's dich beruhigt: Sie ist inzwischen von selber gestorben. Nicht von deiner Hand. Aber versuchter Mord war es trotzdem. Alle hast du auf dem Gewissen … wegen nix und wieder nix.«

»Ich musste meinen Vater rächen.«

»Weil mein Vater deinen getötet hat. Am Strand von Courseulles …«

»Das ist mein Lebenswerk. Wenn es vollendet ist, kann ich in Ruhestand gehen.«

»Dann hast du dein Leben lang nach dem gesucht, oder dem seinen Kindern, der deinen Vater erschossen hat, oder erstochen oder erwürgt oder sonst was. Und bis du ihn gefunden hast, hast einfach zur Übung alle alten deutschen Soldaten umgebracht, die 1944 in der Normandie um Courseulles herum stationiert waren und dort auf ihre alten Tage Urlaub machten.«

»Und meinen Vater und seine Kameraden abgeknallt haben von ihren Betonbunkern aus. War gar nicht so schwer, die alten Nazis auszulöschen …«

»Das glaub ich, du als Arzt … Übrigens, ich hab nach einem Dr. Warren Trudeau gegoogelt.«

»Es gibt keinen.«

»Wie bist du denn dann auf deine medizinischen Kenntnisse gekommen …?«

Er richtete sich auf, sagte: »Man braucht nicht Medizin zu

studieren, um Arzt zu sein … oder so zu tun … Ich war Sanitäter … beim Militär … das reicht …«

»Hast wohl auch einen dicken Sanka gefahren?«

Er schaute mich misstrauisch an. Schwieg.

Ich schwieg auch, wartete.

Erregter Stillstand.

Narzissten leben vom Prahlen. Er war ein Narzisst. Süchtig nach Selbstdarstellung. Auch jetzt. Noch. Jetzt erst recht. Auf dem Totenbett lügt man nicht. Man beichtet.

Er sagte: »Nachdem ich von zu Hause ausgerissen bin, bin ich tatsächlich zum Militär. Sanitäter. Ich hab schon immer schnell gelernt. Zuschauen, abschauen, selber machen. Und ich hab noch ein anderes großes Talent: Schauspielern.«

Ich sagte: »Ja, ich weiß, verkleiden, schauspielern auf Teufel komm raus.«

»Ich hab dann Arzt gespielt, aber irgendwann sind sie draufgekommen, und ich musste weg aus Kanada. Zum Glück bin ich in Quebec aufgewachsen. Dem französischsprachigen Teil. Und dann bin ich …«

»… nach Frankreich?«

»Ja, zur Fremdenlegion. Da wird man taff. Und da lernt man Freunde kennen. Wahre Freunde … Freunde fürs Leben … Freunde über den Tod hinaus …«

Er lächelte diabolisch.

»Und Deutsch kannst du ja auch fließend!«

»Ich lernte Sprachen schon immer leicht. Besonders Deutsch. Eine Frage der Motivation. Und die stärkste Motivation ist …«

»… Hass? Rache?«

»Genau. Ich arbeitete für verschiedene Geheimdienste, unter anderem auch für den BND in Pullach bei München. Das sagt dir doch was?«

»Ja, der Geheimdienstverein vom Gehlen. Spionageorganisation Gehlen, kurz Org. Nach 1956 BND. Der Gehlen mit der schwarzen Sonnenbrille.«

Er lächelte schon wieder maliziös.

Ich sagte: »Ja, mein Vater hat dort gearbeitet. Beim BND in Pullach.«

»Ich weiß. Und nicht nur dort. Ludwigsburg, Augsburg …«

Mein Magen meldete sich. Mit einem flauen Gefühl. Und dann kam die Erinnerung. An unser Gespräch in Courseulles:

»Und Deutsch sprechen Sie auch fließend.«

Er sagte: »Business. Bin viel rumgekommen.«

Er schaute mich an. Hass in seinen Augen. Wenn Blicke töten könnten, wäre ich sofort umgefallen. Er sagte: »Dein Vater … der Mörder von meinem Vater! Ich hatte einen Verdacht, Hinweise, du brauchst mir nichts von deinem Vater, deiner Mutter, deiner Jugend in München erzählen. Der BND ist bestens informiert. Es war allerdings schwierig, dich zu finden … Ehrlich gesagt: Es war Zufall. In Courseulles. Dort hat sich mein Verdacht gegen deinen Vater endgültig bestätigt. Und dort hab ich dich getroffen. Die Vorsehung.«

Ich sagte: »Der Hitler hat auch gemeint, wie er das Attentat vom 20. Juli überlebt hat, die Vorsehung hat ihm den Arsch gerettet.«

Er sagte: »*Mein ist die Rache, spricht der Herr.* Und ich bin sein Werkzeug. Ich bin nicht besonders religiös, aber daran glaub ich wirklich.«

»Dann glaubst du wirklich an einen Irrtum. Gemeint ist nämlich: Man soll sich nicht zum Gott machen, der rächt, sondern Gott die Rache überlassen. *Wenn ihr den Herrn verlasst und den Göttern dient, so wird er sich abwenden und euch plagen und ausrotten.* Josua 24,20. Deine Göttin ist die Rache.«

»Ist mir scheißegal, wir sind hier nicht in einem theologischen Seminar. Du bist das letzte Glied in der Kette, dann ist meine Mission erfüllt. Die Gerechtigkeit.«

»Wenn ich auch noch hin bin.«

»Genau.«

»Wie willst du das denn anstellen? Mit Gedanken allein geht das nicht. Wir sind hier auch nicht auf Haiti beim Voodoo-Zauber. Die stecken eine Nadel in eine Puppe, die ihr Opfer darstellt, und fünfzig Kilometer weg verreckt das Opfer. Das echte.«

»Da brauch ich nicht bis Haiti zu gehen. Bei Amazon gibt's schon günstige Voodoo-Puppen. Zerbrich dir nicht den Kopf über meine Sorgen … Aber was willst du dann hier, wenn du mich nicht umbringen willst …?«

Ich stockte, sagte: »Ach, noch eine Frage: Warum hast du denn das Eiserne Kreuz von meinem Vater und von meinem Großvater mitgehen lassen, droben auf der Biselalm?«

Er lächelte, mir wurde kalt, er sagte: »Ich wollte, dass es dir wehtut – deinen Opa und deinen Papa noch mal zu verlieren.«

»Sadist, verreckter!«

Er legte nach: »Und dann hab ich die Orden auf den nächsten Misthaufen geworfen.«

Ich sagte: »Wenn ich jetzt eine Mistgabel hätt, tät ich dich damit erstechen … Aber ich hab Neuigkeiten für dich. Mein Sohn und seine Familie leben!«

»Was? Der Rundfunk und die Zeitung haben drei Tote gemeldet.«

»Die du, der Geisterfahrer, umgebracht hast. Mit einem gestohlenen Sanka von der Bundeswehr. Und du hast die drei auf dem Gewissen. Die Freunde von meinem Sohn haben sein Auto ausgeliehen … Vorsehung!«

»Du lügst!«

»Ausnahmsweise nicht. Gelogen war in der Zeitung auch, dass die Emily, meine Tochter, ersoffen ist. Du bist ganz schön gläubig … glaubst wohl alles, was in der Zeitung steht …«

»Du lügst!«

»Du wiederholst dich.«

Das Piepsen und Surren der Geräte schwoll zu einem Crescendo an.

Der Schweiß rann ihm in Strömen übers Gesicht.

Er vibrierte am ganzen Leib.

»Aber«, sagte ich, »du kannst dich beruhigen. Ich hab dir was mitgebracht. Ich zeig dir was.«

Er sagte: »Was?«

Ich knöpfte meine Halskette ab mit dem metallenen Teil, ließ es vor ihm baumeln, fragte: »Du weißt, was das ist?«

Er stockte, kriegte schon wieder Basedow-Augen, sagte: »Eine Hundemarke?«

»Ja, eine Hundemarke. Die Hundemarke von meinem Vater.«

»Aber die hab doch ich, die von deinem Vater und von meinem.«

»Ich weiß nicht, wem deine Hundemarke gehört, die zweite, die dein toter Vater in Courseulles in der Hand hielt. Ich bin zum Glück ein großer Schlamper vor dem Herrn. Die Uniform von meinem Vater hatte ich in den Schrank gehängt, seine Hundemarke irgendwo verlegt. Ich hab das Haus meiner Mutter auf den Kopf gestellt. Und das gefunden ...«

Ich ließ die Hundemarke baumeln.

»Du lügst!«, schrie er. »Die Nummer ... die Nummer auf der Hundemarke ... dadurch hab ich doch deinen Vater erst gefunden ...«

»Der Teufel liegt wie immer im Detail. Ich hab natürlich auch recherchiert. Des Rätsels Lösung ist: die Nummer selber. Die Nummer auf der zweiten Hundemarke, die du bei deinem Vater gefunden hast, ist ...«

»05071926«

»Genau. 05071926.«

»Und die hier ...«

»Lass sehen, gib her!«

»Vorsicht ist die Mutter der Porzellankiste«, sagte ich und warf sie ihm vom Fußende seines Hightech-Bettes zu.

Er fing sie mit seiner freien Hand auf, die nicht mit der Infusion verbunden war, starrte auf die Marke, sagte: »05071926. Genau die.«

»Schau mal genau auf die Eins.«

»Ja, was soll mit der Eins sein?«

»Die Eins auf der Hundemarke von meinem Vater ist keine Eins. Sondern ein I, oder römisch eins, nicht arabisch.«

»Nein ...«

»Du hast die Eins mit dem I verwechselt oder arabisch eins mit römisch eins. Fest steht: Wem auch immer die Hundemarke gehört, die dein Vater in seinem Tod in den Händen hielt: Sie gehörte nicht meinem Vater, dem Otto Friedrich Bär. Du hast den Falschen gejagt, die falsche Familie ausgelöscht ... Kennst du den Roman von Josef Martin Bauer, ›So weit die Füße tragen‹?«

Er war leichenblass. Mund offen. Starrte auf die halbe Hundemarke.

Ich fuhr ungerührt fort: »Ein deutscher Soldat flieht aus der Kriegsgefangenschaft in Sibirien, aus einem Bleibergwerk. Er hält unglaubliche Qualen aus. Denn ein Motiv treibt ihn: Er will heim, um sich an dem zu rächen, der ihn verraten und nach Sibirien gebracht hat. Um die Geschichte kurz zu machen: Er erfährt, dass sein Kamerad, der Verräter, umgekommen ist. Innerhalb von drei Wochen stirbt er selber. Der Hass hatte ihm die Kraft gegeben, durchzuhalten. Sein Leben hatte keinen Sinn mehr. Er konnte sich nicht mehr rächen. Das brachte ihn um … der Hass ist ihm ausgegangen. Der Hass und die Rachsucht waren sein Leben –«

Er fiel mir ins Wort: »Was soll der Quatsch mit Sibirien? Hör auf zu predigen! Das ist alles nicht wahr … Die Hundemarke ist gefälscht!«

Ich sagte nichts, zog ein Blatt Papier aus meiner Tasche, warf es ihm hin.

»Schau, die amtliche Bestätigung vom Wehrmachtsarchiv. Die Nummer von meinem Vater Otto Friedrich Bär ist 0507I926. Römisch eins, nicht arabisch eins.«

Er starrte mich an, kriegte einen Schrapnellblick, musste ihn wohl von seinem Opa geerbt haben, starrte die Hundemarke an, starrte das Dokument mit dem Reichsadler und dem Hakenkreuz an.

»Du hast den Falschen gejagt. Die Falschen umgebracht. Umsonst gemordet. Aber …«, sagte ich, und diesmal lächelte ich maliziös, »ich hab dir einen Trost mitgebracht!«

Ich griff in die Tasche mit den Mullbinden, die mir Dr. Graf anvertraut hatte, nahm die kleine weiße Katze am Genick und warf sie ihm zu.

Die Katze hatte einen schwarzen Fleck zwischen den Augen. Ich hatte in der Eile keinen Frisör gefunden, der einer Katze einen Fleck aufs Hirn färbt. Ein Filzstift tat es auch …

Die Katze miaute vor Schreck auf, er fing sie mit einer Hand, sie krallte sich in Panik in sein Gesicht, die Krallen zogen wie Rasiermesser blutige Streifen in seine Wangen, sein Gesicht verzerrte sich zu einer schrägen Maske, aus seinem Mund quoll Schaum und ein Schrei wie von einem abgeschlachteten Schwein. Er schlug um sich, riss sich alle Schläuche vom Leib. Die Katze floh kreischend unters Bett.

Ich rannte zu ihm hin.

Wollte ihn vor sich selber schützen. Hielt ihn fest.

Die Tür flog auf, hereingestürmt kamen Ärzte, Sanitäter, Krankenschwestern, Polizisten, rissen uns auseinander.

Warren sank leblos in die Arme einer Polizistin.

Ich wurde von einem Polizisten in Polizeigriff genommen.

Ein Polizist mit drei Sternen auf den Schulterklappen legte mir die Handschellen an, sagte: »Herr Dr. Reiner, Sie sind verhaftet.«

»Wegen was? Ich bin nicht Dr. Reiner, sondern Dr. Bär, aber das kann ich erklären. Wegen so was brauchen Sie mich nicht verhaften und in Ketten legen.«

»Wir verhaften Sie nicht wegen so was.«

»Wegen was dann?«

»Mord.«

54 Shades of Red

Ich saß.

In Untersuchungshaft.

»Sie schon wieder?«, fragte mich der Vollzugsbeamte.

Vor ein paar Tagen war ich schon da gewesen.

In Schutzhaft.

Der Unterschied war flüssig.

In Sicherheitsverwahrung kriegte ich Rotwein aus Italien, in der Teekanne.

Diesmal kriegte ich Tee in der Teekanne.

Er schmeckte nach Kamille auf der Zunge und wie Brunze im Abgang.

Ich sagte zu dem Beamten: »Ich war's aber nicht.«

Er sagte: »Das sagen alle.«

»Ich war's aber wirklich nicht!«

»Das sagen auch alle.«
Hoffnungslos.
Tommer ließ nichts von sich hören.
Seine Frau, die Bachsängerin und Staatsanwältin und Oberstaatsanwältin in spe, ließ nichts von sich hören.
Dr. Vasthi Graf ließ nichts von sich hören.
Meine Nachbarin ließ nichts von sich hören.
Niemand ließ was von sich hören.
Untersuchungshaft.
Ich untersuchte, wie viele Freunde ich noch hatte.
Freunde in der Not gehen zehne auf ein Butterbrot.
Auf das Gefängnisbrot schmierte ich Margarine. Aus Indien. RAMA.
Statt Allgäuer Bauernbutter.
Ökologisch ein Unsinn. Ökonomisch auch.
Ich nahm mir vor, die Sache mit dem Leiter der JVA zu besprechen.
Ein Gespräch mit dem Leiter der JVA in Sachen Bauernbutter versus RAMA wurde mir verwehrt.
Der Vollzugsbeamte erklärte: »Heute Nachmittag ist Verhör.«
»Ohne meinen Anwalt sag ich nichts.«
»Wer ist Ihr Anwalt?«
»Weiß ich nicht.«
»Dann kriegen S' einen Pflichtverteidiger.«
»Aber bald, bitt schön!«
Der Pflichtanwalt kam nicht.
Es kam: eine Pflichtanwältin.
Auch nicht schlecht. Sie sah gut aus, vom Alter her hätte sie meine Enkelin sein können.
Wir unterhielten uns durch ein Gitter.
Wir saßen beide hinter Gittern.
Ich auf der falschen Seite.
Sie nickte dem Polizisten zu.
Er deutete auf die Alarmklingel auf ihrer Seite unterm Tisch.
Für den Fall, dass ich ihr an den Kragen wollte.
Oder an die Wäsche.
Sie schaute mich an.

Ich sagte: »Keine Angst, ich bin nicht der Häftling Roland Kahl …«

Sie fragte: »Welcher Roland Kahl?«

»Der, der am 7. April 2009 im Gefängnis in Straubing im Büro von der Chefpsychologin Susanne Preusker telefonieren wollte. Er griff aber nicht zum Telefon, sondern zu einem selbst gebastelten Messer und hielt es ihr an den Hals. Sie hat versucht, sich freizukämpfen, ohne Erfolg. Der Häftling drohte, ihr die Zähne auszuschlagen, ihre Augen mit Sekundenkleber zu verkleben oder ihn direkt in ihre Blutbahn zu spritzen. Preusker wusste, dass sie seinen Anweisungen folgen musste, sonst würde er sie umbringen. Er verschloss ihre Bürotür, fesselte sie, riss ihr die Sachen vom Leib und vergewaltigte sie sieben Stunden lang mehrmals. So einer bin ich nicht. Und Sie sind nicht die Preusker.«

Die Pflichtverteidigerin war blass geworden. Der Beamte stand mit offenem Mund an der Tür.

Sie sagte: »Vertrauen ist gut …«, drückte die Klingel, die ohrenbetäubend schrillte.

Ich sagte: »Aber die Preusker hat es überlebt … sogar ein Buch drüber geschrieben: ›Sieben Stunden im April. Meine Geschichten vom Überleben‹.«

Sie sagte, mit Tränen in den Augen: »Ich erinnere mich. Sie hat es überlebt, aber nur neun Jahre lang. Erst vor Kurzem hat sie sich suizidiert. Im Februar 2018.«

Ich sagte: »Und das Schwein lebt immer noch. Im Knast.«

Sie drückte noch mal die Alarmklingel.

Nickte dem Vollzugsbeamten zu, der nickte zurück.

Verschwand.

Ich wiederholte: »So einer bin ich nicht. Ich will nur eins: hier raus!«

»Welcher Sie sind, ist mir wurscht. Ich bin jedenfalls nicht blöd. Ich bin ihre Pflichtanwältin. Mariane Belli«, sagte sie und schob mir ihr Kärtchen unterm Gitter zu.

Ich sagte: »Hätt ich mir fast gedacht. Können Sie mich hier rausholen? Ein bisschen plötzlich, wenn's geht. Außerdem ist da ein Druckfehler auf Ihrem Kärtle. Da fehlt ein N in Marianne.«

Sie schaute angepisst, sagte: »Das ist Französisch. Mariaaaane.

Aber wenn Sie mit mir zusammenarbeiten wollen, würde ich Ihnen einen anderen Ton empfehlen, Herr Dr. Bär.«

Ich sagte: »Was soll's denn sein? C-Dur? Cis-Moll? Klassisch oder atonal?«

Sie lachte wider Willen.

»Klingt schon besser … Also, jetzt erzählen S' einfach, was war, vor allem wie's war, dann schau ich, was ich für Sie tun kann.«

»Ham S' denn so was schon amal g'macht?«

Sie sagte: »Ich hab über die Pflichtverteidigung von aussichtslosen Fällen promoviert.«

Ich: »Sicher mit summa cum laude!«

»Klar, mit was denn sonst, was denken Sie?«

»Vielleicht, dass S' abgeschrieben ham wie der Guttenberg und die Schavan und all die anderen Kopierkünstler.«

»Lieber Dr. Bär, über was ham Sie denn abgeschrieben?«

»Über die spirituelle Bedeutung von substanzinduziertem Altered State of Consciousness.«

»Oh …«, sagte sie, »über Saufen und Glauben?«

»Oh …«, sagte ich, »Respekt. Stimmt. Besser kann man's nicht ins Deutsche übersetzen.«

Sie legte sich den Notizblock zurecht, zückte ihren Montblanc-Füller, sagte: »Schluss mit lustig. Also: die Wahrheit!«

Ich erzählte ihr, was ich am Krankenbett des verflossenen Warren Trudeau erlebt hatte. Beschränkte mich auf den manifesten Teil: Wie er einen Anfall gekriegt hat, ihm das Gesicht entgleist ist, geplärrt hat wie ein Ochs am Bratspieß und er sich die Schläuche rausreißen und ich ihm helfen wollte …

»… und jetzt denken alle, ich hätt ihn umgebracht.«

»Hätten Sie denn ein Motiv?«

»Ja, natürlich! Ein einwandfreies.«

Sie legte eine strenge Falte zwischen ihre mediterranen Glutaugen, sagte: »Ich meinte nicht Alibi, ich meinte Motiv!«

Ich sagte: »Er wollt mich umbringen. Notwehr.«

Sie schaute mich mit dem Kaufbeuren-Blick an. Verfolgungswahn.

Ich sagte: »Ich hab keinen Verfolgungswahn. Ich könnt's Ihnen beweisen.«

»Das können wir dann vor Gericht verhandeln. Ich bin dafür, dass wir die Sache mal nicht zu hoch hängen, den Ball flach halten.«

Ich sagte: »Schönes Bild. Ball flach halten – und hoch siegen. Ich war nämlich mal Fußballer. Sogar bei der Weltmeisterschaft dabei. 1954. In Ungarn.«

Ihr Blick zweifelte. Sie dachte wahrscheinlich: Verfolgungs- und Größenwahn. Plus Demenz.

Ich lächelte: »Nein, kleiner Spaß. Aber ich war dabei. Vorm Fernseher. In der Straße, wo ich als Bub aufwuchs, gab es einen Fernseher. In der Wirtschaft. Schwarz-weiß. Da war ich dabei.«

Sie faltete ihre Stirn, streng: »Das tut jetzt nichts zur Sache. Es geht nur darum, woran der Herr Trudeau gestorben ist. Das klärt zurzeit die Pathologie in Kempten. Ob es Fremdeinwirkung war …«

»Ich?«

»Ja, oder ob er schon tot war, bevor Sie mit ihm in Berührung kamen.«

»Ich hab mich eigens ans Bettende gestellt, damit er mir nix tun kann. Dem ist alles zuzutrauen … Dem war alles zuzutrauen.«

»Sie haben ihn also nicht berührt, als er diese ungewöhnliche Reaktion zeigte?«

»Nein, nicht körperlich, aber …«

»Aber?«

»Emotional. Ich hab ihm bewiesen, dass sein Lebenswerk im Arsch ist.«

»Was war sein Lebenswerk?«

»Rache.«

»Rache? Wie …?«

»Sinn, Ziel und Trachten seines Lebens war: Rache am Tod seines Vaters zu nehmen. Sein Vater fiel in der Normandie 1944. Trudeau glaubte, dass sein Vater als Soldat bei der Invasion am Strand von einem Deutschen erschossen oder erstochen worden ist. Und dann hat er den Soldaten, der seinen Vater umgebracht hat, ausfindig gemacht und wollte sich an ihm rächen.«

»Und wer war der deutsche Soldat?«

»Mein Vater.«

»Ihr Vater?«

»Davon war er fest überzeugt. Er wollte sich an mir rächen, weil mein Vater den seinen umgelegt hat. Fast ist es ihm gelungen, aber das ist eine lange Geschichte … Ich hab ihm bewiesen, dass er sich an dem Falschen gerächt hat, und das hat ihn umgehauen … umgebracht, seinem Leben den Sinn geraubt.«

»Man stirbt nicht wegen Mangels an Lebenssinn.«

»Frauen vielleicht nicht. Männer schon. Wahrscheinlich hat er einen Schlaganfall gekriegt oder einen Herzinfarkt oder beides zugleich.«

Von Katzenhaarallergie sagte ich nichts.

Sie schüttelte ihren Kopf, sagte versonnen: »Rache als Lebensinhalt …«

Ich sagte: »So was gibt's. Kennen S' den Roman ›So weit die Füße tragen‹?«

Sie: »Ach, von dem Kerkeling und dem Jakobsweg?«

»Nein, von Josef Martin Bauer und der Flucht aus Sibirien.«

»Nein, der ist mir nicht direkt geläufig.«

»Ja, klar. Da konnten Sie ja noch nicht einmal lesen, 1955.«

Sie wurde rot. »Nein … Da gab's mich noch gar nicht.«

Ich lachte: »Aber ich bin froh, dass es Sie jetzt gibt!«

Sie errötete schon wieder zart, sagte: »Also, zur Sache. Ich werde darauf dringen, dass das Ergebnis der Autopsie so schnell wie möglich vorliegt, und wenn es negativ ist, also wenn einwandfrei der Tod ohne physische Fremdeinwirkung als sicher feststeht, schließe ich mich mit der Staatsanwaltschaft kurz, und vielleicht können S' dann heut Abend schon in Ihre eigenen vier Wände zurückkehren.«

Ich kriegte feuchte Augen. Sagte: »Auf meine Biselalm … da müssen S' mich dann besuchen … dann trinken wir einen.«

»Nicht im Dienst!«

»Nein, privat. Privatissime.«

Sie lächelte. »Warum nicht?«

Jetzt wurde ich rot.

55 Roter Teppich

Ich war gerade auf meinem Luxusbett der JVA Kempten eingedöst.

Schreckte auf.

Ein Riesengerumpel.

Stimmen.

Schlüssel.

Der Vollzugsbeamte machte die Stahltür auf, sagte: »Bär, aufstehen, packen, raus!«

»Was heißt das?«

»Sie sind entlassen. Und Besuch haben S' auch.«

Er händigte mir meine Suizidinstrumente wieder aus:

Gürtel,

Feuerzeug,

Schuhbändel.

»Der Besuch wartet draußen vor der Tür. Man könnt meinen, der Ministerpräsident wird entlassen … So eine Gaudi für einen Rentner.«

Ich bot ihm die Hand zum Abschied, sagte: »Und noch eine schöne Zeit hier, lieber Herr …«, ich schaue auf sein Dienstschild, »lieber Herr Kolbermoos.«

Er sagte: »Wollen S' mich verarschen? Ich hab noch fünfzehn Jahr abzusitzen bis zu meiner Pensionierung.«

Ich sagte: »Fünfzehn Jahre in Sicherheit!«

Er sagte: »Raus jetzt.«

Ich sagte: »Auf Wiedersehen!«

»Ich hoff nicht. Allmählich langt's mir mit Ihnen.«

Er hatte nicht seinen humorvollen Tag. Kein Wunder, jeden Tag im Knast, und davon noch mehr als dreitausendfünfhundert Tage vor sich.

Er knallte die Tür hinter mir zu.

Nicht nur das Tageslicht blendete mich.

Denn vor der Tür standen in vollem Glanz:

Der Polizeipräsident Tom Tommer.

Seine Frau, die Sängerin und Staatsanwältin Eleonore Tommer.

Meine Pflichtanwältin Dr. Mariane Belli.

Meine Leibärztin, Vasthi Graf.

Meine Nachbarin, die Bärbel.

Sie heulte, schluchzte: »Und i han gmoint, du bist hin, erschossen. Alle ham gmoint, du bist hin. Wegen der Schießerei.«

Dr. Belli reichte mir die Hand: »Es hat sich alles bestens aufgelöst. Die Pathologie war superschnell, die Staatsanwaltschaft superkooperativ ...«

Die Staatsanwältin lächelte milde und wissend.

Vasthi Graf fiel in den Chor ein: »Warren Trudeau ist ohne Fremdeinwirkung gestorben. Hirnschlag, Herzinfarkt, Lungenembolie. Simultan.«

Tommer schüttelte mir die Hand, sagte: »Ich hab's Ihnen gleich g'sagt: Alles wird gut!«

Hatte er nicht. Anstandshalber sagte ich: »Ja, recht ham S' g'habt. Alles wird gut – wie die Nina Ruge immer sagt.«

Er war guter Dinge, als wäre er selber gerade aus der Haft entlassen worden.

Ich sagte: »Jetzt fehlen nur noch der rote Teppich und die Blasmusik!«

»Das holen wir nach. Wir bringen Sie jetzt heim auf Ihre Biselalm. Da sind Sie sicher wie in Abrahams Schoß.«

»In Abrahams Schoß kommt man erst, wenn man tot ist.«

Er lachte, sagte: »Dann sind S' eben todsicher!«

Er sollte recht behalten.

56 Auferstehung. Nur schöner.

Wir wurden vom Polizeipräsidentenchauffeur im schwarzen 5er BMW der Luxury Line auf Staatskosten nach Tal am See gefahren. Vasthi Graf war wieder zum Klinikum zurückgeeilt. Notfall. Mariane Belli, meine Pflichtverteidigerin, hatte schon wieder einen neuen Pflichttermin vor Gericht.

Wir fuhren gerade an der Autowerkstatt Schiefele vorbei.

Ich hatte eine Eingebung. Sagte: »Das muss gefeiert werden. Ich lad euch alle auf eine Runde ein, in den ›Schwarzen Adler‹.«

Frau Staatsanwalt rümpfte die Nase.
Ich sagte: »Nicht wegen mir, sondern wegen Ihnen, liebe Künstlerin, wir müssen noch feiern: *Gott soll allein mein Herze haben.*«
Sie entrümpfte ihre Nase, lächelte hold, sagte: »Ja, gute Idee, als Künstlerin darf ich mich ja einladen lassen. Als Staatsanwältin ging das nämlich nicht.«
»Nein, da täten S' die Halbe Bier als geldwertes Einkommen versteuern müssen.«
Tom Tommer lachte: »Ich darf auch nichts annehmen, aber ich versteuer es gern.«
Warum war er nur so locker-flockig fröhlich? Erwartete er schon wieder einen neuen Enkel?
Meine Nachbarin parkte ihren A3, gesellte sich zu uns.
Im Gänsemarsch stapften wir die Treppen hoch.
Ich voraus.
Eine Melodie stellte sich ein:
Jesu, geh voran auf der Lebensbahn, und wir wollen nicht verweilen, dir getreulichst nachzueilen …
Ich öffnete die Tür zum Gastzimmer, sagte zur Wirtin Maria und zu den Kartlern am Stammtisch: »Grüaß euch Gott miteinand!«
Das Echo war zerschmetternd.
Biergläser schlugen am Boden auf, Schafkopfkarten segelten zu Boden.
Die rothaarige Maria hielt sich die Hand vor den Mund und ihren Schrei zurück.
Die Kartler bekreuzigten sich.
Ich sagte: »Gelobt sei Jesus Christus!«
Sie stammelten: »In Ewigkeit, Amen.«
Es war fast wie bei der Auferstehung Christi. Nur schöner.
Maria, die Wirtin mit der wallenden roten Mähne, mit ihrem zweiten Vornamen Magdalena, derfing sich als Erste, sagte: »Und mir ham denkt, du bist hi. Erschossen. Die Bärbel hat's uns erzählt, wie s' dich vor deiner Alm erschossen ham.«
Ich sagte: »Nicht mich, sondern ihn.«
Deutete auf Tommer.

Sagte: »Darf ich vorstellen, unser geliebter Polizeipräsident von Kempten!«

Tommer winkte lässig mit der Hand, als hätte er seinen Fanclub vor sich.

»Und seine Frau, die Sängerin und Künstlerin Eleonore Tommer …«

»Die aus der Zeitung?«

»Genau die!«

Sie verbeugte sich wie nach einem Konzert.

»Und die Bärbel von Bisel, die kennts ihr ja alle … Und jetzt gibt's den Leichenschmaus. Maria, ich geb einen aus, egal, was. All you can sauf.«

Maria sagte: »Ein Leichenschmaus ohne Leich?«

Ich sagte: »Die Leich liegt in einer Stahlschublade im Keller vom Kemptener Klinikum. Mit einem Zettel an der großen Zehe.«

Einer sagte: »Wie im ›Tatort‹?«

»Grad wie im ›Tatort‹.«

»Und wer ist nachher die Leich?«

»Der nette Kanadier …«

»Der? Schad … Der war so nett. Hat auch ein paarmal einen ausgegeben. Mit dem hat man gut reden können. Er hat sich für alles interessiert, für die Küh und die Milchwirtschaft und die Leut hier überhaupt und am meisten für die Biselalm … Und über dich, Bär, hat er alles wissen wollen.«

Ich sagte: »Er hat einen Schlaganfall gehabt, Herzinfarkt, Lungenembolie.«

»Alles auf einmal?«

»Ja, das hält nicht einmal ein Kanadier aus. *Requiescat in pace.*«

Meine Nachbarin sagte: »Ja, das war ein richtiger Bazi, da hast recht.«

Ich sagte: »Jetzt wird die Leich gefeiert!«

Maria brachte taufrisches Bier, stellte es auf den Stammtisch und auf unseren eine Flasche Obstler.

Die Stimmung stieg.

»Broschd. Broschd. Broschd!«

Ich sagte zu Tommer: »Da fällt mir ein, dass Sie vorhin so gut gelaunt waren. Grund zum Feiern?«

Er nickte, lachte, ich fragte: »Und was ist der Grund?«

Seine Augen wurden feucht, er sagte mit freudenerstickter Stimme: »Ich werd nicht befördert. Ich darf in Kempten bleiben!«

57 Trompetensolo

Ich wankte selig zu meiner Alm hinauf.

Meine Nachbarin, Bärbel, wankte neben mir.

Wir wankten im Dreivierteltakt, untergehakt.

Ihr Auto stand noch vor dem »Schwarzen Adler«. Tom Tommer, der Polizeipräsident, hatte gemeint, es sähe besser aus, wenn sie nicht besoffen ins Auto steigt. Da verliert er seinen guten Ruf. Beim Stammtisch.

Er war mit seiner Frau und Künstlerin in seiner schwarzen BMW Luxury Line glücklich nach Kempten zurückgefahren, chauffiert von seinem nüchternen Chauffeur.

Wir passierten das Anwesen vom verstorbenen Waltl-Bauer.

Meine Nachbarin Bärbel sagte: »Da schau her, die Waltl-Bäuerin hat wohl Besuch. Ein schickes neues Auto steht da vor der Tür. Ein SUV. BMW.«

Ich horchte, sagte: »Und Kuschelrock klingt aus dem Fenster …«

Sie meinte: »Vielleicht ist ihr Sohn auf Besuch.«

»Wahrscheinlich. Mit seiner Freundin. Beim Matratzensport.«

Einen Kilometer weiter aufwärts erblickten wir nach der letzten steilen Kurve die Biselalm. In der Einfahrt stand zwischen den Disteln ein Citroën Spacetourer.

Sie sagte: »Und du hast auch Besuch.«

»Ich wüsst nicht, von wem. Wahrscheinlich sind's Wanderer, die ihr Auto vor der Kapelle abgestellt haben.«

Neben der Biselalm steht eine kleine Marienkapelle. Mit Blick auf den See. Sie zieht viele Besucher an. Kapellenfans.

Sie schüttelte den Kopf, sagte: »Jetzt, wo es Abend wird, kommen keine Leut mehr hinauf in die Kapelle. Da sieht man ja nix.«

Ich lachte. »Vielleicht grad deshalb. Im Dunkeln ist gut munkeln. Vielleicht machen s' ein Schäferstündchen in der Kapelle.«

»Ach, du spinnst, an was du alles denkst ... Immer nur an eins ...«

Wir verabschiedeten uns.

»Pfüad di!«, sagte sie. »Bin ich froh, dass du wieder da bist ...«

»Ich auch. Auf dem Friedhof ist's so langweilig.«

»A bissle Langweile tät dir net schaden. Auch ohne Friedhof.«

»Ja, jetzt kommen wieder ruhigere Zeiten! Außerdem könnt ich einen frischen Haarschnitt brauchen ... wennst Zeit hast. Den Winterschnitt. Damit man meinen französischen Schandschnitt nimmer sieht.«

Sie sagte: »Ja, das tät passen. Ich muss mich bloß a bissle ausruhen und dann schminken. Ich muss heut noch blasen. Orchesterprobe.«

Sie spielte Trompete.

Ich sagte: »Ich leg mich auch a halbes Stündle hin, damit ich meinen Kopf grad halten kann beim Haarschneiden. Bis nachher also!«

Sie ging in Richtung ihres Anwesens. Halbwegs gerade.

Ich sperrte auf.

Das Schloss ging nicht auf.

Es war schon auf.

Ich griff mir an die Stirn, sagte zu mir selber: »Demenz!«

Ging die Treppen hoch zu meinem Etablissement.

Wollte die Tür zur Schreibstube aufsperren. Spürte plötzlich was kaltes Hartes im Nacken.

Eine Stimme sagte: »Keine *Mouvement*! Sonst knallt ös.«

Die Stimme roch nach Calvados und Chanel No. 5.

Weiblich, die Stimme.

Ich blieb gelassen, die Biere und Obstler unserer kleinen Feier im »Schwarzen Adler« entfalteten ihre Wirkung.

Sie ließen mich die Angst überspringen. Ich spürte in meinem Bauch einen Feuerball.

Rage.

Besoffene, vom Tod Bedrohte und Wahnsinnige entfalten ungeheure Kräfte. In einer Polizeianweisung für den Umgang mit Verrückten hatte ich gelesen: Um einen Wahnsinnigen zu bändigen, braucht man mindestens vier normale Polizisten. Es waren zum Glück nur drei Typen im Raum. Meine Chance?

»Die Ände och«, sagte die Calvados-Stimme.

Ich sang: *»Die Ände zum Iimmel …«*

»Tais-toi«, pfiff sie mich an. »Schnauzé!«

Ich sagte: »Danke, aber ich brauche keine Übersetzung. So viel Französisch kann ich noch.«

Sie steuerte mich mit ihrer kalten Knarre im Genick in meine Schreibstube.

Auf meinem Schreibtischstuhl saß ein Mann.

Ich mag es nicht, wenn jemand auf meinem Schreibtischstuhl sitzt. Sagte: »Ich mag es nicht, wenn jemand auf meinem Schreibtischstuhl sitzt.«

Schaute den zweiten an, der in meinem Behandlungssessel hinter der Couch flegelte, sagte: »Dasselbe gilt für meinen Behandlungssessel!«

Die Calvados-Mademoiselle filzte mich, drückte mich auf den Rand meiner analytischen Couch.

Ich schaute sie an, dachte, ich träume, sagte: »*Oh, quel plaisir …* Mademoiselle Mireille …«

Blickte die beiden Typen an, dachte, ich träume noch immer, sagte: »Und Monsieur le docteur Charcot aus Courseulles … Und Orst … *Bienvenue à* Biselalm … Die Herrschaften geruhen wohl einen Ausflug in die Berge zu machen. Bergluft statt Meerschaum. Ich kann mich aber nicht erinnern, Sie eingeladen zu haben …«

»Quatsch keine Opern!«, raunzte Orst mich an.

Der Docteur fingerte an seinem Arztkoffer herum.

Kein gutes Zeichen. Erinnerte mich an die Gesundbeterin. Da hatte mich schon mal einer in meiner guten Stube abschlachten wollen.

Orst sagte: »Du weißt, warum wir hier sind?«

»Nein, aber ich lass mich gern aufklären.«

»Du hast unseren Chef umgebracht!«

»Euren Chef?«

»Stell dich nicht dümmer, als du bist, du seniler Wichser.«

Mademoiselle Mireille hielt weiter mit beiden Händen die Knarre auf mich gerichtet, Tränen liefen aus ihren Augen, Rotz aus ihrer Nase, aber sie hatte keine Hand frei zum Schnäuzen.

Ich sagte: »Orst, können Sie nicht mal schnell der Mademoiselle die Nase putzen?«

»Schnauzé!«

Sie hatten ihren Humor in Courseulles gelassen.

Und ihre Manieren.

Orst sagte: »Unser Chef hat wohl geahnt, dass Sie ihn umbringen könnten. Er hat uns beauftragt, im Fall seines Todes müssen wir Sie erledigen. Operation Blutwurst.«

Ich sagte: »Seine Mission erfüllen. Aber das ist ein Irrtum, ich kann Ihnen beweisen –«

Orst sagte: »Wir haben hier keine Verhandlung, sondern ...«

»... une exécution«, kam es vom Docteur her. Er fuchtelte mit einer Spritze herum, drückte ein Tröpfchen in die Luft.

»Aber ich versteh den Zusammenhang nicht ...«

Orst ging zum Du über: »Du hast unser Geschäftsmodell kaputt gemacht.«

»Ach, ihr habt wohl alle vier zusammengearbeitet. Aber wie? Der Warren hat die alten Deutschen um die Ecke gebracht ...«

Orst warf ein: »Das war sein Steckenpferd. Er hatte da so was Verrücktes mit seinem Vater, irgend so einen sentimentalen Quatsch mit Rache und Gerechtigkeit. Aber die Mademoiselle hatte dann eine geniale Idee, nicht wahr, Mireille?«

Sie zitterte mit ihren ausgestreckten Armen wie ein Kuhschwanz, keine Chance, mich zu treffen, außer durch Zufall. Orst nahm ihr das Schießgerät aus den Händen, sagte: »Fang dich wieder, mach nicht so ein Theater wegen dem ...«

Sie schlug die Hände vor das rotzige Gesicht, heulte hysterisch: »Mein Geliebter, *mon amant*, ohne ihn kann isch nischt lebben ...«

Orst herrschte sie gereizt an: »Wir auch nicht, wir müssen an seinen Nachlass ran, und das geht nur, wenn der alte Depp da«, er meinte mich, »aus dem Weg geräumt ist. Das hat der Chef so geregelt. Komm, trink!«

Er schüttete ihr mein Senfglas voll Calvados ein, das Glas schepperte gegen ihre klappernden Zähne.

»Trink!«

Sie trank.

Ich sagte: »Langsam dämmert's mir: Die Mademoiselle war die Geliebte vom Warren.«

Bestätigendes Aufheulen von Mademoiselle.

»Aber wer seid ihr beiden?«

Orst sagte: »Wir sind alte Freunde. In der Fremdenlegion hat man uns immer die Unzertrennlichen Drei genannt. Warren war das Genie, er konnte jede Rolle spielen, der Schauspieler, ich war der Organisator, und der Docteur ...«

Der Docteur schaute seine Spritze verliebt an, ergänzte: *»L'exécuteur.«*

Ich sagte: »Und in Courseulles hat Warren, wenn er nicht gerade als Lover tätig war«, schon wieder ein Aufheulen von Chanel No. 5, »die alten Boches um die Ecke gebracht. Der Docteur hat ihm die Spritzen zubereitet und die Totenscheine ausgefüllt ...«

»Alles perfekte Totenscheine, alle ›natürlichen Todes‹.« Orst war richtig stolz auf sich und seine Crew, sagte: »Und ich habe das Bestattungsinstitut aufgebaut.«

Ich sagte: »Respekt, mit den vielen teuren Überführungen!«

Der Docteur wurde amtlich: »Es ist Zeit. Unsere letzte Exécution ...«

Orst und Mademoiselle, die eine Heulpause machte, drückten mich auf die analytische Couch, ich lag auf dem Bauch, die Hände auf dem Rücken gefesselt mit Handschellen, sie fummelten an meinem Gürtel herum, ich schrie: »Man wird euch erwischen ... Die kriegen euch, und dann verreckt ihr alle drei in einem deutschen Knast ...«

Der Docteur lachte: »Monsieur Bär, machen Sie sich keine Sorgen um uns. Ich habe Methoden entwickelt ... Keiner wird merken, wie Sie wirklich zu Tode gekommen sind.«

»Ha, dass ich nicht lach! Das glaub ich nicht ... du Prahlhans.«

Der Docteur fühlte sich in seiner Ehre gekränkt, sagte: »Sie sind schon besoffen. Ich werde das noch steigern. Sie werden trinken, bis Sie bei drei Promille sind. Und sicherheitshalber noch eine Injektion reinen Alkohol. Intravenös. Das wird genügen.«

»Einen Scheiß werd ich!«

Orst setzte mir das volle Develey-Senfglas Calvados an die Lippen.

Wie ein widerborstiger Säugling drehte ich den Kopf weg: »Ich trink das nicht! Nein! Außerdem ist das Glas schon benutzt. Voller Rotz von eurer Tussi ... Mindestens ein sauberes Glas ...«

Ich musste Zeit gewinnen.

Der Docteur nickte mit dem Kopf. Mademoiselle brachte aus dem Küchenschrank ein frisches Glas.

Sie kippten es mir in den Mund, ich spuckte es aus.

Orst scheuerte mir eine, meine Zahnprothese fiel aus der Halterung, da half auch das Kukident nichts.

Ich spuckte sie aus, dann konnte ich wenigstens nicht dran ersticken.

Der Docteur schüttelte indigniert den Kopf. Sagte: »Dann müssen wir ein wenig nachhelfen.«

Er stach mir seine Spritze in den Oberarm. »Ein kleines Muskelrelaxans. Das ist gut gegen den Widerstand ... Und wenn es damit noch immer nicht klappt, dann müssen wir wirklich böse werden ...«

Ich kriegte ein Zeitproblem.

Dann kriegte ich die Panik.

Mademoiselle kam mit einem Bügeleisen aus meinem Schrank, steckte den Stecker in die Dose, schaltete ein.

Orst kommentierte: »So ein glühendes Bügeleisen wirkt Wunder. Bewährtes Mittel in der Fremdenlegion. Da haben wir jedes Geständnis rausgekriegt ... Du wirst gleich um literweise Calvados flehen.«

Sie drückten mich wieder auf die Couch, lösten meinen Gürtel, zogen mir die Hose vom Hintern runter.

Mir wurde schlecht. Und schwindlig. Vor Wut. Und Scham.

Erinnerte mich, wie meine Mutter, die nette Frau Bär, mir als kleinen Buben mit einem Kochlöffel den Hintern versohlt und meinen rot gestriemten Popo stolz der Nachbarin präsentiert hatte.

Meine Kraft ließ nach, das Muskelrelaxans fing an zu wirken.

Ich spürte die Hitze des Bügeleisens an meinem Hintern.

Wollte schreien.

Plötzlich Stille.

»Was war das?«, fragte Orst.

»Einö trompette!«, sagte Mademoiselle.

Ich dachte: Die Trompeten von Jericho.

Sagte: »Das war eine Kuh. Hier gibt's nämlich Kühe. Massenhaft.«

Die Tür öffnete sich.

Meine Nachbarin Bärbel sagte: »Hast wohl Gäste? Dann schau ich halt später noch mal …«

Ich schnellte mit letzter Kraft hoch, rammte mit voller Wucht meinen Kopf in den Magen vom Docteur, mit einer Drehung machte ich mit meinem starken rechten Fuß einen Abstoß in die Eier von Orst. Mit einem Schrei wie ein kastrierter Stier klappte er zusammen, schlug neben dem Docteur auf, der japste nach Luft.

Meine Nachbarin Bärbel begriff schlagartig das Problem, hieb mit ihrer Trompete auf den schönen Kopf der Mademoiselle Mireille ein, die sank zu Boden. Blut spritzte aus der Platzwunde.

Ich hatte meine Hände noch in Handschellen, plärrte die Bärbel an: »Schnell, nimm das Bügeleisen, bevor sie wieder …«

Sie hatte meine Idee voll erfasst – ich liebe Frauen, die mitdenken. Ich kickte zur Sicherheit gegen Nase und Nieren von Orst und dem Docteur, die sich gerade wieder aufrappeln wollten, sie kippten wieder um, Bärbel bügelte ihre Finger, es zischte wie Bratwürste auf dem Grill, stank nach verbranntem Gammelfleisch, ich kotzte, Bärbel sagte: »So eine Sauerei, schad um das neue Bügeleisen.«

Ich würgte: »Nimm dein Handy, ruf die Polizei. 110.«

Sie drückte die Notruftaste.

Ich sagte: »Jetzt warten wir, bis die Polizei kommt … Derweil kannst ja mit dem Bolzenschneider meine Handschellen aufzwicken. Dank dir, du hast mir das Leben gerettet. Das Dumme ist nur: Jetzt bin ich wieder völlig nüchtern.«

Sie sagte: »Das schad nix. Aber mit dem Haarschneiden wird's dann heut wohl nix mehr.«

»Nein, morgen ist auch noch ein Tag … Aber sag mal, wie hast du denn das hingekriegt, die Mademoiselle mit einem Schlag flachzulegen? Sie schlummert immer noch tief.«

Sie lächelte. »Ich hab doch meiner Lebtag lang Küh gehütet …«

»Ja, ich hab dich immer gesehen, in der Früh, wie du die Küh hinausgeführt hast auf die Weide, und am Abend, wenn ihr zurückgekommen seid … mit einem Stecken in der Hand … und einem Piercing im Bauchnabel. Hast das noch, das Piercing?«

Endlich hatte ich mich getraut, sie zu fragen.

Sie sagte: »Das darf nur mein Freund sehen!«

»Schade.«

»Aber zu deiner Frag: Wenn man Küh hütet, hat man immer einen Stecken dabei. Wenn eine woandershin will oder nicht folgt.«

»Und so eine Mordskuh mit fünfhundert oder sechshundert Kilo Lebendgewicht macht sich was aus so einem Stecken?«

»Es kommt drauf an, wo man hinhaut. Das lernt man, wenn man Kühe weidet. Es ist die einzige Stelle, wo es einer Kuh richtig wehtut, oberhalb der Nas.«

»Und genau da hast die Mademoiselle mit der Trompete hingehaut?«

»Genau. Und es hat hingehaut!«, sagte sie stolz.

»Sie wiegt ja auch nur siebzig Kilo«, sagte ich. »Aber trotzdem: Respekt!«

58 Atemlos

Die Morgensonne spiegelte sich in den Flaschen meiner Bar.

Glenfiddich 18, Tanqueray No. 10, Calvados, Hennessy, Tiroler Obstbrand, Ettaler Enzian. Und so weiter.

Eigentlich keine Bar, sondern ein Bücherregal. IKEA IVAR.
Von draußen: Kuhglocken.
Von innen, aus meinem Hirn: *All Morgen ist ganz frisch und neu des Herren Gnad und große Treu …*
Ein Kanon, mit dem in evangelischen Heimen Menschen in aller Herrgottsfrüh aus dem Schlaf gerissen werden.
Sadismus auf Protestantisch.
Ich war froh: Ich war nicht in einem evangelischen Heim.
Und ich war weder frisch noch neu.
Aus dem Spiegel schaute mich jemand an.
Ich sagte zu ihm: »Ich mag dich nicht, aber rasieren tu ich dich trotzdem.«
Ich fühlte mich wie eine Schlaftablette, nahm die Zahnpastatube, drückte, bürstete …
Erstarrte: Das Zeug schmeckte bitter.
Kettenreaktion im Hirn: Zyankali. Der Warren oder seine Crew haben meine Zahnpasta vergiftet.
Ich hörte ihn hämisch nachhallen: »Wer zuletzt lacht …«
Sah kalte Schweißperlen auf meiner Stirn im Spiegel.
Mir wurde übel.
Ich spuckte das Zeug aus. Spülte. Spülte …
Inspizierte meine Zahnpastatube.
Las: »Balea MEN. Sensitive Rasiercreme. Pflegt & beruhigt«.
Von wegen – beruhigt!
Die andere Tube lag noch am Waschbecken. Verschlossen. »Colgate« stand drauf.
Ich sagte zu dem entgeisterten Typen im Spiegel: »Du Depp. Du Saudepp!«

Ich duschte.
Hatte ein ausgefallenes Frühstück. Es fiel aus. Mir war immer noch schlecht.
Vom Schreck.
Posttraumatische Belastungsreaktion.
Putzte den alten Dreck aus meiner Schreibstube. Und die Paranoia aus meinem Hirn.
Kotze, Blut, Calvados … endlos. Zum Glück war der Tep-

pichboden aus den fünfziger Jahren. Bunt gesprenkelt. Dreckelt nicht so.

Die Polizei war gestern binnen zehn Minuten auf der Matte gewesen, meine drei Besucher aus der Normandie saßen in staatlicher Unterkunft.

Die Staatsanwältin war entzückt, probte schon für ihre nächsten Auftritte vor Gericht und in der Kirche. Anklage gegen eine kriminelle Vereinigung vor Gericht und BWV 248, Bach-Werke-Verzeichnis zweihundertachtundvierzig, in der Kirche. Das Weihnachtsoratorium. Sie sang, typisch, den triebhaften Teil, die Arie:

Bereite dich, Zion, mit zärtlichen Trieben,
den Schönsten, den Liebsten bald bei dir zu sehn!
Deine Wangen müssen heut viel schöner prangen,
eile, den Bräutigam sehnlichst zu lieben!

Polizeipräsident Tom Tommer lag mit einem Fetzen von Migräne im Bett. Eine Beförderung war nun doch unumgänglich, er hatte nicht nur den mörderischen Geisterfahrer gefangen, sondern auch die Franzosenbande, die dieser anführte, die Todesfälle von noch ungezählten alten Deutschen um die neunzig Jahre klärten sich auf, und er war sich nun doch wieder sicher, dass ich nicht an Verfolgungswahn litt. Seine Frau fragte an, ob er bei mir nicht wieder in Analyse gehen könnte, »wegen … Sie wissen schon was« und seiner Beförderungsphobie. Ich sagte: »Er soll jetzt erst mal seinen Rausch ausschlafen, dann sehen wir weiter. Ich hab noch zu tun.«

Ich hatte noch zu tun: zum Bestatter nach Augsburg fahren, meine Mutter beerdigen, im Grab, wo mein Vater seit dreißig Jahren lag, sein Foto als Soldat am Grabstein.

Ich zog mein einziges weißes Hemd an, meinen Trachtenjanker mit den Hirschhornknöpfen, schwarze Jeans.

Ein Leben zwischen Pest und Cholera: Den Saustall von gestern weiter ausmisten oder die Mutter beerdigen?

Der Saustall lief nicht weg, die Mutter auch nicht, aber das Gesetz schreibt vor, dass ein Toter binnen vier Tagen unter der Erde oder in der Urne sein muss.

Sonst kostet es mehr. Parkgebühren im Kühlhaus.

Ich hockte mich in meinen verbeulten Golf Diesel, vergiftete beim Anlassen das halbe Oberallgäu, rollte lustlos runter nach Tal.

Bremste.

Der BMW-SUV stand noch immer auf dem Hof der Waltl-Bäuerin.

War ihr Sohn noch immer da? Auf Urlaub? Von London?

Musik drang aus dem leeren Kuhstall. Blasmusik statt Kuschelrock.

Dann sah ich ihn.

Den Mann.

Es war nicht ihr Sohn.

Er lehnte im Outfit, das ich vor ein paar Tagen erst geliehen und frisch gewaschen zurückgebracht hatte, auf einer Mistgabel, sie – die Waltl-Bäuerin – lehnte an ihm.

Im Dirndl.

Schaute aus wie ihre eigene Tochter.

Ihr Buckel war verschwunden, sie war um einen Kopf gewachsen.

Er legte seinen Arm, in dem er keine Mistgabel hielt, um ihre Hüfte.

Ich hielt an, stieg aus, ging auf die beiden zu, sagte: »Grüaß di, Waltl-Bäuerin!«

Sie errötete zart, wie ein junges Mädchen, sagte zu ihrem Besucher: »Das isch der Bär von der Biselalm ...«

Er löste die Hand von ihrem Hintern und reichte sie mir. Seine Hand.

»Grüaß di, Bär, ich hab schon viel von dir g'hört ...«

Ich sagte, verlegen: »Was G'scheits wird's wohl itta gewäa sei.«

Er lachte, sagte: »'s kommt drauf an, wia ma's nimmt.«

War wohl früher im diplomatischen Dienst des Bauernverbandes oder der bayerischen Staatsregierung.

Die Bäuerin strahlte ihn an, sagte: »Der Sepp und i, mir kennen uns schon ganz lang ... Wir sind miteinander in die Schul gangen ... Aber dann haben wir nix mehr voneinander g'hört. Und weißt, wie wir uns wiedertroffen ham?«

Ich dachte: Wahrscheinlich bei ElitePartner oder Parship.de oder bei »Bauer sucht Frau«, sagte: »In der Kirch?«

Sie sagte: »Knapp daneben, aufm Friedhof.«

Ich dachte: die klassische Partnerbörse. Meine Mutter, Gott hab sie selig, hat da auch ihren zweiten Mann getroffen. Ich sagte: »Romantisch!«

Sie glühten sich wechselseitig an, er sagte: »Weil vor zwei Jahr isch mei Frau g'storben, und die war von Tal und wollt da auch beerdigt werden, und deshalb ...«

»... deshalb ham wir uns immer beim Grabgießen getroffen, der Sepp und ich, weil mein Mann ja auch vor zwei Jahr ... Du hast ihn ja kennt ...«

»Ich hab sogar ein paar Bier mit ihm trunken.«

»Wo keiner mehr was mit ihm zu tun haben hat wollen, weil sie gedacht ham, er hätt den Pfarrer ... Er hat dir das hoch angerechnet, dass du zu ihm g'halten hast ... Aber jetzt ...«

Ihre Augen wurden feucht. Meine auch, eine Melodie flog mir ins Gemüt:

Harre, meine Seele, harre des Herrn!
Alles ihm befehle, hilft er doch so gern.
Sei unverzagt, bald der Morgen tagt,
und ein neuer Frühling folgt dem Winter nach.
In allen Stürmen, in aller Not
wird er dich beschirmen, der treue Gott.

Sie sagte: »Wir haben uns nämlich verlobt. Gestern.«

Ich sagte: »Ah drum, ich bin nämlich gestern Nacht bei euch vorbeigangen auf dem Heimweg, und da hab ich Musik aus eurem Haus gehört. Ich hab denkt, es hört sich an wie Kirchenmusik. ›Harre, meine Seele‹ oder so ...«

Er sagte: »So ähnlich ... ›Atemlos‹. Helene Fischer. Aber hat auch gut passt.«

»Ja, da hab ich mich wohl verhört, ich bin ja auch grad aus dem ›Schwarzen Adler‹ gekommen ... mit a bissle Schlagseite ...«

Wir lachten alle drei. Alle drei verlegen.

Der Sepp drückte seine Neu-Bäuerin noch mehr an sich, sie sagte: »Ach, Bär, du warst da, wies mir schlecht gangen ist, du bist da, wo's mir wieder gut geht ... Kommt rein, das müssen wir begießen.«

Das Begießen tat mir nicht gut.

Es machte mich wackelig. Innerlich. Mir war zum Heulen zumute. Ich hätte mich an den Straßenrand hinhocken mögen und losheulen. Vor:

Glück.

Trauer.

Wut.

Erschöpfung.

Rührung.

Alles auf einmal.

59 Tiefgekühlt

Ich rief den Bestatter in Augsburg an.

»Können S' die Beerdigung um acht Tag verschieben?«

Lass die Toten ihre Toten begraben ... Matthäus 8,22.

»Ja, ich zahl's ... ich hab's doch schon vorauszahlt ... alles ... in dem Vertrag vor drei Jahr ...«

Wagenanfahrt zum Sterbeort 139,00

Einsargung 131,00

Sarg-Desinfektionsmittel 34,00

Überführung zur Hinterstellung 139,00

Trägerdienste bei Überführung 121,00

Überführungszuschlag 17.00–8.00, Samstag, Sonn- u. Feiertag 98,00

Kühlung 46,00

Und so weiter.

Das läppert sich.

Und das war erst der Anfang.

Ich hatte ein schlechtes Gewissen. Die Beerdigung verschieben, wegen so einer dummen Idee. Sie hatte sich in meinen Kopf eingefressen.

Wie kriegte ich mein schlechtes Gewissen los?

In den »Schwarzen Adler« gehen? Alkohol ist eine Substanz, in der sich das Über-Ich auflöst.

Oder in die Kirche? Beichte. Absolution. Fünfzehn Rosenkränze beten?

Doppelt genäht hält besser.

Ich fing mit dem »Schwarzen Adler« an.

Maria, die Wirtin, sagte: »Geht's dir nicht gut? Schaust aus wie g'spieben.«

»Meine Mutter ist g'storben. Ich muss sie beerdigen.«

»Oh mei ... Wie alt war's denn?«

»Über neunzig.«

»A schöns Alter.« Sie legte mir ihre Hand auf die Schulter.

Ich musste schnell schnäuzen.

Sie ging wortlos, kam mit einem Bier und einem doppelten Obstler zurück.

Sagte: »S' got aufs Haus!«

Ich musste schon wieder schnäuzen, sagte: »Scheiß-Katarrh!«

Ich war froh, dass sie sich um die Kartler kümmern musste.

Einer sagte: »Wisst ihr schon das Neueste? Die Waltl-Bäuerin ...«

»... und der Ochsensepp ...«

»... in dem Alter ... dass die sich nicht schämen ...«

»Alte Hütten brennen b'sonders gut!«

Gelächter.

Von draußen drang Blasmusik herein.

Ich schnäuzte noch mal, verschwand.

Ließ mein Auto vor dem »Schwarzen Adler« stehen.

Wie ein kleiner Bub lief ich der Blasmusik nach.

60 Brüder, Brüder auf Leben und Tod

Die Blasmusik kam aus der Kirche von Tal.

Eine Blaskapelle nach der anderen.

Aus der Kirche strömten schicke Leute, Musikanten, alle in Trachten.

Sie pilgerten hinunter zum See, vorbei an der »Wildbachkneipptretstelle, Benützen auf eigene Gefahr«, unterhalb der Kirche St. Marien, spielten auf.

Es war, schloss ich aus der Sonntigshäs, eine Hochzeit. Kirche, Sonntagskleidung. Hochzeitsmusik.

Sie zogen in ein zu kleines Veranstaltungszelt neben dem Kiosk ein.

Umta umta täterä.

Viele Kinderwagen.

Viele schöne junge Mütter.

Die Musik spielte und spielte.

Jede Kapelle übertraf die andere.

Es war eine einzige Gaudi.

Ein Schild am Eingang zum Festzelt, Schönschrift mit Kreide: »Wir wünschen Maria und Alois alles Gute für den gemeinsamen Lebensweg«.

Die Kreideschrift rührte mich unheimlich, dann kam »Amazing Grace«, das haute mich völlig um, ich fing an zu heulen, verbarg es, dachte an meinen ungemeinsamen Lebensweg.

An Frederick und seine Frau Cora und Fridolin, meinen Enkel.

An das Paar mit dem Baby, das durch den Geisterfahrer umgekommen war.

Zeit für ein Weizen.

Beruhigt.

Ging an die Ausgabestelle vom Kiosk, niemand da. Alle waren mit der Hochzeit beschäftigt.

Ein Mann sagte: »Ich hol Ihnen jemand!« Er saß bei einem Mann, jünger als er, holte jemand.

Ich dachte: Sie sind schwul. Nur Schwule sind so freundlich.

Ich kriegte mein Weizen, die Bedienung entschuldigte sich fürs Warten, ich setzte mich, nickte dem schwulen Freundlichen dankend zu. Er nickte zurück.

Die Musik spielte einen Schlager, eine Schnulze, ein Volkslied nach dem anderen, sie spielten sich in einen Rausch hinein.

Wenn wir erklimmen … schwindelnde Höhen … dem Gipfelkreuz zu … Wir kommen wieder, denn wir sind Brüder, Brüder auf Leben und Tod … Herrliche Berge, sonnige Höhen …

Ein Prosit, ein Prosit der Gemütlichkeit … ein Prosit …

Und dann die Hände zum Himmel … komm, lasst uns fröhlich sein … wir klatschen zusammen … und keiner ist allein.

Und dann die Hände zum Himmel … komm, lasst uns fröhlich sein … wir klatschen zusammen … und keiner ist allein.

Schmarrn.

Ich war allein.

Alleiner ging's nimmer.

Junge Mütter im Dirndl hielten ihre Babys in den Armen, wiegten sich im Rhythmus der Musik.

Ein junger Vater, in Lederhosen, machte ein Selfie von sich und seiner Frau und seinem Baby.

Glück pur.

Ich bin gerührt, traurig, dankbar für mein Scheiß-Leben und denke, das sollte ich nicht denken.

Gehe ans Wasser.

Ins Wasser? Ich könnte mich nie im Wasser umbringen.

War schon immer wasserscheu.

Drücke mich an die Holzhütte von der Wasserwacht. Wo mich keiner sehen kann.

Etwas schüttelt mich.

Mein eigenes Heulen.

Heule um meinen Vater. *Nachgetragene Liebe.*

Heule um Warrens Vater.

Um Warren.

Wir waren wie Brüder, teilten das gleiche Schicksal. Kriegsopfersöhne.

Brüder wie Kain und Abel.

… Brüder auf Leben und Tod …

Ich zog die Hundemarke aus meiner Hosentasche.

Hatte sie aus der Intensivstation gerettet.

Genau gesagt: Geklaut.

Aber gehörte ja mir.

Schaute sie an.

Gute Arbeit. Sah echt nach echt aus.

So richtig alt. Ausm Krieg eben.

Gute Arbeit. Vom Kunstschmied in Sonthofen.

Sie hatte ihren Dienst getan. Mich gerettet. Warren umgebracht.

Zurückgeben wollte ich sie nicht, dem Kunstschmied.

Ich kannte ihn nicht mal persönlich.

Ich warf sie in den See von Tal.

Gute Arbeit. Ein Kunstwerk. Fünftausend Euro.

Ein Schnäppchen.

Für ein Leben.

Mein Leben.

Es wird kühl, ich schleiche mich. Halte noch mal an vor dem Zelt.

Die Musiker und überhaupt alle stehen auf den Bänken, klatschen, spielen, singen, ein Riesenspaß. Ein paar sehen mich, bieten mir ein Glas Wein an, sie freuen sich über einen Zuschauer, ich winke, nein danke, gehe.

Schaue mich noch mal um und sehe: Ein paar Burschen treten aus dem Zelt, aus einem Seitenschlitz, knöpfen den Hosenladen ihrer Lederhosen auf und schiffen ungeniert in die Blumenschalen vor dem Zelt. Ein Mädchen im Dirndl kommt, schaut, kichert, dreht ab.

Dann gehe ich zurück in den »Schwarzen Adler«.

Sehe den Audi A3 von meiner Nachbarin davonsausen.

Ein Tisch mit einem Paar.

Zahlt, geht.

Ich bin der einzige Gast.

Warte lange.

Die Maria kommt.

Ich glaub, ich seh nicht recht.

Sie hat ihr langes, wallendes, rotes Maria-Magdalenen-Haar eingetauscht gegen eine blonde Perücke, so sieht das Ding jedenfalls aus, das eine Frisur sein soll. Sieht hundert Jahre älter aus.

Mir fällt die Klappe runter. Ich bin entsetzt.

Sie dreht sich kokett vor mir.

»G'fällt dir meine neue Frisur? Die Bärbel von euch da droben war grad da ...«

»Und hat dir den neuen Winterschnitt verpasst?«

»Ja, genau. Was sagst jetzt?«

Ich denke: So kriegst keinen Mann mehr, sage: »Ich bin sprachlos …!«

»Gell, ich hab mir schon denkt, dass dir die Frisur gefällt.«

»Du, da brauch ich gleich was Warmes im Bauch. Ein Schnitzl! Und einen doppelten Obstler dazu!«

Die Schnitzel kosteten immer noch fünf Euro, waren aber größer geworden, die Pommes auch.

Die Stammtischler fehlten.

Der Stammtisch sah aus wie ein Wohnzimmerküchentisch, Kinderzeug lag rum …

Immerhin standen Schnäpse an der Theke.

Wir redeten nichts.

Ich aß mein Schnitzel mit Pommes, staunte, dass ich so hungrig war, es schmeckte nach Leben.

Und so preiswert! Oder steckte da Geldwäsche dahinter?

Ich dachte: Für das Hundemarkenkunstwerk hätte ich tausend Schnitzel gekriegt.

Essen und Trinken hält Leib und Seel zusammen.

Ich hatte noch eine Menge Arbeit vor mir. Mit Leib und Seel.

Ein Radlerpaar kam, schaute, setzte sich an den Nebentisch.

Ich sagte: »Machen S' wohl den Bodensee-Königssee-Radweg?«

Sie nickten, stolz.

»Respekt!«, sagte ich, wechselte noch ein paar Worte mit ihnen.

Trank aus, ging aufs Klo.

Stand vor den drei Pissoirbecken mit den Schildern:

»Bier«,

»Wein«,

»Wasser«.

Entsorgte das Aktienbräu Kaufbeuren ordnungsgemäß bei »Bier«.

Auf dem Gang zog ich mein Hosentürl zu.

Machte mich auf den Weg zu meinem letzten Geschäftstermin.

61 Weitblickhock

Das Wetter hatte von Hochzeit auf Polartief umgeschlagen.

Ich hockte am Weitblickhock.

Eine windgeschützte Bank auf dem Hügelkamm oberhalb von Mittelberg.

Man schaut in Richtung Süden auf das Alpenpanorama, in Richtung Norden auf Kempten und weiter bis zum Horizont. Bis zur Normandie.

Heute schaute man in Richtung Süden in den Nebel, in Richtung Norden in den Nebel, in Richtung Osten in den Nebel, in Richtung Westen in den Nebel.

Rundum Nebel.

Von allen Seiten umgibst du mich. Psalm 139,5.

Nebel. Und Regen.

Ein Motorrad ratterte heran.

»Da bist ja endlich!«, sagte ich.

Es war der Schimmelreiter vom Allgäu.

Manni, ganz in Schwarz. Springerstiefel.

»Pressiert's dir so?«

»Ja, ich hab noch eine Menge Arbeit vor mir.«

Sagte nicht, welche.

Ging ihn auch nichts an.

Wir stellten uns in den Windschatten der Holzwand.

»Hat's passt?«, fragte er.

»Klasse. Beste deutsche Handwerksarbeit, die Hundemarke.«

»Ja, von einem von unseren Kameraden. Dem Kunstschmied. Der Sohn von einem Kamerad von meinem Opa.«

Ich langte in meine Brusttasche, sagte: »Hier ist der Umschlag. Wie vereinbart.«

Manni druckste herum.

»Es ist leider a bissle teurer geworden ... Und es war eine Menge Lauferei. Besonders mit dem Schreiben, das du braucht hast. Vom Wehrmachtsarchiv.«

»War eine super Fälschung. Hat richtig echt ausgeschaut.«

»Zu was hast das eigentlich alles gebraucht?«

»Zum Überleben.«

»Versteh ich nicht.«

»Musst auch nicht. Also, was kostet es? In dem Umschlag sind fünftausend Euro.«

Er druckste wieder. »Es kostet a paar Euro mehr ...«

»Wie viel mehr?«

»Fünfhundert.«

»Da krieg ich ja ein gebrauchtes Auto dafür.«

»Hättst dir halt dann ein gebrauchtes Auto gekauft.«

Arsch! Frecher.

Ich langte in meine Brieftasche.

»Hier sind noch mal fünf Hunderter ... Und ein Hunderter Benzingeld. Damit deine Oma öfter besuchen kannst.«

»Oh ... dank schön.«

Er wurde ganz milde.

Kriegte wässrige Augen.

Steckte die Scheine in die Brusttasche von seinem Uniformhemd.

Sein rechter Arm zuckte.

»Hei...«

Ich winkte mit meiner Hand auf Wiedersehen, sagte: »Hei! Du weißt schon, dass der Hitlergruß eine fristlose Kündigung rechtfertigt. Urteil vom Arbeitsgericht Hamburg.«

Er sagte: »Dann kündigst mich halt!«, schwang sich auf sein Motorrad, gab Gas.

Nummernschild »HH-1933«.

Sein Motorrad war aber nicht in Hamburg zugelassen. Auch nicht 1933.

Unsere Ehre heißt Treue ...

Ich drehte mich um.

Jetzt kam die schwierigste Arbeit.

62 Für zwanzig Euro was Rotes

Ich fuhr Richtung Augsburg, Bestattungsdienst Friede, mein Auto landete aber in Scheidegg.

Stanzi hatte mich angerufen: »Mein Schatz, ich bin wieder zurück aus Paris.«

»Wie war's?«

»Himmlisch! Und bei dir?«

»Eher unterirdisch ...«

»Warum?«

»Das erkläre ich dir später. Wo bist du denn gerade?«

»In der Klinik!«

»Ich bin in fünf Minuten bei dir!«

»Wie?«

Ich legte auf.

Steuerte einen Blumenladen an. Blumen Rottach.

»Was soll's denn Schönes sein?«

»Mir wurscht. Für zwanzig Euro was. Mit Rot. Hauptsach, schnell.«

»Pressiert's?«

»Ja, wenn's länger dauert, ist der Empfänger schon tot.«

»Ah so ...«

Stürmte mit meinem roten Express-Blumenstrauß in der Hand in Stanzis Suite.

An der Sekretärin vorbei.

Sie rümpfte die Nase. Rollte die Augen.

Wie immer.

Ich schlug die Tür zu.

Stanzi hockte vor ihrem Laptop. Zahlenkolonnen. Statistik.
Sie schaute kurz auf.

»Süßer! Gleich, ich muss nur noch schnell –«

»Ich muss noch schneller. Ich will –«

»Was willst du?«

»Dich!«

Sie schwang sich auf ihrem Chefsessel herum. Mund offen.

Ich hielt ihr meinen Zwanzig-Euro-Brautstrauß hin, sagte: »Ich will mich mit dir verloben. Aber da gehören zwei dazu. Wennst auch willst ...?«

»Aber ...«

»Es ist ein Notfall. Ja oder nein. Drei Sekunden.«

Sie sagte: »Hast mich schon überredet!«

»Und morgen geht's auf die Verlobungsreise!«
»Wohin?«
»Wo alles angefangen hat ...«

63 Kampf mit dem Hummer, Teil II

Wir saßen im »La Plage«. Courseulles-sur-Mer.

Stanzi und ich.

Ich hatte ihr die ganze Geschichte mit Warren erzählt.

Blass war sie geworden.

»Mein Jott ...!«

Sie verdaute die Neuigkeiten immer noch.

Ich kämpfte mit einem Hummer.

Dem zweiten in meinem Leben.

Stanzis Verlobungsring glänzte an ihrem Ringfinger.

Meiner auch. An meinem.

Französische Ringe. Von Laura Bijoux in Courseulles.

Beim Einkaufen waren wir am Bestattungsunternehmen Paix vorbeigekommen.

Ein laminiertes Schild informierte: *»Fermé«*.

Das gleiche Schild klebte an der Praxis vom Docteur Charcot.

Stanzi sagte: »Darf ich dich was fragen?«

»Es kommt drauf an, was es ist ... aber probier's doch einfach aus!«

Sie zögerte: »Glaubst du wirklich, dass dein Vater vor siebzig Jahren hier war ... und den Vater vom Warren ...«

Ich sagte: »Jetzt fang doch nicht schon wieder mit dem blöden Krieg an ... wo wir grad so gemütlich beinandersitzen!«

»Tut mir leid.«

Ich legte meine Hand auf ihre. Sagte: »Mein Vater hat nie mit mir über den Krieg gesprochen, nur ein paarmal Andeutungen gemacht. Ich hab nach seinem Tod vor dreißig Jahren ein paar Notizen gefunden, wo er überall rumgekommen ist. Er hat es auf eine Landkarte mit Rot eingezeichnet, drunter stand: ›Mein Kriegseinsatzgebiet 1943–1945‹. Dann hab ich gerechnet. Wie er in den Krieg ist, war er siebzehn, wie der Krieg aus war, war er ein Veteran von neunzehn Jahren. Er war in Holland als Fallschirmjäger, in England in Gefangenschaft ... Und eine Geschichte hat er mal erzählt: In den letzten Kriegstagen wollte er sich noch zu den Kampftauchern melden, er war achtzehn. Er ging in das Rekrutierungsbüro auf Fehmarn, ein alter Feldwebel saß drin, hörte ihn an, wie er das Vaterland im Alleingang retten wollte, schaute, sagte: Bub, schleich dich!«

Ich konnte nicht weiterreden. Meine Stimme erstickte in Tränen. Ich drückte sie tapfer runter. Tapfer wie ein Soldat.

Ich nahm einen tiefen Schluck Calvados, Soldaten kriegten auch immer Schnaps vor dem Angriff. Er brannte. Der Calvados. Verbrannte den Schmerz im Herz, ich fing mich wieder, sagte: »Nur einmal hat mein Vater mir eine Geschichte erzählt, lustig mit einem Ton bitter: Wie er mal im Heimaturlaub war, mit siebzehn, wollte er mit seinen Kumpeln ins Kino, das einzige in der Stadt, das noch lief, die Kohlen zum Heizen musste man mitbringen. Sie wollten ihn nicht reinlassen, in den Film.«

»Warum nicht?«

»Der Film war erst ab einundzwanzig erlaubt. Nicht jugendfrei. Mein Vater ist dann ausgerastet und hat geplärrt: Aber die Front, die ist wohl jugendfrei, und hat seinen Wehrmachtsausweis auf die Kasse geknallt.«

»Dann haben sie ihn reingelassen?«

»Ja. War wohl sein einziger Sieg im Krieg. An der Heimatfront.«

Noch ein Calvados.

Stanzi fragte: »Weißt du denn, ob er auch in der Normandie war?«

Ich räusperte mich, sagte: »Ja, er war in der Normandie. Bei der Invasion 1944. Er war – laut seiner Landkarte – auch in Rouen. Das war ja von den Deutschen bis in den August 1944 besetzt. Und wurde deshalb von den Alliierten zerbombt, sieben Jahre hat man gebraucht, bis es wiederaufgebaut war. Ähnlich wie Caen, wo wir durchgefahren sind. Aber ob er bis Caen oder gar bis nach Courseulles gekommen ist, weiß ich nicht. Ich kann es aber auch nicht ausschließen.«

»Warum hast du dann das mit der Hundemarke gemacht ...?«

»Warren war besessen von der Idee, seinen Vater zu rächen. Rache, das wäre seine Erlösung gewesen. Und er hat sich an den ›Beweis‹ mit der Hundemarke geklammert wie an einen Rettungsring ... Ich hätte Warren umbringen können, direkt, aber dann wäre ich im Knast gelandet, wieder mal Täter und Opfer zugleich. Deshalb musste ich die Idee umbringen, seine fixe Idee, von der er lebte. Diese Idee hat ihn beseelt. Und als ihm klar wurde, dass diese Idee ein Hirngespinst war – vielleicht –, ist seine Seele eingegangen, und sein Körper mit. Hirnschlag, Herzschlag, Lungenembolie. Ich hab seine Idee zerstört. Der Mensch lebt nicht vom Brot allein. Sondern auch von Ideen. Sonst säße ich jetzt nicht hier. Mit dir. Verlobt.«

»Darf ich dich noch was fragen?«

»Gut, wenn wir schon dabei sind ...«

»Glaubst du an die Auferstehung ... dass sich dann alle wieder treffen? Ich hab neulich eine Todesanzeige gelesen: ›Bis wir uns wiedersehen am Ende der Welt‹.«

»Das mit der Auferstehung ist so eine Geschichte. Die Leut stellen sich dies und jenes vor. Was G'wieß weiß man nicht. Aber ich hoffe schwer, dass die Auferstehung nicht stattfindet, jedenfalls Auferstehung und Wiedersehen und so was wie Familienaufstellung über den Wolken. Dann ging nämlich das ganze wahnsinnige Theater mit Mord und Totschlag wieder von vorn los. Unsere Väter haben sich umgebracht, und wir Söhne haben das gleiche Theater wiederholt. Und den Warren wollte ich schon gleich gar nicht wiedertreffen ... nicht mal im Jenseits.«

Stanzi war blass geworden. Schon wieder.

Schaute auf meinen geschundenen Hummer, sagte: »Ich glaub, mir wird schlecht ...«

Ich sagte: »Wegen der Auferstehung?«

Sie schüttelte den Kopf.

Ich sagte: »Ich glaub, das ist der Stress ... nach Paris ... nach der Geschichte mit dem verrückten Warren, Gott hab ihn selig ... und wegen der Verlobung, so was macht man ja nicht jeden Tag, da fehlt die Übung ... Komm, trink einen Schluck

Wein. Wir machen uns jetzt eine gute Zeit ... Meine Mutter ist gut aufgehoben ...«

Ich deutete mit meinem Hummerwerkzeug nach oben, Richtung Himmel, sagte mit meiner pensionierten pastoralen Stimme: »Und alles wird gut ... auch mit uns zwei ...«

Ich rieb mir etwas aus den Augen, rettete mich mit einer Dosis Ironie: »Ich muss aufpassen, dass ich nicht auf meine alten Tage noch zum gläubigen Menschen werde, davor bewahre mich Gott! Komm, machen wir uns ein paar schöne Tage!«

Ich hob mein Glas, um mit ihr anzustoßen.

Sie hob ihr Glas, setzte es an die Lippen, stockte, sagte: »Apropos Tage ... Meine Tage sind schon zwei Wochen überfällig ...«

Jetzt stockte ich. Mein Hummer bekam eine Kampfpause.

Stellte das Glas auf den Tisch, sagte: »Als medizinischer Laie tät ich sagen, da gibt's einen einfachen kausalen Zusammenhang zwischen ausgebliebenen Tagen und Übelkeit ...«

»Du meinst doch nicht ... Mir wird's ganz heiß!«

»Genau das mein ich. Das kommt davon, wenn man sich verlobt.«

»Aber ...«

»Der eine geht, der andere kommt. Also, freu dich halt! Jetzt stoßen wir drauf an, auf unseren –«

»Unsere!«

»Unseren oder unsere ... Einen Namen bräucht's halt, das Kind, wenigstens zum Anstoßen.«

Sie kriegte wieder Farbe ins Gesicht, sagte: »Wenn's ein Mädchen wird ... heißt's ...« Sie schaute auf ihr Weinglas. »... Rosé!«

»Und wenn's ein Bub wird ... Calvados!«

Sie glänzte. Sagte: »Vielleicht werden's Zwillinge.«

Jetzt wurde ich blass.

Ich sagte: »Musst es ja nicht gleich übertreiben.«

Sie lachte, sagte versonnen: »Rosé und Calvados ... Aber im Allgäu ... da wird ein Kind mit solchen Namen doch ausgelacht!«

»A woher. Die sagen alle zu ihr Rosi und zu ihm Kalvi. Klingt nach Kälbchen.«

Sie kicherte. »Du spinnst!«
»Da hast aber lang braucht, bis da draufgekommen bist!«
Ich hob mein Glas, sie ihres, wir stießen an:
»Prost, Rosi!«
»Prost, Kalvi!«

64 Sintflut

Nichts war's mit dem Altweibersommer.
Ein donnerndes Septembergewitter zog auf.
Es schüttete in Strömen.
Ich vergaß meinen Schirm im Auto.
Rettete mich durchgeweicht in die Friedhofskapelle.
Gerade noch rechtzeitig. Stau auf der B 17 zwischen Königsbrunn und Augsburg.
In der Kapelle: der Sarg.
Aus italienischem Holz.
Nicht gerade billig.
Aber preiswert.
Günstiger konnte ich meine Schuldgefühle nicht abbezahlen.
Mutter wäre entzückt gewesen.
Am liebsten hätte ich den Deckel aufgemacht und gesagt: »Mama, das ist fei ein ordentlicher Sarg!«
Sie legte Wert auf so was.
Da konnten die Leute nichts Abfälliges sagen.
Es waren sogar Leute da. Ich hatte schon befürchtet, ich stünde allein am Grab.
Wie eine Asozialen-Beerdigung.
Wie die Beerdigung von Warren.
In Kempten.
Da war ich der Einzige, der vor dem Sarg stand.
Einäscherung.
Ich hatte die Kosten übernommen.
Nicht aus Pietät.
Aus schlechtem Gewissen.

Und weil ich sichergehen wollte, dass er tatsächlich tot war.
War er.
Ich hatte extra den Sarg noch mal öffnen lassen.
Hatte ihn angelangt, den Warren, mit seinem verkratzten Gesicht.
Das Gesicht war kalt.
Ich hatte ihn kaltgemacht.
Er oder ich.
Ich hatt einen Kameraden …
ihn hat es weggerissen,
Er liegt mir vor den Füßen,
Als wär's ein Stück von mir.
Mein guter Kamerad!
Das arme Schwein.
Die weiße Katze hatte ich adoptiert.
Ich kehrte zurück in die Friedhofskapelle. Spielte den Gastgeber, schüttelte Hände, bedankte mich murmelnd fürs Kommen.
Manche Hände kannte ich.
Die Leute, die auf der Alm ihre Wohnungen hatten, waren gekommen. Alle.
Ich kriegte feuchte Augen vor Dankbarkeit.
Andere konnte ich nicht mehr zuordnen, sah in Gesichter, die ich kannte, als ich noch ein Bub war, und die Leute aus einem Bauerndorf bei Günzburg, die in die Stadt zu meinen Großeltern gekommen waren, einmal im Jahr, im Spätherbst, mit Traktor ohne Heizung, halb erfroren in Decken gehüllt. Sie brachten in der »schlechten Zeit« nach dem Krieg:
Kartoffeln.
Mehl.
Eier.
Presssack schwarz.
Presssack weiß.
Selbst geschlachtet.
Sie tauten auf, in der überhitzten Wohnküche meiner Großeltern, dem Wohnzimmer meiner Kindheit.
Sie tauten auf, es roch nach Stall.

Warm, würzig, tierisch, milchig, ein Hauch von Schwein darunter.

Stimmung wie im Stall von Bethlehem.

Manche Gesichter hatten Ähnlichkeit mit denen von damals. Gut sechzig Jahre älter. Ich erkannte sie an ihren Stimmen, an ihren Bewegungen, kam mir wieder vor wie der kleine Bub. Sie hatten Blumengebinde in den Händen. Statt Mehl, Presssack und Eier.

Sie waren da. Presssack für meine Seele.

Auf dem Sarg ein riesiger Kranz mit rosa Rosen.

Zum Freundschaftspreis von vierhundert Euro.

Vom Cousin Josef aus Friedberg.

Neben dem Sarg ein Notenständer.

Hinter dem Notenständer ein junger Mann, schwarzer Anzug, schwarze Krawatte.

Ich konnte mich nicht erinnern, meinen Sohn Frederick jemals in Schwarz gesehen zu haben. Ich kannte ihn früher in Windeln und danach im T-Shirt.

Er stimmte seine Geige.

Die Geige: ein Geschenk seiner Oma, die im Sarg lag und sicher vor Freude geweint hätte, hätte sie ihn sehen und hören können, ihren Enkel.

Tote können nicht mehr weinen.

Leider. Gott sei Dank.

In der ersten Bank: seine Frau Cora, mit dem Baby Fridolin auf dem Schoß.

Mein Enkel. In schickem Trachtengewand. Mit Schnuller im Mund.

Ich schaute die drei an.

Immer wieder unauffällig.

Es war nicht selbstverständlich, dass sie da waren.

Ich meine nicht wegen der Entfernung – aus Bonn. Schlappe fünfhundert Kilometer.

Ich meine: Sie hätten auch tot sein können. In der Ewigkeit. Fünfhundert Lichtjahre.

Bevor mich meine Dankbarkeit überwältigen konnte, kam mir meine Wut zu Hilfe.

Auf Warren.
Er hatte eine andere junge Familie in den Tod geschickt. Der Irre!
Wir warteten auf den Pfarrer.
Ohne den konnten wir schlecht anfangen.
Ich schaute mich in dem Raum um.
Vor dreißig Jahren war ich auch schon mal hier.
Da lag mein Vater aufgebahrt.
Hinter Glas.
Ein Angestellter sperrte auf.
Ich ging zum Sarg, zu meinem Vater, der noch im Tod süffisant schaute.
Was ich hasste.
Ich wollte was zu ihm sagen, fand keine Worte.
Beugte mich über ihn, drückte ihm ein Bussi auf seine eiskalte Stirn, hauchte: »Sorry … pfüadi!«
Knödel im Haus.
Tat weh.
Ich schreckte aus meiner Zeitrückreise auf, erleichtert.
Der Pfarrer eilte herein, mit nassem Schirm.
Ein Mann um die vierzig, graues Haar, Pferdeschwanz.
Mir graute.
»Grüß Gott, Herr Pfarrer Schindler. Ich bin der Sohn. Vielen Dank, dass Sie die Beerdigung meiner Mutter übernehmen.«
»Mein Beileid. Gern.«
Er entschwand in die Sakristei, kam im Talar wieder raus, der Pferdeschwanz fiel auf die samtenen schwarzen Schultern.
Seine Stimme gefiel mir weit besser als seine Frisur.
Sachlich, aber nicht kalt. Beruhigend, aber nicht betüttelnd. Bestimmt, aber nicht bestimmend.
Gar nicht so ohne, der junge Kollege.
Er wusste nicht, dass ich auch ein Kollege war. Ex-Kollege.
Wollte ich mir und ihm ersparen.
Im Namen Gottes des Vaters und des Sohnes und des Heiligen Geistes.
Amen.
Er hielt sich streng an die Agende, die ich auswendig kannte.

Er verlas den Lebenslauf meiner Mutter, den ich ihm gemailt hatte.

Auf ein persönliches seelsorgerliches Gespräch hatten wir einvernehmlich verzichtet.

Wegen der Entfernung. Hundertfünfzig Kilometer von Tal am See nach Augsburg.

War die offizielle Version.

Die inoffizielle, jedenfalls meine: Ich wollte kein seelsorgerliches Gespräch. Womöglich hatte er KSA-Kurse gemacht. Klinische Seelsorge-Ausbildung. Da geht's immer um Gefühle. Gefühle waren das Wenigste, was ich brauchen konnte.

Zum Überleben.

Ich brauchte eine anständige Beerdigung für meine Mutter und mich. Keine Gefühlsduselei.

Er sprach den Vornamen der Verstorbenen falsch aus.

Ich war ihm dankbar.

Ich motzte im Kopf. Motzen ist leichter als trauern.

Mein Sohn Frederick spielte ein Stück aus dem Violinkonzert D-Dur, Opus einundsechzig von Ludwig van Beethoven.

Ich sah ihn, wie er noch klein war und auf der Geige geschrubbt hatte. Der Oma zum siebzigsten Geburtstag ein Ständchen gespielt.

Rührung drohte.

Mein Enkel warf seinen Schnuller in Richtung Sarg.

Ich war ihm dankbar. Lenkte mich ab.

Ich stand auf, holte den Schnuller zurück.

Fridolin war entzückt.

Wollte ihn gleich wieder seiner Uroma zuwerfen.

Seine Mama schritt ein.

Der Beethoven verklang.

Die Schlussgebete kamen, kannte ich auch. Aus der Agende.

»... vergeben sei, was zu vergeben ist.«

Meine Ex saß neben mir. Für diese halbe Stunde waren wir noch mal ein trautes Paar.

Vasthi weilte auf einem Kongress. Sie hatte neuerdings ihre Leidenschaft an Kongressen entdeckt. Oder an dem, was auf Kongressen so stattfindet. Geselligkeitshalber. Hing wohl mit ihrem Einwegrasierer in ihrem Bad zusammen. Marke »Isana Men«.

Stanzi war auch nicht dabei. »Ende und Anfang soll man nicht mischen«, hatte ich ihr gesagt. »Ich muss das allein für mich ausmachen, das Ende meiner Familiengeschichte.«

Sie hatte nicht verstanden, geschnauft: »Männer …«, aber akzeptiert.

»… vergeben sei, was zu vergeben ist …«

Meine Ex schluchzte leise.

Sie tat mir leid. Vierzig Jahre lang, ohne eine Stunde Pause, war sie von ihrer Schwiegermutter still gehasst worden. Sorry, dachte ich. Wollte meine Hand auf die ihre legen. Traute mich nicht. Angst vor Dammbruch. Der Gefühle.

Kriegte einen Anflug von Wut auf meine Mutter. Vierzig Jahre war ich zwischen Mutter und Frau eingeklemmt gewesen wie in einem Schraubstock. Hatte versucht, zu vermitteln, zu besänftigen … versagt.

»… vergeben sei, was zu vergeben ist.«

Vergeben ja, vergessen nein.

Die Trauergemeinde zog zum Grab.

Im Starkregen. Eine Sintflut mit Blitz und Donner kam hernieder.

Ob sie das bestellt hat?

Der magische Moment, an dem alle Tränendämme gewöhnlich brachen, kam: Wenn der Sarg in die Erde hinabgelassen wird.

Die Männer in ihren patschnassen Friedhofsuniformen standen bereit, die Seile in den Händen.

Der Regen ertränkte die Tränen.

Frederick und ich standen nebeneinander.

Der Pfarrer war fertig, stimmte zum dritten Mal ein gemeinsames Vaterunser an.

Der Sarg senkte sich in die Erde.

Der Regen prasselte.

Jemand hielt einen Schirm über meinen Kopf.

Ich dachte: Jetzt sind sie wieder alle beieinander, wie früher im kleinen Häuschen. Oma und Opa, Mama und Papa.

Ohne mich. Gott sei Dank.

Der Pfarrer entfernte sich.
Man schüttelte mir zum Beileid die Hand. Jeder.
Blickte zum Himmel.
Sintflut ohne Ende.
Die Gratulationscour war schnell zu Ende.
Ich schaute auf die Kränze und Gebinde mit den Schleifen.
War gerührt.
Vom Donner.
Denn auf einer der Gebindeschleifen las ich, in Gold: »Sorry – Warren«.

65 Rauchopfer

Es war wie ein Schlag auf den Kopf und in den Magen auf einmal.

Lebte er etwa noch? War seine Leiche in Kempten nur ein Fake?

Nein, ich hatte ihn doch mit eigenen Augen im Sarg liegen sehen.

Bei Warren war ich mir nie sicher, nie …

Eine Viertelstunde später stand ich mit Frederick vor dem Unterbaarer Hof.

Leichenschmaus.

Wir rauchten eine miteinander.

»Hast du den Kranz von Warren, dem Kanadier, gesehen?«

»Ja. Ich hab mich auch gewundert, wie der dahin kam.«

»Lebt er doch noch?«

»Jetzt spinn doch nicht, Papa! Er hat ihn wahrscheinlich schon lange vorher beim Bestatter in Auftrag gegeben.«

Frederick ist Mathematiker. Er konnte denken.

Ich nicht mehr.

Frederick sagte: »Vielleicht wollte er sich einfach entschuldigen.«

»Der Warren … der Verbrecher …«

Frederick sagte: »Hast du nicht in deinem Buch ›Verrückte Seelsorge‹ geschrieben, dass es Leute gibt, die sind gespalten?

Nach außen nett, empathisch, warm – nach innen eiskalt, gewissenlos, skrupellos. Und beide Seiten wissen nichts voneinander.«

»Meinst du den Warren?«

»Wen sonst?«

»Ich dachte an die Oma.«

»Wirklich? Nein, Papa. Deine Theorie geht mit dir durch! Aber ich geh jetzt wieder rein. Auf den Fridolin aufpassen. Damit die Cora in Ruhe essen kann.«

Ich blieb allein stehen, schnipste die Kippe in eine Pfütze.

Ein Passant schüttelte den Kopf. Sagte: »Ausländer, verreckte!«

Der Leichenschmaus wurde, wie es Leichenschmäuse so an sich haben, recht fröhlich mit Auferstehungsstimmung. Nach ein Paar Bieren und Schnäpsen kamen alte Weißt-du-noch-Geschichten von früher.

Hier setzte meine Erinnerung aus.

Filmriss.

66 Angekommen

Als der Film weiterlief, stand ich auf dem Hof der Alm mit der gezielten Verwilderung, stellte den Motor ab.

Zündete mir eine an.

Hing hinter dem Steuer wie erschlagen.

Keine Kraft zum Aussteigen.

Dachte an den Kollegen im Talar mit Pferdeschwanz.

Dachte an meinen Talar, der im Schrank hing und seit meiner Pensionierung kein einziges Mal benutzt worden war.

Ich hatte einen heiligen Schwur getan: Nie wieder Talar!

Warum?

Die Kuhglocken läuteten.

Wie Kirchenglocken.

Und dann dämmerte mir wieder die Stelle, wo der Film gerissen war:

»Kennst du die Geschichte vom Stadlbauer?«

»Welcher Stadlbauer?«

»Stadlbauer war der Hofname vom Vater von Emil, deinem Großvater.«

»Also mein Urgroßvater ... Was war mit dem?«

»Der war ja im Gefängnis.«

»Warum, was hat er angestellt?«

»Er hat seinen Sohn im Streit erstochen und ist dafür ins Zuchthaus gekommen.«

»Gibt's doch nicht! Mein Urgroßvater soll seinen eigenen Sohn erstochen haben? Meine Mutter hat immer erzählt, wie vorbildlich und gut die Verwandtschaft war. Lauter feine Leute. Anständig, fleißig, ehrlich, friedlich ... Kein böses Wort.«

»Nein, da hat's noch eine andere Seite gegeben in unserer Verwandtschaft ...«

»Und was ist dann aus dem Stadlbauer ... meinem Urgroßvater geworden?«

»Er ist nach vielen Jahren aus dem Zuchthaus entlassen worden. Kurz drauf ist er gestorben.«

Ich zündete mir noch eine an.

Schaute ins liebliche Allgäu. Ein Satz landete in meinem Kopf.

Dein Urgroßvater war ein Mörder.

Du bist der Urenkel eines Mörders.

Und dann blieb mir die Luft weg.

Weil sich eine Erkenntnis einstellte, die mir den Atem raubte: Mir dämmerte, warum ich Pfarrer geworden war und warum ich einer geworden war, der so war, wie ich war: fleißig, empathisch, friedfertig ... aber immer ein wenig wie ferngesteuert.

Mir wurde klar, warum sich meine Mutter mich als Pfarrer gewünscht hatte.

Ich wurde der einzige in der ganzen Verwandtschaft, der einzige Geistliche.

Ich wurde von der Familie gesteuert: das weiße Schaf, das das schwarze Mörderschaf sühnt ... Ich musste den Mörder-Urgroßvater sühnen. *Meinen* Urgroßvater.

Ich dachte, ich ersticke.

Hörte Frederick sagen: »Nein, Papa. Deine Theorie geht mit dir durch!«

Nein. Es war keine *Theorie* aus der Systemischen Familientherapie. Keine *Theorie* über Transgenerationalität. Die Realität hatte mich eingeholt.

Mein Körper war der Beweis:

Kalter Schweiß.

Ersticken.

Zittern.

Zähneklappern.

Ich dachte daran, wie Warren und ich auf der Bank vor der Alm gesessen hatten.

Das schwarze Schaf und das weiße Schaf.

Beide waren wir Opferlämmer für unsere Familien. Black and White.

Opferlämmerschlächter.

Es war dunkel geworden.

Ich legte ein paar Holzscheite aufeinander, goss Spiritus drüber.

Es brannte bald lichterloh.

Ich nahm meinen alten Talar, warf ihn ins Feuer.

Schwarze Rauchwolken stiegen zum Allgäuer Himmel.

Stiegen dahin, wo sie schwebten: Oma, Opa, Mama, Papa. Uropa Stadlbauer … Warren?

Ich blickte hinauf, sagte: *»Mission completed.«*

Ich saß, der Mond spiegelte sich im See von Tal, die Kuhglocken läuteten, aus mir fing etwas an zu summen:

Nun ruhen alle Wälder,
Vieh, Menschen, Städt und Felder,
es schläft die ganze Welt;
ihr aber, meine Sinnen,
auf, auf, ihr sollt beginnen,
was eurem Schöpfer wohlgefällt.

Ich kann nicht singen, es sang mich:

Wo bist du, Sonne, blieben?
Die Nacht hat dich vertrieben,
die Nacht, des Tages Feind.
Fahr hin; ein andre Sonne,

mein Jesus, meine Wonne,
gar hell in meinem Herzen scheint.

Ich war ein alter Mann und ein kleines Kind, weinte mich durch die Verse:

Der Tag ist nun vergangen,
die güldnen Sternlein prangen
am blauen Himmelssaal;
also werd ich auch stehen,
wenn mich wird heißen gehen
mein Gott aus diesem Jammertal.

Ich hatte keine Ahnung: War ich glücklich oder unglücklich? Einsam oder allein?

Es war mir wurscht. Ich hörte auf zu denken. Welch eine Erlösung!

Breit aus die Flügel beide,
o Jesu, meine Freude,
und nimm dein Küchlein ein.
Will Satan mich verschlingen,
so lass die Englein singen:
»Dies Kind soll unverletzet sein.«

Mir fiel auf, dass ich nun Vollwaise war.

Es tat nicht weh. Nicht mehr.

Ich hatte das Gefühl: Ich bin angekommen.

Aber wo?

Xaver Maria Gwaltinger
KRUZIFIX
Broschur, 208 Seiten
ISBN 978-3-95451-150-1

»Spannung mit dickem Ende.« Das schöne Allgäu

»Auch für Nordlichter ein wirkliches Lesevergnügen.« ekz

Xaver Maria Gwaltinger
HIMMELHERRGOTTSAKRAMENT
Broschur, 240 Seiten
ISBN 978-3-7408-0180-9

»Besonders zu empfehlen.« Bayern im Buch

www.emons-verlag.de

Xaver Maria Gwaltinger/Josef Rauch
SCHWARZE MADONNA
Broschur, 448 Seiten
ISBN 978-3-95451-442-7

»Der facettenreiche Aufbau der Geschichte, die plakative Sprache und das prägnante Satzbild halten den Leser gefangen. Die Faszination der Materie, die Rauch und Gwaltinger zunehmend gefesselt hat, überträgt sich mühelos auf den Leser. Die ›Schwarze Madonna‹ zeugt von einer gelungenen Zusammenarbeit ihrer Schöpfer.«
Fürther Nachrichten

Xaver Maria Gwaltinger/Josef Rauch
HEILIGER BASTARD
Broschur, 416 Seiten
ISBN 978-3-95451-959-0

»Ein Krimi mit einem ganz eigenen Charme, den man so in Deutschland kein zweites Mal findet.« MarktSpiegel Magazin

www.emons-verlag.de

Xaver Maria Gwaltinger/Josef Rauch
FROMME SÜNDE
Broschur, 416 Seiten
ISBN 978-3-7408-0451-0

Franken: Privatdetektiv Philipp Marlein soll den Autor eines provokanten Enthüllungsbuches über Maria Magdalena schützen. Allgäu: Hobbydetektiv Emil Bär soll Gewalttaten und Exzesse junger Frauen aufklären, die einen Maria-Magdalena-Geheimbund gegründet haben. Kloster Ettal: Bär und Marlein treffen bei einem Magdalenen-Kongress aufeinander und geraten zwischen die Fronten. Es geht um Mord, die Zukunft des Christentums – und um ein geheimes Evangelium, das den Lauf der Weltgeschichte verändern könnte.

www.emons-verlag.de